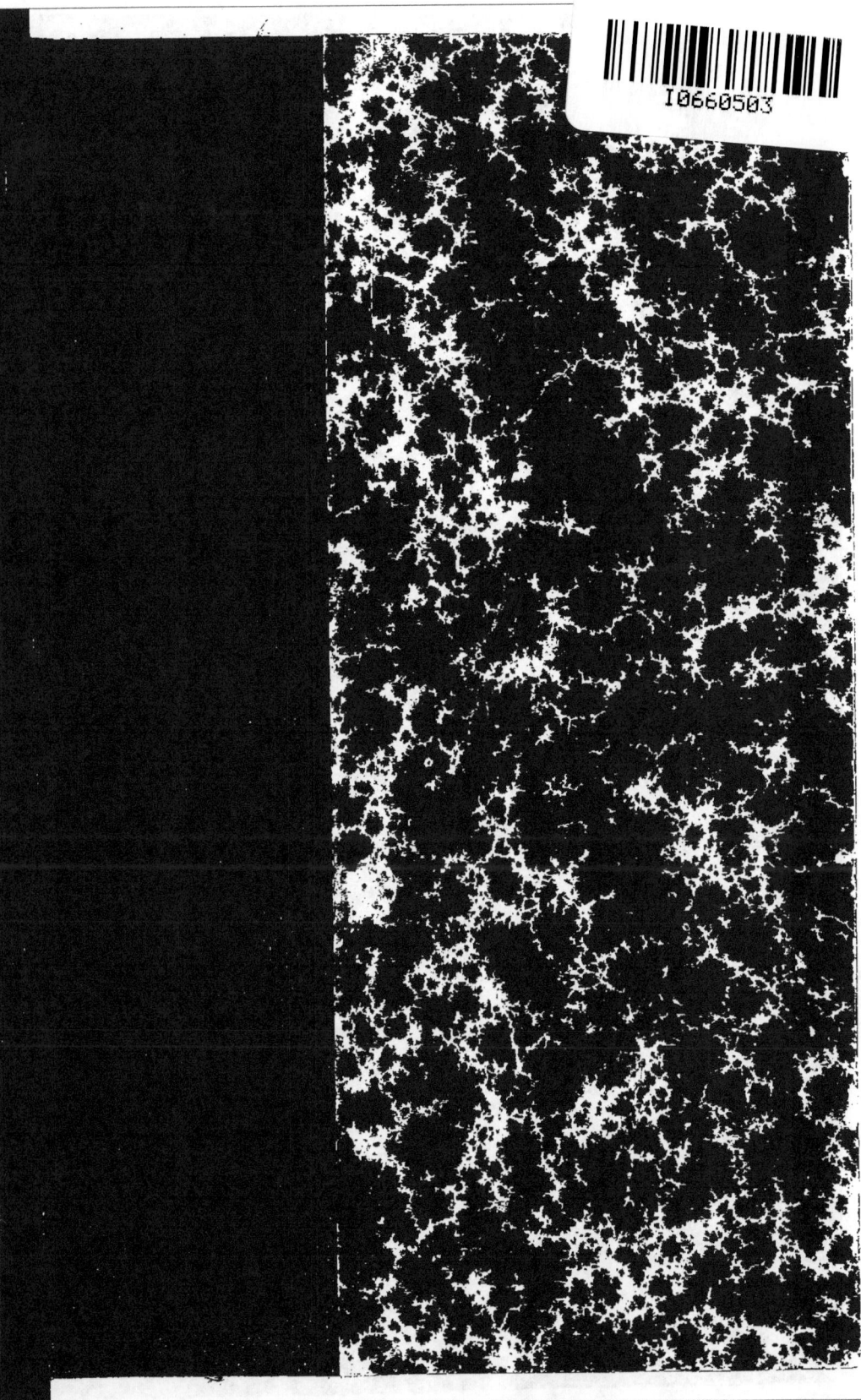

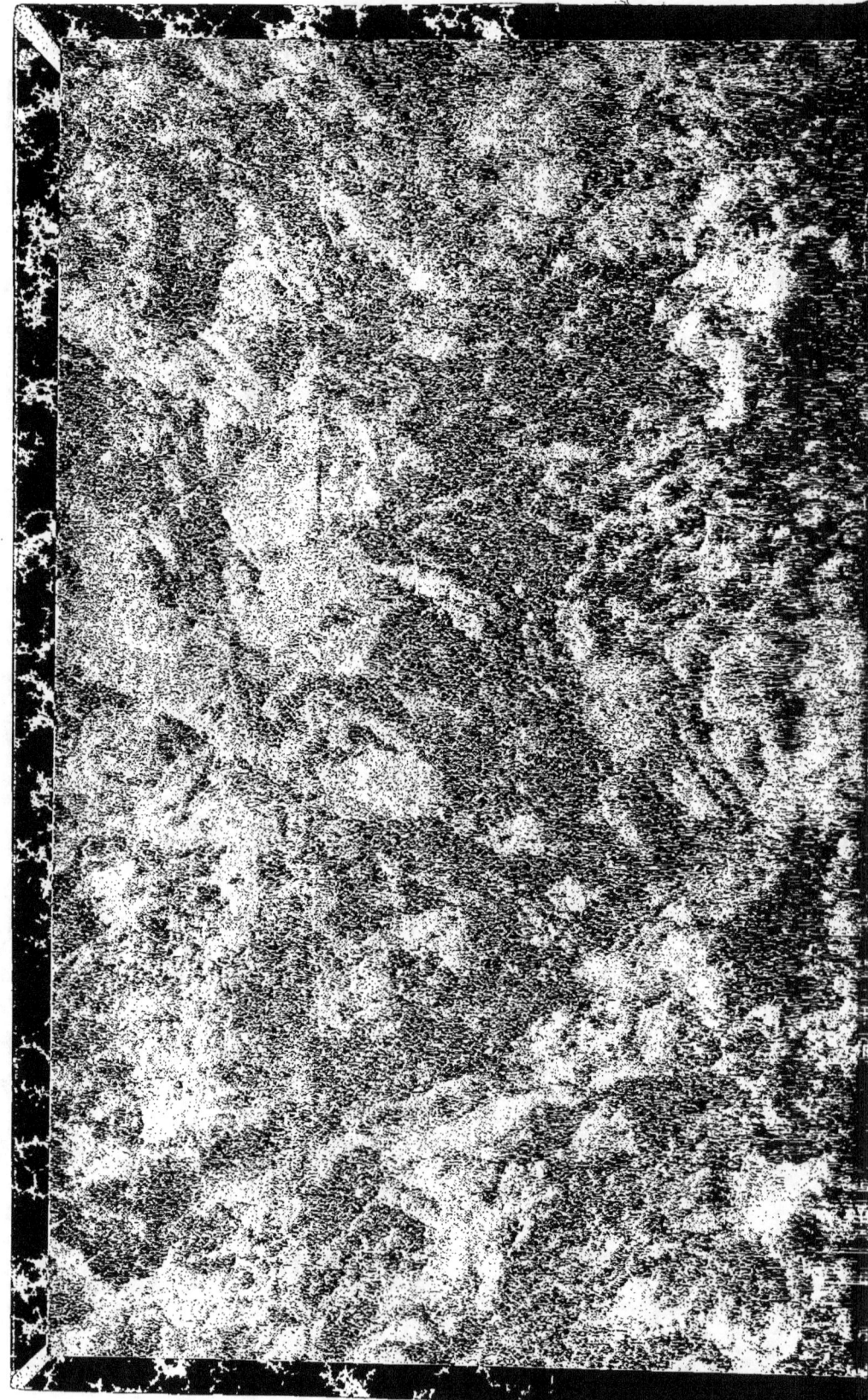

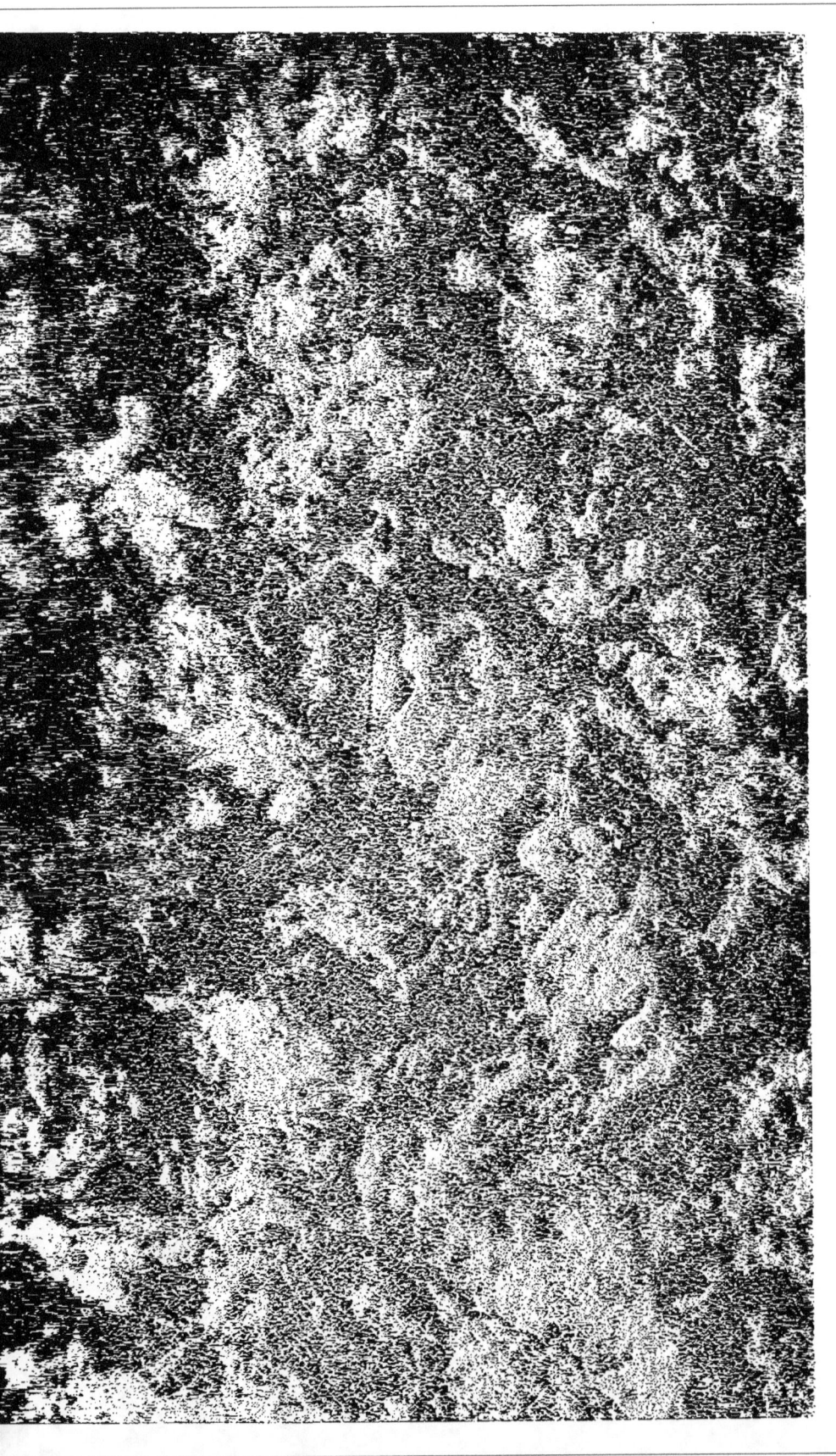

DURAND & CIE

SCÈNES DE LA VIE PARISIENNE

———

1043

II

LIBRAIRIE DE E. DENTU, ÉDITEUR

OUVRAGES DE FERVACQUES

EN COLLABORATION :

OUVRAGE DE BACHAUMONT

Paris. — Imprimerie BALITOUT, QUESTROY et Cᵉ, 7, rue Baillif.

FERVACQUES & BACHAUMONT

DURAND & CIE

SCÈNES DE LA VIE PARISIENNE

TOME SECOND

PARIS

E. DENTU, ÉDITEUR

LIBRAIRE DE LA SOCIÉTÉ DES GENS DE LETTRES

PALAIS-ROYAL, 15-17-19, GALERIE D'ORLÉANS

1878

DURAND ET CIE

Scènes de la Vie Parisienne

XXXIX

Nous avons laissé Durand en proie aux réflexions que lui avait suggérées la conversation anonyme entendue aux fenêtres de la présidence, à Versailles, et se répétant mentalement la phrase fatidique: deux millions, si j'étais ministre !

Ces paroles germèrent dans l'esprit du bonhomme. Il ne dormit pas de la nuit, et pendant sa longue insomnie, il repassa toutes les circonstances de cette mémorable soirée. Evidemment il touchait au but de ses efforts. Il allait faire partie du nouveau cabinet. Alors la fortune lui souriait, et il pouvait à coup sûr gagner de quoi être au-dessus de ses affaires.

A coup sûr ! Il ne fallait rien moins que ces mots pour le décider, lui qui professait pour les affaires de Bourse la répulsion — très légitime et très justifiée d'ailleurs — qui est à l'ordre du jour parmi les négociants sérieux. Combien de fois dans sa vie, ne l'avait-on pas entendu déblatérer contre l'alea, contre la Bourse, ce tripot aussi funeste que le trente-et-quarante ou la roulette? Combien de fois n'avait-il pas dit qu'il fallait fermer ce nouveau 113 ou frapper d'un impôt de dix pour cent les bordereaux d'agents de change opérant sur les valeurs à terme! La spéculation était sa bête noire. Aussi ne voulait-il s'attabler qu'ayant tous les atouts dans la main. Mais, cette fois encore les événements déjouèrent ses espérances.

Paris était, à cette époque, la proie de l'agiotage. C'était un nouveau Mississipi, et la rue Quincampoix n'avait jamais été, au temps de l'écossais Law, plus agitée ni plus populeuse que la place de la Bourse ne le fut alors. La contagion avait gagné tout le monde ; celui où l'on s'amuse était devenu subitement sérieux, et les conversations frivoles, habituelles aux boudoirs de Paris, avaient fait place à des dialogues dans lesquels les mots : prime, report, fin courant, dont dix, et autres locutions argotiques de la Bourse, tenaient une place énorme. La fièvre de l'or régnait en maîtresse, du boulevard Haussmann au Parc-des-Princes, et de la Chaussée-d'Antin à l'avenue de l'Impératrice.

C'est du nord de l'Espagne que toutes les beautés parisiennes, grandes dames et grandes demoiselles, attendaient la fortune et la lumière. Aussi les pontifes de la religion nouvelle, boursiers, remisiers, agents de change et autres manieurs d'argent, avaient-ils leur part de ce succès.

Breton et ses collègues marchaient entourés d'une auréole. Les femmes de chambre les saluaient jusqu'à terre et leur ouvraient sans observations la porte du sanctuaire où reposaient les divinités au mois. Ils avaient considérablement monté à la cote et laissé loin derrière, les gens de club comme Fréneuse et les fils de négociants *calés*, comme Hubert Durand, habitués à tenir le haut du palier.

Jadis, on recevait Breton sans façon, en déjeunant le matin, entre les fournisseurs et la modiste, devant Blondel, le coiffeur. On ne prenait pas la peine, pour lui, de revêtir les triomphantes robes de chambre pourpre ou orange qui vont dans les cinq mille francs. Un bon déshabillé bourgeois suffisait. Quand il invitait à dîner quelque étoile ou qu'il proposait une loge pour le soir :

— Je verrai, je ne sais... répondait-on d'un air distrait. Peut-être... si le prince dîne au club... Je vous ferai dire cela après la Bourse.

Et autre menue monnaie à l'usage du pis-aller. Maintenant, le décor avait changé. Accueil charmant, toutes voiles dehors, grande tenue de parade. La soubrette s'écriait joyeusement :

— Voilà monsieur! La déesse de la maison acceptait le dîner, deux dîners, dix dîners, et à la porte, Bob ou Edwin, vissés sur leur siége, et attendant madame pour monter au bois, touchaient le bord de leurs chapeaux pour saluer Breton remontant dans son sept-cent-cinquante.

. . . .

Le gros Bernard n'était pas encore arrivé ce matin-là à son bureau et pourtant dix personnes au moins l'attendaient dans le vestibule précédant son cabinet. Dix heures du matin sonnèrent. Deux voitures, s'arrêtant en même temps devant la porte, déposèrent l'une Fréneuse, l'autre le gros Bernard lui-même.

— Ah! vous voilà, cher, dit le financier, en touchant amicalement la main au marquis. A la bonne heure, vous êtes exact.

— Parbleu! votre billet du matin était assez piquant pour m'avoir intrigué, répliqua Fréneuse. En quoi Votre Excellence du Million peut-elle avoir besoin d'un pauvre gentilhomme à qui il ne reste que la cape et l'épée? Encore doit-il la cape à Poole, et l'épée ne peut-elle lui servir qu'en Belgique, grâce aux lois protectrices des animaux à deux pattes.

— Et votre oncle le commandeur? Je croyais que vous en aviez hérité?

— Je l'ai fini avant-hier. Il n'en reste plus rien, de mon oncle le commandeur. Ah! vous savez, j'ai les dents longues, moi. Je suis comme Montrond, à qui Talleyrand avait donné un pot-de-vin de trois cent mille francs, et qui, huit jours après, arrive au saut du lit chez le prince de Bénévent lui demander deux cents louis, sous prétexte de perte au jeu.

— Eh! mais, fait Talleyrand surpris, que sont devenus les trois cent mille francs de l'autre semaine?

— Ma foi! répondit Montrond, je n'en sais rien. Je les avais fourrés dans un tiroir, et j'ai vécu dessus; hier, j'ai regardé dedans, il était vide!

— Fort bien, dit Bernard en réprimant un sourire de satisfaction. Allez, vous êtes bien l'homme qu'il me faut.

Tout en causant, les deux interlocuteurs avaient gravi l'escalier. Ils traversèrent l'antichambre, garnie de solliciteurs, qui se levèrent respectueusement sans que le financier leur prêtât la moindre attention.

— Bon, bon, fit-il brusquement, quand l'huissier lui présenta la liste de ceux qui faisaient le pied de grue, inscrits sur une ardoise blanche. Plus tard. Je suis occupé.

— Mon cher, dit-il en désignant du doigt un fauteuil au marquis, je vous ai prié de passer tout simplement pour faire votre fortune.

— La troisième, fit railleusement Fréneuse. Tant mieux, je vous écoute.

— Soit, la troisième, mais celle-ci sera si grosse que je doute, malgré votre appétit, que vous la croquiez aussi rapidement que ses deux aînées. Supposez donc un moment, puisque nous personnifions la dispensatrice des richesses debout sur sa roulette, supposez que la Fortune, qui n'aime, en général, que les vieux finauds comme moi, les impuissants comme A..., les édentés comme B..., ait un caprice féminin, et qu'une fois par hasard elle ait un sourire pour les jeunes, les vaillants et les vigoureux. Un jour de désœuvrement elle jette les yeux sur vous à qui rien ne manque dans la vie ; nom, santé, beauté virile, jeunesse, ambition, ardeur, rien, sauf l'argent, cette ignoble et sublime chose si calomniée, si louée et qui, croyez-en un vieux renard comme moi, est la seule puissance en ce monde. Vous luttez courageusement, en proie aux marchands d'argent et aux nécessités de paraître, errant d'un rez-de-chaussée meublé à une chambre

du Grand-Hôtel, où l'on ne peut saisir du moins que les
effets personnels, pauvre au fond, mais toujours chic
en apparence, n'ayant que dix malheureux louis dans
la poche de votre gilet ouvert, mais prêt à offrir à dîner
au Moulin-Rouge, et le *gardenia* au revers d'habit.
Vous et vos amis, vous attendez des jours meilleurs :
Souvigny, un changement de politique, qui le fera
conseiller d'Etat et député ; Jacques Whip, l'Empire,
qui lui donnera la direction de l'Opéra ; Hubert Durand
un mariage riche ; vous, naguère, la fin d'un oncle
récalcitrant ou d'une tante obstinée qui se cram-
ponne, la misérable !

— Je n'ai plus de tante que celle de tous les Parisiens, interrompit Fréneuse, et elle s'obstine en effet
à se cramponner à mes bijoux. Continuez, Bernard,
vous m'intéressez, vous parlez bien.

— Soudain, un conte des Mille et une Nuits se réalise pour vous. Une fée bienfaisante, la fée Caprice,
vous voit passer. Elle admire votre robustesse et votre
courage à lutter contre les additions du Café Anglais
et les notes des fournisseurs — la marée montante. —
Tiens, se dit-elle du haut de son avant-scène, voilà un
gars assis dans un fauteuil d'orchestre qui me plaît !
Et le lendemain elle débarque chez vous au milieu du
froufrou soyeux de sa traîne tissée de billets de mille.
Son rire éclatant, fait de la cascade des beaux louis
rutilants aux reflets fauves, emplit votre demeure. Les
échos s'en étonnent, eux habitués à la phrase sacramentelle :

— Je viens pour la petite note de M. le marquis. —
Bref, il n'y a point à en douter : vous avez fait une

conquête. La Fortune vous aime, vous êtes son amant. Il lui plaît — nouveauté savoureuse et piquante pour cette grande dépravée — d'aimer un pauvre. Vous voilà préféré à nous, les tripoteurs d'argent, sa cour ordinaire. Vous pouvez narguer les dynasties banquières, et regarder dédaigneusement la tribu d'Abraham et celle de Jacob. Enfin, vous êtes riche !

— Sacrebleu ! Bernard, vous parlez d'or, dit Fréneuse. Qui diable vous a loué cette littérature-là ?

— Je l'ai achetée, cher monsieur, et comptant, achetée à tout le monde. C'est l'existence qui m'a appris tout cela. Je ne suis pas si bête que mes collègues de la finance en ont l'air. Seulement, je parle peu. Il y a toujours profit à se taire, et les paroles sont comme les lettres de change ; il ne faut pas les laisser traîner.

— Bon ! voilà des préceptes à la Salomon, maintenant. Sérieusement, Bernard, vous me confusionnez, comme on dit dans le monde. Et après une légère hésitation : — Il ne faudra pas faire trop de canailleries pour cela ?

— Aucune, dit solennellement le financier.

— Vous m'étonnez ! Alors, dites donc, entre nous, Bernard, quel intérêt...

— Voilà où je vous attendais ! Mais, marquis, nous pouvons nous dire la vérité, nous sommes seuls ; en acceptant ce que je vous offre, c'est à moi que vous rendez service. J'ai entre les mains une affaire colossale ; j'ai besoin d'en démontrer l'excellence à tous les yeux. Vous qui êtes une des personnalités marquantes du tout Paris, comme disent les journalistes,

vous êtes admirablement approprié à ce rôle, et je
chercherais en vain quelqu'un qui remplît mieux les
conditions nécessaires. Notez que je ne vous demande
rien, rien que de vous laisser mettre en montre.

— Une enseigne, alors! Comment faut-il procéder?

— Acheter, tout simplement! Et faire acheter par
vos amis.

— Facile à suivre. Et tous ceux qui achèteront seront riches? Je vais faire des heureux, à commencer
par Hubert Durand.

— Ah! oui, c'est vrai, vous êtes intimes. Et son am-
bitieux père?

— Il marche. On va en faire un ministre.

— On n'en fera pas un homme de talent. On m'a-
vait dit que ses affaires allaient mal.

— Peut-être; j'en doute pourtant. C'est un gros
monsieur dans son quartier, un des fort ténors du
mérinos. Il doit avoir un gros sac.

— Qui sait? murmura Bernard, que ces dernières
paroles avaient rendu pensif. Qui sait? Allons, au revoir, marquis, et hâtez-vous, achetez.

— On y va, répliqua railleusement Fréneuse?

XL

Midi et demi sonnait, en même temps la Bourse s'ouvrit. Un coup de cloche retentit, suivi de cris confus s'élevant autour de la corbeille et d'un bourdonnement d'océan courant dans les galeries. Pendant que les provinciaux curieux gravissaient en toute hâte les larges escaliers de pierre, les agents de change retardataires faisaient leur entrée dans la corbeille en s'épongeant le front.

Le sol, propre jusque-là, commençait à se joncher de petits papiers déchirés ; des commis affairés, bousculant tout le monde et fendant la foule avec le sans-gêne de gens qui se sentent chez eux, assiégaient la balustrade et faisaient incessamment passer à leurs patrons, par l'entremise des gardiens, des fiches où les mots « achetez ou vendez » sont imprimés en grosses lettres.

Contre les piliers surmontés des noms des grandes villes de l'Europe, se tenaient les banquiers et les gros spéculateurs. Chacun de ces pontes importants a sa place attitrée, à laquelle la maladie seule ou la mort peuvent le faire manquer, car les insurrections elles-mêmes n'ont point le privilége de faire chômer la Bourse. Les fusillades de février, de juin et de décembre n'ont pas arrêté ces joueurs intrépides attachés à leur poteau comme Siméon Stylite à sa colonne. Six fois par semaine on est assuré de trouver le gros Bernard sous Constantinople, Abrahamidès sous Berlin, Steinbach sous Londres, et Levy de Bruges sous Vienne.

Tous ces potentats du 3 0/0 sont environnés d'une nuée de personnages qui s'approchent d'eux tour à tour et d'un air obséquieux, leur présentant la cote des derniers cours ; d'autres se contentent de murmurer quelques chiffres fatidiques, et attendent d'un air interrogateur un coup d'œil ou un signe d'assentiment. Les plus familiers engagent, avec ces puissants du cours, les conversations les plus étrangères aux affaires où l'historiette galante de la veille se mêle au nouveau début de la danseuse en vogue, et qui font épouser la république de Venise par le grand Turc.

Ceux-là sont les plus malins et jouent aux favoris. C'est à eux que les Majestés du Million donnent les gros ordres et confient les affaires importantes, dont il leur reste toujours quelques miettes aux doigts.

— Combien le Mobilier? demanda Bernard à Breton, qui arrivait en ce moment.

— Ma foi ! je n'en sais rien, répliqua celui-ci d'un air détaché ; le seul mobiler qui m'intéresse aujourd'hui, est celui de Phryné ; elle fait sa vente.

— Comment cela? riposta Bernard d'un air subit d'intérêt...

— 1,220 dernier cours, cria Ondscote empressé, et répondant à la première question de Bernard.

— C'est bon, tout à l'heure, dit celui-ci brutalement. Où avez-vous appris cette nouvelle de Phryné?

— Chez Bignon, en déjeunant avec Offenbach et Koning.

— Elle se marie donc?...

— Pour de vrai : c'est sa dot qu'elle réalise... Vous en êtes, Bernard...

— Oh! moi, je n'ai fourni que le lit, seulement il m'a coûté quinze mille francs. C'était celui de la Dubarry.

— Peste! vous vous mettez bien, Bernard. La succession de Louis XV, rien que cela!

— Et qui épouse-t-elle, la belle fauve?

— Un Américain, naturellement.

— 1,300 francs le Mobilier, clama une voix aigre.

— Ça chauffe, fit Breton. Allons au travail!

— Un instant, reprit Bernard. Achetez-moi trois mille Mobilier à 1,300. C'est une commission dont on m'a chargé. Vous en débiterez mon compte avec cette mention : contremarque D.

— Suffit, j'y cours.

Le jeune homme s'approcha de la corbeille et se mit en devoir d'opérer.

Sous la colonnade, l'animation n'était pas moindre. Là étaient réfugiés les boursiers d'occasion, que la chaleur étouffante chassait de l'intérieur du temple. C'était une population à part, évidemment étrangère au lieu où elle se trouvait; des membres du club, des artistes, des étrangers, des gens de lettres mêlés à quelques hommes politiques habitués des couloirs de la Chambre et des vestibules ministériels, causaient sur des chaises en attendant leur sort, qui se décidait autour de la corbeille.

Pour charmer les ennuis de leur station, ils devisaient entre eux de mille choses, en épuisant toutes les variétés de la Régie. Parfois même, ressource extrême, ils avaient recours à la distraction des boursiers par les jours caniculaires où les affaires sont mortes, et les concierges de Paris ne se tirent plus le cordon qu'à eux-mêmes : le jeu du fiacre.

Les Napolitains ont la *morra*, les Américains le *poker*, les Mexicains le *monte*, les Anglais le *whist*, et les Espagnols le *tresillo*, la Bourse, elle, a le jeu du fiacre.

Ce jeu, qui échappe à la surveillance de M. Berillon, est d'une simplicité qui n'empêche pas d'y perdre tout ce qu'on veut, et même davantage, comme disait Breton, en l'expliquant un jour à un profane de ses amis, égaré sur le péristyle.

Il se joue à deux comme l'écarté, ou à plusieurs comme le baccarat, et a sur ces deux jeux l'avantage de ne se prêter à aucune tricherie. Jamais la Grèce ne l'adoptera, et il restera bel et bien Parisien tel que la Bourse l'a fait.

L'un des *partners* prend la rue Vivienne, l'autre la rue du Quatre-Septembre: quand débouche un fiacre de la première, si son numéro est supérieur à celui du fiacre qui arrive de la seconde, il fait gagner le champion de la rue Vivienne et *vice-versa*. Des paris de un à cent louis s'engagent ainsi et permettent de faire des affaires alors même qu'elles chôment à la Corbeille.

— 2,894 ! s'écria en éclatant de rire, Hubert. Dis donc, Voreskoff, cette fois-ci tu es roulé.

— Savoir, bourgeois, répondit le jeune Russe, fort épris de l'argot parisien. Voilà un petit sapin qui s'avance, attelé de deux Lafayettes, et qui va me por- ter la chance.

— 36 !... hurla la galerie, qui prenait à ce jeu un in térêt extrême.

— Voilà cent louis, dit Voreskoff en les donnant à Hubert, les quatre places ne me portent jamais chan- ce.... Je passe les guides.

Et se levant, le jeune homme dégringola prestement les escaliers et s'approcha d'une élégante victoria, aile de corbeau, où trônaient les deux sœurs d'Es- pard.

C'est que la place de la Bourse offrait régulièrement tous les jours, de deux heures à trois, un aspect tout particulier. La Bourse des femmes y tenait ses grandes assises. Le long du monument, ou dans les rues laté- rales, étaient rangées dix, vingt, cent voitures conte- nant des clientes affairées. De cette foule de coupés sortaient des têtes de femmes, sondant avidement les escaliers d'où descendaient de jeunes et jolis re- misiers, tête nue, raies au milieu du front et petits bandeaux russes plaqués à la Cydonie. Ces messagers du sort accouraient, le sourire aux lèvres, le carnet à la main. Beaucoup d'entre eux étaient doués de ces profils busqués et de cheveux frisotants qui dénotent

leur origine juive. Acheté, vendu, monté, baissé, liquidation, ces mots résonnaient dans l'air accompagnés
de cris de joie. C'était un coup d'œil typique et essentiellement parisien.

— Les émotions, cela me creuse, disait Angèle de
Chantenay à Hubert, descendu à son tour de la colonnade. Va donc me chercher un sandwich et un verre
de Marsala.

— Volontiers. Et vous, mesdames, fit-il, en s'adressant à Esther et à la générale, dont le coupé suivait
celui d'Angèle?

— Merci mille fois, dit gracieusement la Mexicaine,
le marquis y est allé.

Et Fréneuse, les mains pleines de gâteaux débou-
chait de chez Julien.

— Ah çà, dit-il tout en faisant la distribution de ses
emplettes, tout Paris est ici. C'est Longchamps. Je suis
sûr que pas une belle petite n'est chez elle.

— Ma foi, tu dis vrai, fit Hubert. C'est très amusant.
Voilà le bon Clérambois en uniforme de volontaire
d'un an. Il vient d'y aller de ses deux cents Mobiliers
espagnols et de ses cinq cents Nord comme s'il eût tenu
un *banco* de vingt-cinq louis. Le sous-lieutenant de la
Dame blanche est enfoncé. C'est feu Scribe qui doit
enrager. Tout le monde gagne, d'ailleurs....

— En attendant qu'on perde, philosopha Fréneuse,
moi je me suis liquidé.

— Poltron! va, fit Hubert.

— Non, pas poltron, mais sage. Vous êtes étonnants
vous autres conscrits, pour un Austerlitz sur le Mobilier, un Iéna sur le Nord, vous voilà enflammés : gare

Waterloo !... Nous autres vétérans, la vieille garde du
Grand-Seize, n'est-ce pas, Esther ? nous nous méfions.

— Je crois bien, fit celle-ci tout en gobant un éclair,
la chance peut tourner, elle est femme !

— Voilà Esther qui joue les Tiberge, dit Hubert enchanté de faire voir qu'il avait lu *Manon Lescaut.*

— Mon cher, riposta la vieille femme, je ne suis
ni Tiberge ni Philinte, ces *raseurs* que personne n'é-
coute et qui n'empêchent ni Alceste d'aimer Célimène,
ni Des Grieux de suivre la charrette à Manon, le huit-
ressort de ce temps là, seulement j'en ai vu de toutes
les couleurs : aujourd'hui on est le chéri, demain à la
porte, et c'est alors qu'épuisé, ruiné, il ne reste plus
aux darlings de la veille

> De leurs prospérités ou réelles ou fausses,
> Qu'un tas de remisiers hurlant après leurs chausses.

Moi aussi, tu vois, Hubert, je connais mes classiques.

— D'autant plus, reprit Fréneuse, que la culotte
arrivée les camarades seraient enchantés et diraient :
sont-ils bêtes ! J'ai gagné deux millions, de quoi ne
pas mourir de faim, et je les garde. Croyez-moi, faites en autant.

— Jamais de la vie ! s'écrièrent en chœur les femmes ;
si vous en avez assez, n'en dégoûtez pas les autres.

— Tout ou rien, quant à moi, dit d'un air résolu la
jolie générale.

— Et vous avez raison, belle dame, fit Bernard apparaissant à ce moment. Tout, vous l'aurez, vous n'avez
qu'à vouloir.

— Eh bien ! comment ferme-t-on ? demanda Mᵐᵉ de Chantenay.

— On monte ! répliqua le financier en haussant les épaules.

— Vous êtes un alarmiste, vous, dit Hubert : vous voyez tout en noir.

— Parbleu ! dit Bernard, la cabriole est proche, j'en jurerais.

— Et moi, riposta Hubert, je vous parie un dîner au pavillon Henri IV, pour nous tous, que, dans quinze jours, le Mobilier sera à deux mille.

— Tope ! dit Bernard. Mesdames, nous festoierons aux frais de cet entêté.

XLI

L'attitude soudaine prise par Bernard, devant l'opération de Bourse qu'il avait été le plus empressé à
prôner et à faire prôner par Fréneuse, étonnera peut-
être le lecteur. Comment ce Bernard, si hardi la
veille, si confiant dans la hausse des cours, devenait-
il tout à coup timoré et recommandait-il la prudence?
Lui, qui prêchait l'achat quand même, l'achat à outrance, par quel brusque changement se tenait-il
maintenant sur la réserve et engageait-il ses entours
à suivre son exemple?

C'est que Bernard avait fait son coup et que, pour
atteindre complètement le but qu'il poursuivait, il devait changer son jeu. Le célèbre agioteur avait gagné
six millions à l'entreprise tentée : le financier chez
lui était satisfait; il s'agissait maintenant de satisfaire
l'homme.

Or, Bernard, on le sait, avait une haine : celle de
Durand, peut-être, parce qu'il n'avait qu'un amour en
sa vie — Rolande de Jarnailles n'avait été que la pas-

sion d'une heure, — son amour pour la comtesse de Solesmes. Ses entreprises de Bourse lui en fournissant l'occasion, il l'avait saisie avec empressement pour exécuter un plan depuis longtemps caressé. Fréneuse s'était trouvé à point sous sa main pour lui servir de lieutenant dans la campagne à fournir, et il l'avait utilisé avec cet art d'employer à propos les hommes, qui était un des caractères de son génie financier, et dont il avait donné un si frappant exemple pendant la guerre, en prenant à sa suite le coiffeur Mondego et en le transformant si heureusement en agent de spéculation, comme nous l'avons raconté dans une autre de ces études (1).

Le marquis avait inconsciemment adopté le jeu du financier avec son insouciance habituelle des causes, pourvu que les effets lui rapportassent ce qu'il voulait, et, en pareil cas, il s'agissait de remeubler ses coffres. Fréneuse s'était fait, selon le programme convenu, l'apôtre de la spéculation en cours. Comme il gagnait lui-même, il trouvait tout naturel et même édifiant de prêcher le gain aux autres. Emplissant ses poches, il lui semblait charmant de grossir celles des autres. Maintenant on lui disait de s'arrêter, et il faisait halte, heureux de se lever de la table de jeu avec deux millions, et ne s'inquiétant pas plus de savoir pourquoi il faisait Charlemagne, que pourquoi il avait ponté.

Tout autour de lui, au club, dans les restaurants à la mode, dans les boudoirs en vue, son succès avait fait événement. Quand on lui demandait sa recette

(1) *Rolande,* étude parisienne, 1 volume in-18, Dentu, éditeur.

pour attraper si vite et si bien les millions, il se contentait de répondre :

— Faites comme moi, achetez !...

Et on achetait, achetait de la même façon que l'abbé Trublet compilait, sans borne, sans mesure, sans regard en avant.

La contagion Fréneuse, selon le mot du marquis de Parme, un de ses complices du club, avait gagné jusqu'aux nouvelles couches, celles que M. Gambetta tentait de mettre à la mode et qui sont en train de le lui rendre si mal, à lui.

Les fournisseurs, les garçons de restaurant, jusqu'aux valets de pied du club suivaient la bannière de Fréneuse ou plutôt le panache doré que leur imagination voyait à son chapeau. Tout y passait. Les moindres paroles du marquis Plutus étaient épiées, commentées et escomptées. En coiffant Mᵐᵉ de Chantenay et la générale de Jimenez, Blondel avait recueilli quelques mots précieux échappés à Fréneuse, qui lui avaient fait « *gagner gros* », selon son expression, et, en desservant la table du marquis au Moulin-Bleu, Alfred avait ramassé quelques miettes aurifères tombées de la bouche du protégé de la Fortune.

Ce bruit, ce mouvement, ces fortunes se bâtissant en un tour de main, n'avaient pas échappé à Durand. On sait l'impression qu'avait produite sur lui la conversation recueillie à la Présidence, le soir où il avait dîné chez M. Thiers. « Pourquoi ne tenterais-je pas la veine, moi aussi, se disait-il, et ne prendrai-je pas ma part de cette pluie d'or qui revivifie tant de situations autour de moi ? » Et il pensait à ses affaires compromises, à sa vieille maison de commerce qui s'ébranlait et qu'un étai soudain viendrait rendre plus solide et plus prospère que jamais. Il éprouvait ce vertige qui pousse au trente-et-quarante les malheureux qui sentent s'entrechoquer plus rares les pièces dans leurs poches.

Cependant son vieil instinct commercial se révoltait contre l'*alea* des opérations de finances. La Bourse, pour le commerçant d'ancienne roche, apparaît comme un lieu de perdition dont il doit fuir l'accès sous peine de tous les maux imaginables. La Bourse, en dehors de ses affaires, c'est la perte du crédit, la compromission de son nom, la ruine fatale. Tout négociant qui spécule est un homme perdu, — a force d'axiome dans le monde commercial qui a souci de son honneur et de ses traditions.

Durand avait ces scrupules au plus haut point. Il hésitait, il se raisonnait. En somme, il perdait du temps. C'était là que Bernard l'attendait.

Le Mobilier était déjà à 1,300 quand il se rencontra, comme par hasard, avec le fabricant qui se rendait à Maisons. Le financier allait dîner chez un agent de change dont la villa était située sur la même ligne. On fit route ensemble. Chemin faisant, on causa et tout naturellement la conversation tomba sur la fameuse hausse à l'ordre du jour.

Bernard avait en main *la Liberté,* qu'il venait d'acheter en gare :

— 1,350, aujourd'hui, s'écria-t-il, en parcourant le Bulletin de Bourse. Encore 80 francs de hausse !

— Cela ne s'arrêtera donc pas, fit Durand.

— Oh! reprit le financier, en secouant la tête d'un air entendu, on en verra bien d'autres. La hausse est lancée maintenant, on dépassera 2,000...

— 2,000..., réfléchit le fabricant.

— Mais vous, mon cher Durand... vous devez gagner des sommes folles, car avec votre génie des affaires, votre situation dans le monde politique, vous n'avez pas dû laisser passer une occasion si bonne... Voyons! où en êtes-vous?... Moi, entre nous, je vous dirai tout bêtement que j'en suis à quatre millions... Vous ne devez pas en être loin vous-même, mon cher ami, il y en a près du double encore à réaliser. Ah! Hubert a raison de mener la vie à grandes guides. Il a le moyen de fournir les relais...

Ces paroles arrivaient au fabricant comme autant de coups de poignard. Elles lui brûlaient l'âme et le rendaient fou. Bernard n'avait pas compté sans son hôte et savait bien ce qu'il faisait.

— Mais, mon cher Bernard, articula le négociant, je ne joue pas à la Bourse, moi; ce n'est pas ma partie et je n'y entends rien.

— Allons donc! avec cela que c'est difficile : acheter à propos, vendre de même, voilà tout le secret. C'est plus commode, je vous assure, que les mérinos.

Durand ébaucha un sourire tandis que son cœur se serrait de désir et d'appréhension.

— Tenez! Fréneuse, reprit l'implacable Bernard, le marquis de Fréneuse, vous savez bien, l'ami de votre gendre... en voilà un qui, certes, n'a pas la prétention de s'entendre aux finances... Eh bien! il a flairé la veine... Il s'est jeté dans l'affaire à plein corps... et

aujourd'hui il est assez riche pour se payer un mariage
d'amour si le cœur lui en dit.

— Oui, fit Durand, j'ai entendu parler de son succès. On en cause beaucoup dans les couloirs de la
Chambre. On dit même qu'il a fait gagner des sommes
énormes autour de lui, à son cercle.

— C'est exact : ils se fourrent tous dans son jeu, et
dame ! ça marche... Voyez-vous, mon cher, il faut
prendre le temps comme il est et la fortune comme
elle vient...

— Maisons ! Maisons ! cria à ce moment un employé
du chemin de fer, tandis que le train s'arrêtait.

— Vous voilà arrivé, vous êtes plus heureux que
moi, dit le financier. A revoir. Mes respects à Mᵐᵉ Durand.

Et il serra la main à Durand, qui descendit du wagon comme étourdi par tout ce qu'il venait d'entendre.

. . . .

Le fabricant ne dormit pas un instant la nuit qui
suivit cet entretien. Les chiffres fantastiques que le
financier avait fait miroiter à ses yeux lui revenaient
sans cesse à l'esprit. « Deux mille, disait-il, deux
mille... il me reste encore de la marge, et tout n'est
pas perdu !... »

Au jour, sa résolution était prise. En arrivant à Paris il courut chez un agent de change, Santeuil, dont
le père avait été jadis l'ami intime de Durand et qui,
bercé du renom commercial et des richesses acquises
rue du Sentier, exécuta les yeux fermés les ordres
qu'on lui passait. Durand, sourd à tous les avertis-
sements, achetant quand il fallait vendre, se trouva
promptement en déficit de deux millions et demi.

Pour solder cette perte énorme, il emprunta à son
ami Bernard. Celui-ci ne fit aucune difficulté, et insen-
siblement il devint le débiteur du financier pour une
somme considérable. Le plan de Bernard avait réussi.
Il tenait Durand.

. . . .

Cinq heures du soir sonnaient. Les doubles grilles
d'un somptueux hôtel de l'avenue Montaigne sont
grand'ouvertes. C'est celui de Fréneuse. Un *drag* de
quatre admirables chevaux fleur de pêcher est attelé
à un élégant *break* signé Morel. Angèle de Chantenay,
Esther, la générale Jimenez, en toilettes claires, y
prennent place, ainsi que Bernard, tandis que Fréneuse, le *master of horses,* se campe avec Hubert sur
le siége élevé, parallèle à celui de derrière, où le premier et le second cocher, irréprochables, se tiennent
immobiles et vissés, la trompe en sautoir.

Fréneuse rassemble ses guides et, d'une main sûre,
prenant un tournant savamment calculé, il ébranle
ses quatre nobles bêtes. Au petit trot on gagne les
Champs-Elysées, le long desquels les marchands de
chevaux passés, présents et futurs, plantés en espa-
liers sur les trottoirs, font le feuilleton des équipages
qui passent. Puis on enfile la poudreuse avenue de la
Grande-Armée, la route de Courbevoie et de Nanterre
qui aboutit au pavillon Henri IV.

En arrivant à Saint-Germain on se sépara en deux
groupes.

Bernard, fidèle aux jupes, resta auprès des femmes avec lesquelles il s'assit sur la terrasse, tandis
qu'Hubert et Fréneuse profitaient de leur séjour

dans la ville d'Henri IV, pour aller serrer la main à leurs amis des dragons, le commandant Boisleroy et le colonel Courtavel, des habitués fervents du Helder.

— Et vous, mesdames, comment vous tirez-vous de la débâcle? dit Bernard, en faisant allusion à la récente dégringolade de la Bourse.

— Je gagne trente mille francs, dit Esther, la dot de ma nièce que je marie à un clerc d'avoué; la générale en est quitte pour la peur, mais Angèle est salée dur...

— Vraiment, dit Bernard. Vous perdez beaucoup?

— Tout ce que j'avais, répliqua Angèle amèrement. Il ne me reste qu'Hubert.

— A qui papa Durand vient de coller un conseil judiciaire, ajouta ironiquement Esther.

— Oh! ce vieux gueux de père Durand, s'écria Mᵐᵉ de Chantenay. Je le déteste.

— Voulez-vous être à la fois vengée de lui et rattraper votre perte, demanda Bernard à Angèle, dont les yeux brillèrent soudain.

— Je crois bien, fit celle-ci.

— Alors, fiez-vous-en à moi. Puis se tournant vers la générale et Esther, qui écoutaient curieusement :

— Rentrons au pavillon, ajouta-t-il, je vous expliquerai ce que je veux faire. Vous n'êtes pas de trop, mesdames, au contraire.

XLII

Le salon choisi par Hubert pour payer son pari était un des plus beaux du pavillon Henri IV. Ses fenêtres donnaient en plein sur le panorama féerique qu'offre cette vallée unique au monde. Depuis les assises du château jusqu'aux bords de la Seine, les vignes espacées comme des tirailleurs descendaient les collines. La rivière, moirée de reflets d'acier, déroulait ses ondes paisibles et baignait les îles verdoyantes où pâturent quelques maigres chevaux : en face, le Vésinet, avec ses milliers de maisonnettes déballées d'une boîte de jouets, et au-delà Paris, Paris le grand monstre levé à l'horizon ; Paris, dont le soleil couchant accroche un reflet sanglant aux vitrages des combles, avec ses collines sinistres, Montmartre, le Père-Lachaise, Belleville ; Paris, escaladant des monticules, s'épanchant à perte de vue comme un flot montant sans cesse ; Paris, dont les maisons pressées, tassées, contiennent tant de grandeurs et de crimes, tant de cynisme et d'héroïsme ;

Paris, enfin, dont les innombrables bâtisses blanchies moutonnent comme les vagues et, diminuées par l'éloignement, ressemblent à un cimetière, un cimetière de vivants !

Du balcon élevé les yeux pouvaient se reposer sur les croupes ombreuses de Meudon et de Bellevue, sur l'aqueduc de Marly que, sous Louis XV, un célèbre écuyer parcourut à cheval d'un bout à l'autre au pas espagnol, en suivant l'étroite plate-forme du sommet. Puis les champs en damier s'allongeant du côté d'Argenteuil, dont les constructions blanchâtres s'effaçaient dans la brume du crépuscule.

C'est en face de ces splendeurs naturelles qu'était dressé le couvert. Hubert avait bien fait les choses; d'énormes corbeilles de fleurs couvraient la table, le long de laquelle courait un énorme cordon de violettes. La massive orfévrerie qui fait l'orgueil du pavillon était en batterie, uniformément ornée du berceau symbolique du Béarnais. Le champagne se rafraîchissait dans des seaux d'argent tout humides de gouttelettes perlées et dans les coupes énormes, travail d'un Benvenuto inconnu, s'étageaient les pêches monstrueuses et vermeilles, mêlées aux raisins ambrés, tandis que l'ananas exotique à l'écorce paille, la banane juteuse et parfumée, la grenade au ventre de rubis, la figue brune et la prune duvetée s'élevaient en pyramides appétissantes. Tout était splendeur faite pour les yeux avant d'être faite pour le goût. Et c'est au milieu de ces recherches du luxe, que Mᵐᵉ de Chantenay reprit la conversation interrompue sur la terrasse, et dont le but arrêté était la ruine et la mort d'un homme.

— Vous disiez donc, Bernard, que vous avez un moyen sûr de nous faire rattraper, et avec les intérêts, ce que cette maudite Bourse nous a enlevé ?

— Un moyen infaillible, répondit Bernard, j'ai parlé pour de vrai. Il s'agit d'une affaire et je suis très sérieux en affaires. Que voulez-vous, madame, ajouta-t-il en s'adressant à la générale Jimenez qui riait, il y a des heures pour tout.

— Franchement, mon cher Bernard, vous m'alléchez, reprit Mᵐᵉ de Chantenay, et je grille de savoir...

— Avant de dîner, se récria Esther de Bray, c'est contraire à toutes les règles. Et la tradition d'entre la poire et le fromage, qu'en faites-vous donc ? Il faut laisser les confidences à leur place et sur le menu, sans cela elles ne passent pas.

— Mᵐᵉ de Bray a raison, riposta la générale, les affaires ne valent rien pour se mettre en appétit, c'est bon pour le dessert.

— C'èst qu'il y a affaire et affaire, madame, reprit Bernard, celle-là doit être traitée à jeun. Les fumées du vin de champagne ne doivent point la troubler. Il s'agit du sort d'un homme...

— Du sort d'un homme !... éclatèrent en duo Mᵐᵉ de Chantenay et la Mexicaine.

— Bernard qui fait du Montépin ! se contenta de dire Esther, je ne te savais pas cette corde-là, dis-donc, mon gros ?

— Moque-toi tant que tu voudras, maintenant, Esther, riposta le financier, je suis sûr de t'intéresser tout à l'heure.

— Essaie. Je ne demande pas mieux, moi, répartit la de Bray en donnant un coup d'éventail sur le bras de Bernard.

— Puisque Esther le permet, je reprends, fit Bernard. Je vous ai dit qu'il s'agissait du sort d'un homme. Aidez-moi, vous êtes riches ; cela vous va-t-il ?

— Ah ça, qu'est-ce que tu nous comptes-là ? dit Esther en s'approchant du financier.

— Tu vois bien, Esther, que je t'intéresse, répliqua Bernard. Es-tu de la partie ?

— Ça dépend de la besogne. Tu comprends, mon cher, il y a des âges pour tout...

A cette boutade de la spituelle commère, le groupe ne put retenir un éclat de rire. Dès que son hilarité fut calmée :

— Et le nom de cet homme, Bernard, demanda Mme de Chantenay, quel est-il ?

— C'est quelqu'un que vous connaissez, madame, et que vous n'aimez guère. Il est vrai qu'il vous le rend ferme... M. Durand, pour tout dire d'un mot.

— Le père d'Hubert ! exclama Mme de Chantenay.

— Lui-même, répliqua Bernard, en accentuant le mot. Entre nous, il est perdu !

— C'est impossible, dit vivement Angèle. Hubert en saurait quelque chose, et comme il ne me cache rien...

— Hubert n'en sait rien, riposta Bernard, et quand il l'apprendra il sera trop tard pour y porter remède. D'ailleurs, le voulût-il, il n'y pourrait rien faire. La maison de commerce s'écroule sous le poids de mauvaises affaires répétées. Les pays avec lesquels Durand

traitait sont en révolution, les faillites s'y multiplient.
Il n'en a eu cure, tout absorbé qu'il est par ses préoccupations politiques. Il se croit en passe de devenir
ministre, lui! acheva Bernard avec un formidable
haussement d'épaules...

— Diable! fit Angèle, mais cela m'intéresse beaucoup, moi.

— N'ayez pas peur, ma belle, dit Esther. Un de
perdu, dix de retrouvés.

— De plus, reprit implacablement Bernard, il a joué
à la Bourse pour se refaire, et à l'heure qu'il est, il me
doit gros. J'ai donc enfin son sort entre les mains,
ajouta-t-il avec une expression de haine qui frappa les
trois femmes, au point de les faire frissonner légèrement, son sort, et avec le sien celui de cette mijaurée
et de son manchot de mari.

— C'est du vicomte de Solesmes que vous parlez,
demanda la générale, devenue subitement attentive.

— Parbleu! Nous verrons la figure du preux fils des
croisés, quand il trouvera à son retour de je ne sais
où, son beau-père ruiné et déshonoré. Il faudra ou
qu'il en passe par là ou qu'il y mette toute sa fortune... qui n'y suffira pas, du reste. Nous la verrons
en robe de toile, la vertueuse Alice.

— Monsieur Bernard, dit en se levant la générale,
il faut cesser cette conversation. Je n'ai vu qu'une
fois dans ma vie le vicomte de Solesmes et il m'a paru
le plus noble comme le plus chevaleresque des hommes. Je ne me mêlerai donc à aucune entreprise
dont le but serait de nuire à lui ou à quelqu'un des
siens.

II   2.

— Tiens, tiens, tiens, modula Esther, sur trois tons différents, est-ce que...?

— Rien du tout, répliqua la générale dont les joues se nuancèrent d'une furtive rougeur. J'ai sur certaines choses certaines idées... voilà tout. D'ailleurs, ajouta-t-elle, je ne vois pas quel rôle je pourrais jouer dans l'imbroglio de M. Bernard.

— Je vous en assignais pourtant un, madame, répliqua d'un air piqué le financier ; mais puisque vous n'en voulez pas entendre parler, je m'incline. Je le ferai jouer par une doublure.

— J'aime mieux cela.

— Et moi, que faudra-t-il faire ? reprit Mᵐᵉ de Chantenay.

— Ce que je vais vous dire, répondit Bernard en attirant Angèle dans l'embrasure de la croisée. Votre liaison avec Hubert donne un grand poids à vos paroles. Vous devez passer pour être admirablement informée de tout ce qui arrive dans la maison Durand et Cᵉ. Les nouvelles que vous donnez seront fragments d'Evangile, et dès demain vous entrez en campagne. Vous irez partout, chez vos amis de la Chambre, colportant des rumeurs fâcheuses qui sont venues jusqu'à vous au sujet de la situation financière du père de votre ami, et vous informant de ce qu'il y a de vrai là-dessous. Vous déplorerez la position d'Hubert pour qui vous avez déjà fait tant de sacrifices, bref, vous donnerez le premier coup de cloche, je me charge du reste.

— En un mot, vous voulez tuer son crédit ? demanda-t-elle d'un ton précis.

— Tout juste, ma chère. Ainsi il faudrait voir Du-cornet; il a les mains pleines du papier d'Hubert. Il faut qu'il crie et fasse sa partie dans le concert.

— Rien de plus facile, répliqua Mme de Chantenay. Celui-là, j'en ferai ce que je voudrai; il y a trois ans qu'il gratte à la porte de mon boudoir, je lui promet-trai un os...

— Pas malheureux, Ducornet!... insinua Bernard.

— Et moyennant cela...?

— Fiez-vous-en à moi, répliqua Bernard. Vous pour-rez acheter au Ranelagh ce petit hôtel qui vous fait tant envie.

— Ce pauvre Hubert! soupira-t-elle, en faisant un retour sur elle-même. Que va-t-il devenir?

— Bah! l'Afrique est là, riposta le financier, cela lui mettra du plomb dans la cervelle.

— Avez-vous fini? dit Esther en s'approchant. Le vertueux Lesurques est-il condamné? Et la postérité, mon cher Bernard, la postérité!...

— Peut-on parler aussi légèrement de choses si graves, interrompit la générale; vous êtes bien tous les mêmes, vous autres Parisiens, des mots...

— Dans votre pays on va tout de suite aux actes, répliqua avec vivacité Mme de Chantenay, un peu éner-vée malgré elle d'avoir eu des témoins à cette scène. Au total c'est la même chose : seulement l'opération gagne du temps.

— Vous, par exemple, Esther, reprit la Mexicaine, que vous a fait ce M. Durand?

— Oh! rien, mais nous n'avons pas la même opinion politique. Et puis, tant pis, s'il se noie, les sauvetages ne sont pas dans nos attributions.. . . . . . .

A cet instant, la porte s'ouvrit avec fracas, et Hubert fit son entrée dans le cabinet avec Fréneuse.

— Ah! vous voilà enfin, vous! fit Esther, c'est heureux... Je croyais que vous nous aviez oubliés pour vos dragons.

— Ne m'en parle pas, Esther, éclata joyeusement Hubert, Fréneuse ne pouvait se débarrasser de Courtavel... J'ai vu le moment où nous allions être forcés de vous l'amener ici... et dans quel état, Seigneur!... Nous l'avons laissé sur sa table, fondant en larmes de nous voir partir... Boisleroy avait beau lui chanter la *Botte aux dragons;* rien ne pouvait le consoler... Ah! les bons types!..

— Et dire que dans six mois tu seras comme ça, toi, mon bonhomme, murmura entre ses dents le gros Bernard.

Quand on sortit de table, la nuit était venue. Pendant qu'on attelait, les hommes avec un *cabanas,* les femmes un *papyros* de la Ferme aux lèvres firent quelques pas sur la terrasse.

— Allons, gai, mesdames, au coup de l'étrier! s'écria Fréneuse sur son siége. On part.

Pour rentrer, on traversa le bois. Les chevaux allaient au pas. On sentait le muguet et l'accacia. Au-dessus des arbres qui se rejoignaient presque, formant une voûte ombreuse, le ciel bleu sombre piqué d'étoiles, se tendait comme un velum endiamanté. Involontairement, chacun se taisait, songeant en dedans, Hubert tout au plaisir, les autres à leurs rôles dans le drame qui allait se jouer. Soudain, les fanfares des

trompes sonnées par les hommes de Fréneuse éclatèrent en notes cuivrées, les quatre chevaux allongèrent
l'allure berceuse du break, qui entra bientôt dans
Paris.

— *Ladies and gentlemen*, dit Fréneuse, vous êtes
arrivés.

XLIII

La haine si profonde que Bernard portait à Durand avait une cause puissante, et que ne soupçonnaient guère ni celui qui en était l'objet, ni les alliés qu'appelait à son aide le financier pour l'assouvir. Durand avait fait à Bernard une de ces blessures d'amour-propre qui restent toujours vivaces, cuisantes, et dont le temps même, ce grand arrangeur de toutes choses, ne peut parvenir à triompher. L'effondrement si amer que ses espérances sur Alice avaient rencontré à Solesmes, avaient déjà fortement excité la colère secrète du financier contre la famille Durand : l'événement auquel nous faisons allusion se produisant, vint mettre le comble à cette rage sourde, et faire de l'oracle de la Bourse l'ennemi le plus implacable du négociant-député.

Un jour, à l'issue de la séance d'une commission parlementaire pour la réforme des tarifs douaniers, le ministre du commerce avait entraîné un peu à part

Durand, et tout en l'arrêtant dans une embrasure de fenêtre :

— J'ai quelques renseignements à vous demander, dit-il, sur quelqu'un que vous devez connaître, M. Bernard, le financier.

— Je suis à vos ordres, monsieur le ministre, je connais Bernard à fond, répondit le fabricant, je ne l'ai pas perdu de vue depuis ses débuts dans les affaires.

— Eh bien ! voici ce qu'il en est très nettement : M. Bernard sollicite la croix de la Légion d'honneur...

— Lui ! Bernard, la Légion d'honneur ! interrompit Durand en se récriant.

— Voici une exclamation grave, monsieur Durand, reprit le ministre. C'est presque une condamnation. M. Bernard, je dois vous le dire, est fort appuyé auprès de moi. C'est une personnalité financière considérable. Il a établi et établit même encore, en ce moment, des lignes de chemins de fer qui rendent les plus grands services au pays. Je serais donc fort disposé à le récompenser; toutefois, j'entends que la distinction que je lui décernerai n'aille pas à une poitrine qui n'en serait pas tout à fait digne. On n'est jamais sûr de rien avec les financiers... il y a parfois chez eux des mystères de passé effrayants... certains bruits vagues me sont revenus sur M. Bernard... Bref, je voudrais être éclairé complétement sur son compte... Expliquez-moi donc le sens de votre exclamation.

— Ce ne sera pas long, monsieur le ministre, répondit Durand ; comme vous le disiez tout à l'heure, mon exclamation n'est pas autre chose qu'une con-

damnation. Bernard, il y a trente ans, jeune encore
à vrai dire, a été condamné en Belgique pour abus de
confiance et malversation envers un riche propriétaire
du Nord qui lui avait confié le soin de ses intérêts. La
jeunesse de Bernard, la bienveillance dont voulut
bien l'entourer la partie lésée elle-même, lui obtinrent
auprès du tribunal le bénéfice de circonstances atténuantes. Sa condamnation fut relativement légère.
Les choses s'oublient vite de notre temps. Bernard
reprit les affaires, parcourut rapidement le chemin
brillant qui l'a conduit à la situation où vous le voyez,
et personne aujourd'hui ne se rappelle cet incident,
cette erreur de jeunesse, pas même lui. J'estime toutefois que la Légion d'honneur doit avoir, elle, plus de
mémoire et ne pas s'égarer à ces boutonnières à dou-
blures suspectes.

— Vous avez mille fois raison, monsieur Durand,
reprit le ministre; la Légion d'honneur ne s'est que
trop trompée d'adresse dans les temps troublés dont
nous sortons; il faut réagir maintenant avec plus de
sévérité que jamais. Je vous sais très grand gré de vos
renseignements. J'avais déjà recueilli sur M. Bernard
des données fâcheuses; son rôle pendant la guerre
a été plus que louche, ses relations avec le comte
Banhoff, avec la comtesse de Jarnailles, tout cela
sonnait déjà assez faux à mes oreilles... mais maintenant je n'hésite plus. La demande sera écartée...
Ah! fit alors le ministre comme se ravisant, pourriez-
vous me donner quelques pièces concernant cette affaire de Bernard dont vous m'avez parlé?

— Très facilement. Le Belge exploité par Bernard

était un ami de mon père : il le consulta alors en détail sur cette affaire. Je retrouverai tout cela au fond de mes papiers.

— Vous seriez bien aimable alors, mon cher collègue, de me rédiger un petit mémoire à ce sujet... Oh ! une note simplement.

— Comme il vous plaira, monsieur le ministre.

— Il ne me reste plus qu'à vous réitérer tous mes remercîments, mon cher collègue ; vous venez de rendre un réel service à notre ordre national et à moi-même.

Et il tendit sa main au député.

— Bien entendu, ajouta-t-il, tout ceci est entre nous... Vous me remettrez la petite chose que je vous ai demandée, un de ces jours en venant à l'Assemblée.

Les deux hommes se séparèrent alors, et le ministre alla se mêler au groupe de députés et de fonctionnaires d'où il était sorti pour parler à Durand et qui se tenaient à deux ou trois pas derrière lui, dans la galerie.

Sa conversation n'avait pas été aussi secrète qu'il le pensait et que Durand lui-même pouvait s'en flatter. Quelques bribes de l'entretien étaient parvenues aux oreilles d'un de ceux qui formaient le groupe en question et qui s'occupaient justement de faire obtenir à Bernard sa décoration. Le nom du financier, répété à plusieurs reprises dans le colloque ministériel, lui avait donné l'éveil, et il avait prêté une attention soutenue à ce qui se disait auprès de lui, qui l'avait mis à peu près en entier au courant de ce dont il s'agissait.

Il résolut de suivre l'affaire, comme on dit en style administratif, et quelques jours après, quand Durand eut remis au ministre la petite note promise, il ne lui fut pas difficile, grâce à la naïve confiance d'un des jeunes attachés de cabinet, de savoir à fond tout ce qui s'était passé.

Durand, lui, n'avait agi que par le seul sentiment du devoir à remplir. Sa vieille probité commerciale s'alarmait des indulgences accordées à notre époque à l'agiotage. L'occasion s'offrant, il n'avait pas été fâché de faire un acte de justice, une sorte d'exécution, nécessaire dans son idée. Et puis Durand tenait de son éducation, du milieu où il avait grandi, le respect invétéré de certaines choses : la croix d'honneur figurait parmi les vénérations de Durand, comme le drapeau tricolore. Il s'indignait furieusement quand il la voyait décerner à des gens « qui n'avaient rien fait pour la mériter », et il accusait alors le pouvoir de discréditer l'ordre « qui avait les respects de toute l'Europe.» L'idée qu'un spéculateur, qu'un tripoteur d'affaires tel que Bernard pût être revêtu de l'étoile des braves, avait mis le fabricant hors des gonds, et il avait lâché la vérité sans hésiter. Tant pis pour le financier, pensait-il, il ne fallait pas qu'il s'y frottât. Durand estimait qu'il n'avait pas perdu sa journée en préservant l'ordre national d'une atteinte de plus : les considérations de personne lui importaient peu. D'autant mieux, concluait-il, que Bernard ne saura jamais qui lui a coupé le ruban rouge sous la boutonnière.

C'est là que l'honnête fabricant se trompait tout à fait.

A quelques jours de l'entrevue que nous venons de rapporter, Bernard se croisa, dans un couloir de l'O-péra, avec le ministre du commerce. Aussitôt il s'em-pressa auprès de lui, tournant et retournant la question qui l'intéressait si fort, sans cependant oser l'aborder de front. Le ministre éludait toutes ces attaques avec une habileté désespérante. Poli, mais froid, il abrégea l'entretien avec une brusquerie qui, toute dissimulée qu'elle fût, ne laissa pas que de rendre Bernard per-plexe.

Il y a quelque chose, se dit-il ; et il se mit à s'in-former de tous côtés du résultat des démarches faites pour lui. En pareil cas, le candidat rencontre rarement la vérité. Chacun se dérobe, le berce d'illusions, l'en-dort d'espérances décevantes. La vérité se sait tou-jours bien assez tôt, est une maxime française qu'on pratique largement en cette circonstance. Et puis apprendre une mauvaise nouvelle n'a rien de très en-gageant : on redoute alors que la personne en cause n'accuse la mollesse des démarches faites, ne vous soupçonne de l'avoir mal servie, ne vous impute fina-lement son échec. On aime bien mieux lui laisser voir l'avenir tout en rose et bénéficier, en attendant qu'elle soit complétement éclairée, de la gratitude que vous procurent ses illusions.

Bernard attachait à la croix de la Légion d'honneur une importance exceptionnelle. Il eût volontiers payé cent mille francs le ruban rouge, hochet de vanité pour les autres, pour lui signe visible aux yeux de tous d'une honorabilité incontestée. Cet homme, qui était rassasié de toutes les satisfactions que donne l'argent, aspirait à celles qu'il est impuissant à procurer. Il avait, dans ses tiroirs, le brevet d'un titre de baron étranger, dont il dédaignait d'user, à l'exemple de M. Péreire.

— Dans ma profession, se contentait-il de dire, il faut bien avoir des titres de toutes les couleurs. Je l'ai dans mon bureau, cela me suffit.

Pour la Légion d'honneur, c'était une autre affaire, et il avait entassé manœuvres sur manœuvres, habiletés sur habiletés pour l'attirer à sa boutonnière. A toute souscription publique pour n'importe quelle œuvre bienfaisante, quel but patriotique, c'était l'offrande de Bernard qui arrivait la première et toujours sous la forme d'un chiffre très-voyant.

Il n'y avait pas de comité de charité organisé sous la présidence de Mme Thiers, ou de quelques femmes de ministre et de hauts fonctionnaires qui ne reçût, aussitôt sa formation, une lettre de Bernard accompagnée d'un don magnifique comme post-scriptum. Les relations considérables que ses affaires lui avaient attirées dans le monde politique, l'importance financière qu'il avait conquise, tout faisait espérer à Bernard qu'il touchait enfin au but de ses rêves.

Jugez de sa déception, de sa colère quand, l'époque de la promotion arrivée, il ne vit pas son nom figurer sur la liste. Cette fois, la vérité ne se fit pas attendre et il fut édifié complètement sur la main qui avait fait crouler ses châteaux en Espagne.

Il eut d'abord une explosion de rage folle, voulant tuer Durand et se venger aux yeux de tous. Mais bientôt sa froide logique reprit le dessus. Il comprit toute

la sottise, tout le désavantage qu'il y aurait pour lui à
ébruiter cette affaire. Il résolut d'agir en sourdine et
de frapper beaucoup plus sûrement. A un moment
donné, l'occasion s'offrirait à lui de se venger du fabri-
cant-député, et il le ferait sans pitié, sans merci. Cette
occasion, au besoin, il aiderait à la faire naître, et on
avait pu voir qu'il n'avait pas manqué à la promesse
qu'il s'était faite.

Aussi quelle joie lorsqu'il avait entrevu la possibilité
de rendre ce Durand, si fier de son honorabilité inat-
taquable, si orgueilleux de son vieux passé de probité,
incapable à son tour de recevoir un jour cette croix
d'honneur qu'il lui avait enlevée! Quelle volupté à
l'idée qu'il arriverait peut-être à obliger Durand à confesser son indignité devant le pays entier, en donnant,
par suite du désastre de ses affaires, sa démission de
député! Ce qu'il rêvait, ce n'était pas seulement la
ruine, c'était la honte. Il voulait à la fois son ennemi
à terre et déshonoré.

En poursuivant cette vengeance, il frappait, par
contre-coup, un homme qu'il haïssait profondément,
ce Roger de Solesmes qui possédait entier le seul
cœur par lequel il eût été fier d'être aimé. Le déshonneur du beau-père rejaillirait toujours quelque peu
sur le gendre, et le blason sans tache des Solesmes
ne laisserait pas que d'être éclaboussé. Quant à
Alice, qui savait ce que ces bouleversements pouvaient faire de sa destinée? Il rêvait à son endroit
mille choses plus folles les unes que les autres,
mille chimères plus invraisemblables qu'il serait possible de le dire : il l'aimait en dépit de l'affront qu'il

avait subi devant elle, en dépit de la rage sourde qu'il en avait conçue, et il se flattait au fond de lui-même que tout n'était peut-être pas fini pour ses espérances.

Telle est la raison de l'attitude montrée à Saint-Germain par Bernard : Durand, qui n'avait vu jusque-là que les sourires, allait connaître enfin ce qu'ils dissimulaient de haine et d'inimitié.

XLIV

Ce matin-là, il faisait sombre et triste. La pluie obstinée, monotone, fouettait les trottoirs et inondait les passants, malgré les parapluies que les efforts du vent retournaient avec violence. Les nuages bas et noirs couraient dans le ciel comme des feuilles emportées par un tourbillon, et sur les vitrages des magasins résonnaient les averses avec des bruits de tambour.

Huit heures venaient de sonner, Baptiste et François, les deux garçons de magasin avaient achevé de balayer les parquets et d'essuyer les comptoirs en chêne. Les grands rideaux de toile écrue qui protégeaient les croisées demeuraient encore fermés en attendant les employés, et sur le bureau de Peloux, le chef de la correspondance, de nombreuses lettres constellées de timbres étrangers, s'étalaient symétriquement disposées. A côté du *Journal du Havre* et du *Sémaphore de Marseille*, encore sous bande, était le courrier.

C'est le vieux Gaudinard, le caissier, qui fit son
apparition le premier, secouant son parapluie trempé
avant de le fermer et essuyant longuement ses
pieds au paillasson. Il venait de loin, le vieux Gaudinard, de la rue des Dames aux Batignolles, où il
vivait dans un modeste appartement, au second étage,
avec sa femme et ses deux filles déjà grandelettes, qui
seraient bientôt bonnes à marier. C'était le caissier
modèle que ce brave homme légué par Durand Iᵉʳ,
fondateur de la dynastie, à Durand II, notre héros.
Depuis quarante ans il tenait la caisse de cette maison ; des centaines de millions lui avaient passé par
les mains, et ses appointements, de deux mille huit
cents francs à l'origine, augmentés par fractions mini-
mes, ne dépassaient pas six mille francs.

Jamais une erreur ne s'était glissée dans ses livres
de compte et il avait passé une fois dix-huit heures
sans débrider à rechercher une différence de vingt-
trois francs qu'il avait payés en trop au garçon de la
Banque.

La vie de ce manieur d'argent était des plus humbles
et des plus saintes à la fois. Avec cinq cents francs
par mois la mère Gaudinard trouvait le moyen de
faire marcher la maison et de vêtir toujours convena-
blement ses filles, qui étudiaient pour être institutrices.
Elle-même, douée d'un certain talent de peintre qui
aurait pu se développer jadis, si l'argent et les protec-
tions ne lui eussent fait défaut au début de sa carrière,
décorait des éventails, et apportait par cette industrie
un léger surcroît de ressources. De son côté, Durand
ajoutait chaque année, au mois de janvier, après l'in-

ventaire, un billet de mille francs aux appointements
du caissier, gratification bien gagnée, attendue avec
impatience, escomptée en imagination six mois
d'avance et employée à mille objets divers.

Les distractions de ces âmes naïves étaient des plus
simples : promenades le dimanche aux Tuileries, dans
les musées ; l'été aux environs, dans la banlieue. Quelquefois, des troisièmes loges à l'Opéra-Comique, don
d'un vieux gérant de journal — autre cheval de ma-
nége condamné à tourner la roue sa vie durant sans
espoir — qui demeurait rue des Dames, sur le même
palier... Mais on choisissait les spectacles. La piété la
plus profonde et la plus sincère régnait dans cet intérieur. L'église voyait chaque dimanche toute la famille
pieusement agenouillée à la messe de huit heures, et
demandant à Dieu la force nécessaire pour continuer
cette vie de luttes courageusement acceptées et d'é-
preuves chrétiennement souffertes.

La seule débauche du vieux caissier était chaque
année le dîner d'inventaire, que de temps immémo-
rial la maison Durand et Cᵉ offrait à ses employés en
janvier. La fête se passait chez Véfour, dans ces salons
du troisième à plafonds écrasés où tant de joies banales à vingt francs par tête se sont donné carrière et
dont tant de noces et de festins ont terni les dorures.
C'était presque un repas de famille présidé par Durand
où Hubert assistait jadis, choyé comme un dauphin,
à côté du grand Cavelier, l'ancien spahis, aujourd'hui
commis-voyageur qui lui racontait des histoires de
femmes. Dans les dernières années, Hubert, trop lancé, dédaignait ces modestes agapes, reste des vieilles

II   3.

coutumes commerciales qui avaient un côté touchant et patriarcal rappelant la *Maison du chat qui pelote* et Popinot chez Birotteau ; l'inévitable turbot flanqué du filet au madère, suivi des sorbets et du chapon truffé arrosé de Moët, tisane paraissant fade à l'habitué des timbales Bontoux et du Saint-Marceaux de la Maison Dorée. Mais les commis se régalaient à fond et emportaient dans leurs poches des oranges et des petits-fours pour leurs maîtresses. Quelques-uns se grisaient consciencieusement, pauvres diables habitués aux dîners à trente-deux sous du quartier Montmartre, et finissaient leur nuit à Valentino, grâce aux louis de la gratification, tandis que le père Gaudinard pliant soigneusement le menu — toujours le même — le rapportait chez lui et racontait le dîner à ses filles.

— Pouah ! quel temps ! s'écria Peloux, faisant son entrée dans le magasin quelques minutes après Gaudinard. Je suis trempé jusqu'aux os. Et avec cela impossible de trouver un omnibus. Tous complets !...

— C'est toujours comme cela quand il pleut, remarqua le caissier avec sa philosophie naïve. Aussi moi, c'est fini, je n'en attends plus, j'affronte l'averse.

— Un gros courrier aujourd'hui, fit Peloux qui, après s'être débarrassé de son pardessus, avait pris séance à son bureau et portait la main sur les lettres entassées devant lui, on voit que c'est date d'arrivage.

Et il se mit à décacheter à mesure la correspondance.

— La quantité remplace la qualité, par exemple, reprit-il bientôt tout en poursuivant son travail, c'est à qui sera la plus mauvaise parmi ces lettres.

— Vraiment, fit Gaudinard en s'approchant du chef de la correspondance. Il ne nous manque plus que cela. Depuis trois semaines nous ne faisons plus d'affaires ; c'est à peine si on a vendu deux cents pièces. Hélas ! ajouta-t-il avec un soupir, où est le temps où les commandes étaient si nombreuses qu'on ne savait à qui entendre. La cour était pleine d'emballeurs, de caisses qu'on clouait, de camions... Aujourd'hui tout cela disparaît... Y a-t-il au moins des commissions dans votre maudit courrier ?

— Ah ! bien oui, pas une ; en revanche voici un compte de retour de quarante mille francs, de Dix et C°, de New-York, traites sur Felton, impayées. A Rio, Magalhaës a sauté, soixante mille francs de perte. Lopez, de Buenos Ayres, demande du temps ; il y a encore une révolution dans leur diable de pays et ils en profitent — naturellement. Quant à la Havanne, il y a longtemps qu'elle ne va plus : la guerre civile, la fièvre jaune et les changes, c'est trop à la fois pour ce malheureux pays. Ils ne font pas une remise par ce courrier.

— Tout cela est effrayant, dit Gaudinard, on ne pourra bientôt plus faire d'affaires. Heureusement que la succursale de Londres marche bien ; sans cela, ce serait inquiétant pour ici. Vous êtes satisfait du dernier inventaire, n'est-ce pas, Peloux ?...

— Je crois bien, cent cinquante mille francs de bénéfice en six mois !... Aussi allons-nous, pour faire de l'argent, tirer sur Jenkins, le banquier de Londres, où sont déposés nos fonds.

— Cela ne fera pas de mal à ma pauvre caisse,

riposta Gaudinard, car elle se vide à vue d'œil ; notre réprésentant Thompson aurait déjà dû nous faire envoyer de l'argent.

— Il aura attendu un change favorable pour acheter des chèques sur Paris. Vous savez d'ailleurs qu'il traite les affaires en grand, à l'anglaise.

— En trop grand, peut-être !... M. Durand a beau dire, cet homme-là ne me revient pas. Quand il est venu à Paris, il m'a fait toutes les honnêtetés imaginables, mais il ne m'inspire aucune confiance ; c'est un panier percé qui a toujours de l'or à même ses poches ; il n'est pas sérieux.

— Bah ! bah ! père Gaudinard, tout le monde n'est pas un saint comme vous. Thompson est jeune, il aime à s'amuser, et puisqu'il gagne de l'argent il est juste qu'il en dépense....

— Ecoutez, Monsieur Peloux ; il y a dépense et dépense. L'année dernière, étant à la fête de Saint-Cloud avec Mme Gaudinard et mes filles, nous avons failli être écrasés par une grande voiture à quatre chevaux où était Thompson entouré de créatures. Eh bien ! ce n'est pas la conduite que doit avoir un homme qui est dans les affaires.

— Neuf heures, dit Peloux en regardant un cartel placé au-dessus du poêle, M. Durand n'est pas encore arrivé. La Chambre est pourtant en vacances et il n'aura pas eu de solliciteurs à son petit lever.

— La Chambre entraîne à bien d'autres choses, insinua Gaudinard en hochant la tête. Certes, quand j'ai vu M. Durand élu député j'en ai été bien heureux et bien fier, d'abord pour lui, ensuite pour la maison :

mais maintenant j'en serais plutôt à déplorer cet honneur. C'est depuis la nomination de M. Durand à l'Assemblée que tout va mal ici. La fabrique et la politique, voyez-vous, cela ne va pas ensemble : il faut
tout l'un ou tout l'autre. Jamais, autrefois, M. Durand
n'aurait manqué d'être à son magasin à neuf heures.

— Vous êtes par trop rigide, interrompit Peloux.
Chacun a sa petite faiblesse : celle du patron est
d'être un homme politique... Ah! voilà le courrier
d'Angleterre, fit-il en s'interrompant : une lettre de
Jenkins et le *Times*.

Peloux donna un coup de ciseau pour ouvrir la
missive du banquier anglais. Il la parcourut d'un
coup-d'œil.

— Grand Dieu ! s'écria-t-il en pâlissant.

— Qu'y a-t-il? demanda Gaudinard.

— Jenkins nous avise que Thompson a retiré de
chez lui tous les fonds précédemment versés.

— Impossible ! exclama Gaudinard éperdu.

— Voyez vous-même, répondit Peloux en passant
la lettre au caissier, tandis que machinalement il
ouvrait le *Times*, où quelques lignes encadrées au
crayon rouge lui sautèrent immédiatement aux yeux :

« On a trouvé ce matin, à Saint-Johns'wood, le
cadavre du nommé James Thompson, représentant de
la maison française Durand et Ce, percé de deux balles
dans la poitrine. Une lettre trouvée dans les poches
de ce malheureux, fait connaître qu'ayant perdu au
jeu des sommes considérables appartenant à son patron, il n'a pas voulu survivre à sa honte et s'est
volontairement donné la mort. »

Peloux achevait de lire à haute voix ces lignes quand Durand entra dans le bureau.

— Qui s'est tué?... demanda-t-il.

— Hélas! monsieur, répondit Peloux, une bien triste nouvelle. Thompson s'est suicidé après avoir englouti tout l'argent déposé chez Jenkins.

— C'est le dernier coup, balbutia Durand en s'affaissant sur une chaise...

— Au nom du ciel, monsieur, ne vous désespérez pas, s'écria Peloux en s'empressant auprès de lui, secondé par Gaudinard tout ému. Il y a encore des ressources, tout n'est pas perdu.

— Si, mes amis, répliqua Durand en relevant la tête, tout est perdu. Une spéculation malheureuse a dévoré ma fortune personnelle. Je suis ruiné. Je ne comptais plus pour soutenir la maison et me donner le temps peut-être de me relever que sur la succursale de Londres. La mort de Thompson m'achève...

— Mais il vous reste du crédit, s'écria Gaudinard, nous n'avons pas tout épuisé et s'il le faut, ajouta le caissier en faisant un effort héroïque, nous aurons recours à la circulation : la signature *Durand et Cᵢᵉ* vaut encore de l'or.

— A quoi bon lutter? murmura Durand d'un ton découragé.

— Gagnons, au moins, du temps; vos amis pourront intervenir, dit Peloux. On ne vous laissera pas sombrer ainsi.

— Mes amis... fit amèrement Durand. Puis, après une pause : Eh bien! puisque vous le voulez, luttons; Gaudinard, apportez-moi vos livres, nous allons travailler.

XLV

Ce que cherchait Durand, c'était du crédit, c'est-à-dire une chose toute de convention, difficile à créer, plus difficile à conserver encore et qui peut en revanche s'évanouir en quelques heures. La réputation commerciale d'une maison est comme un miroir d'acier, aucune ombre ne doit, fût-ce momentanément, en voiler la surface, et les méchantes langues habiles à distiller le venin le savent bien. L'haleine impure d'un ennemi suffit à ternir tout un passé de labeurs obstinés, de luttes sans trève ni merci. Une parole malveillante prononcée en public, peut anéantir le crédit de l'homme le plus honorable et le plus honoré.

Dès qu'on commence à suspecter la solvabilité d'un négociant, il est perdu. Pas plus que la femme de César, la caisse d'une maison ne doit être soupçonnée et c'est surtout en matière commerciale que Bazile est dangereux quand il exécute son grand air de la calomnie.

Le pauvre Durand ne devait pas tarder à en faire l'expérience.

La première maison à la porte de laquelle il alla frapper était celle de Martin-Landon, un des gros bonnets de la banque du quartier Poissonnière. Martin-Landon était du même pays que Durand et avait été camarade d'enfance avec lui. Son père, spéculateur en grains, avait été fort lié avec celui du notable commerçant, et dans une des crises si fréquentes en ce genre d'affaires lui avait dû son salut. Plus tard, des héritages considérables en terres, d'heureuses entreprises l'avaient rendu plusieurs fois millionnaire et, dédaignant de laisser son fils continuer ses opérations, il l'avait mis dans la banque. C'était rester dans un courant d'affaires analogues mais d'un ordre plus relevé. Durand et Martin-Landon ne s'étaient jamais perdus de vue. Leurs femmes échangeaient des visites au jour de l'an et aux circonstances obligatoires notées dans le *Manuel de la civilité puérile et honnête* et les deux familles se recevaient mutuellement les soirs de grand bal. Durand avait donc été naturellement conduit à s'adresser en premier lieu à Martin-Landon pour le service qu'il convoitait.

Martin-Landon était un homme d'une cinquantaine d'années, court, rond, la mine haute en couleur, égayée encore par une invincible jovialité. Il tournait sans cesse sur lui-même comme une toupie d'Allemagne, heureux de vivre et de le montrer aux autres.

— Ah! vous voilà Durand, fit-il joyeusement au fabricant dès que celui-ci eut pénétré dans son cabinet... Il me semblait bien avoir entendu votre voix dans les bureaux... Quel bon vent vous amène? Je vous présente l'homme le plus heureux du monde... Je marie mon fils, mon cher, mon fils Ernest, vous savez bien, et dans des conditions tout à fait inespérées... Il n'était pas facile à caser, le cher garçon... Figurez-vous qu'il avait une liaison, une liaison avec une petite maîtresse de piano des Batignolles. Si cela ne fait pas mourir de rire, parole d'honneur!... Ne voulait-il pas l'épouser sous prétexte qu'il s'était laissé attribuer un enfant. Voyez-vous où en serait la société si les fils de famille se mettaient à épouser toutes les drôlesses sans dot qui exploitent leurs bons sentiments... Heureusement que nous y avons mis bon ordre sa mère et moi... Nous l'avons raisonné, entortillé, mis *à quia* en un mot... Bref, il se marie dans trois semaines avec la fille de maître Depicardie, la meilleure étude de Paris, avec cinq cent mille francs de dot... cinq cent mille francs, mon cher, c'est superbe! La maîtresse de piano a voulu faire du bruit, elle a traîné son enfant chez le beau-père... mais maître Depicardie n'est pas un homme à s'en laisser imposer... il a répondu à la donzelle qu'il demanderait à l'autorité de se charger de son sort et on n'en a plus entendu parler... Ernest a reconnu ses erreurs... tout marche à merveille... on signe le contrat de mercredi en huit... Vous viendrez avec Mᵐᵉ Durand, et, si j'osais ajouter, avec Mᵐᵉ la vicomtesse de Solesmes. Dois-je envoyer une invitation au vicomte? Nous sommes tous dans une joie...

— Qui me rend bien heureux moi-même, mon cher Martin, interrompit Durand en serrant la main du banquier... J'étais venu pour une affaire...

— Quelle affaire? Des renseignements sans doute...
Je vais vous donner cela à la minute... Je connais
ma France commerciale sur le bout du doigt...

— Non, mon cher ami, il ne s'agit pas de renseignements, c'est une affaire qui m'est toute personnelle...

— Voyons cela.

— Mon Dieu! répondit Durand un peu hésitant,
c'est assez délicat, et c'est pourquoi je me suis adressé
à vous tout d'abord. Vous savez combien vont mal les
affaires d'exportation. L'Amérique subit une crise, la
Havane est dans le désarroi, les républiques espagno-
les ne sortent pas des révolutions : bref, on ne paie
pas, et j'ai été obligé, tous ces temps-ci, à des rem-
boursements considérables coup sur coup. Ce n'est
qu'un moment à passer, et je viens vous demander
de vouloir bien m'ouvrir un crédit de 300,000 francs.

— Ah! mon pauvre Durand! ce que vous me dites-
là me fait bien de la peine, répliqua le banquier en essayant de prendre un air contrit que sa mine rubi-
conde se refusait à accepter; une si bonne maison que
la vôtre, comment peut-elle en être-là...?

Puis, après une pause.

— Ecoutez, mon cher ami, continua-t-il en affectant de peser ses mots, dans tout autre circonstance,
ma caisse vous serait ouverte sans compter, mais dans
l'état actuel des affaires, je suis obligé d'être prudent. Vous ne faites pas, par malheur, assez attention, vous, généralement, mon cher Durand. —
La politique peut d'un jour à l'autre vous jouer des
tours contre lesquels il faut se garer... Eh, mon Dieu!
le retour d'une nouvelle Commune n'est pas chose

impossible!... la besogne qui se fait à Versailles n'a
rien de très rassurant... Je ne dis pas cela au moins,
Durand, pour vous blesser dans vos fonctions de député, je sais que vous êtes au fond un conservateur
et un ami de l'ordre, malgré vos tendances au drapeau
rouge... au drapeau rouge, je maintiens le mot, ré-
péta le banquier sur un geste de protestation du fabricant... Vous emboîtez le pas à des amis très dangereux et, au total, mon cher, vous êtes un peu la cause
de ces crises dont le contre-coup vous atteint si fort
en ce moment... Vous l'avez voulu, comme Georges
Dandin...

Voilà pour la raison affaire; si maintenant j'aborde
la raison personnelle, vous comprendrez que, mariant
mon fils, je me trouve en ce moment, moi-même assez obéré... Mais au moins là c'est pour le bon motif,
s'empressa d'ajouter Martin-Landon en reprenant son
visage épanoui, tandis que vous, Durand, votre fils vous
a jeté dans l'embarras... pourquoi? je vous le demande.
Oh! ne riez pas, mon cher ami, continua-t-il en réponse à un signe de Durand, il m'est revenu sur votre
Hubert les choses les plus fâcheuses... J'ai dû défendre à Ernest de le voir... Quel malheur! cet Hubert,
un si gentil garçon, mais vous l'avez gâté, mal élevé
et aujourd'hui vous ne pouvez même plus payer les
diamants qu'il donne à ses maîtresses... Il m'est revenu des effets de lui impayés à la Banque au compte
de Mortimer... Mortimer m'en a raconté de belles à ce
sujet, c'est lui qui fournit les bijoux de la corbeille
pour mon fils... Franchement, mon cher ami, je man-
querais à mes principes si je vous ouvrais un crédit

pour solder vos faiblesses paternelles et, laissez-moi
dire le mot sans fiel entre nous, vos erreurs politiques... ce serait vous rendre mauvais service à vous-
même, et je vous porte trop d'amitié, à vous qui êtes
un vieux camarade d'enfance, pour jamais agir ainsi.

En achevant ces mots, il se leva de son fauteuil.
Durand comprit, le rouge au front, et quitta son
siége.

— Je vous demande pardon, dit-il, de vous avoir
importuné de cette affaire, mais votre père m'en
avait donné autrefois l'exemple auprès du mien. N'en
parlons plus.

— Sans rancune au moins, mon cher Durand, reprit vivement le banquier en tendant au fabricant une
main que celui-ci effleura à peine, vous savez, je
compte sur vous et sur Mᵐᵉ Durand pour le contrat
d'Ernest. C'est chose dite. Votre signature de député
est promise à maître Depicardie.

— Celle-là vaut donc encore queque chose, murmura entre ses dents Durand s'enfuyant des bureaux
de la maison Martin.

Cette idée qu'il tourna et retourna dans son esprit,
contrebalança un peu pour le notable commerçant
l'émotion profonde qu'il avait ressentie de l'insuccès
de sa démarche auprès de Martin-Landon. Puisque
mon vieux nom commercial, pensa-t-il, ne suffit plus
maintenant pour m'ouvrir toutes les portes, puisque tout le passé d'honneur, de loyauté, de services
rendus par ma maison est impuissant à me tenir lieu
de *firman*, c'est ma situation en dehors des affaires
qu'il me faut invoquer — il n'osa aller jusqu'à dire

exploiter — le député doit aujourd'hui sauver le fabricant.

Et il se mit à chercher dans sa tête chez qui il pourrait expérimenter ce nouveau plan de campagne. Après avoir tâtonné sur bien des noms, la pensée soudaine lui vint de s'adresser à Ondscote.

— Ondscote ! comment n'y avais-je pas songé plus tôt ? C'est là l'homme qu'il me faut.

Et il donna à son cocher l'ordre de filer bon train à la Chaussée-d'Antin, où se trouvaient les bureaux du célèbre financier hollandais. Mais quelque diligence qu'il fît, il ne put arriver chez le banquier qu'au moment où onze heures sonnaient.

Durand descendit donc de voiture juste à temps pour rencontrer sur le perron Ondscote qui sortait pour aller déjeuner.

— Quoi, c'est vous, mon cher député, s'écria le Hollandais. Quel heureux hasard vous amène dans nos bureaux ?

— Oh ! je venais vous demander un moment d'audience, monsieur le baron, répondit timidement Durand, mais puisque vous sortez, je reviendrai. Ce sera pour une autre fois.

— Pas du tout ! je vais rentrer dans mon cabinet. Je ne veux pas qu'il soit dit que j'ai fait attendre un de nos 750 souverains. Remontons donc.

— Jamais, Je ne souffrirai... balbutia Durand, en se défendant.

— Allons, faites mieux, reprit le baron. Venez sans façon déjeuner chez moi. Nous causerons les coudes sur la table. Seulement je vous préviens que nous fe-

rons maigre chère ; la baronne et sa fille sont à Trouville
et je vis en garçon. Allons, montez vite, et familière-
ment il poussa Durand dans une victoria attelée d'un
superbe cheval qui s'était avancée pendant le colloque.

Il n'y avait pas moyen de résister. Moitié de gré,
moitié de force, Durand se laissa faire et la voiture
contenant le député et le financier, côte à côte, roula
rapidement vers le parc Monceau, où le baron possédait un hôtel splendide, une des merveilles de
Paris.

— Et Mᵐᵉ Durand, comment se porte-t-elle ? interrogea le baron avec bienveillance. Bien, j'espère,
ainsi que la vicomtesse de Solesmes. Ah ! la baronne
et ma fille ne perdent pas le souvenir de la bonne saison qu'elles ont passée à Houlgate avec ces dames. C'é-
tait en 1867, si je ne me trompe.

— En 1868, rectifia Durand. Je me rappelle la date,
parce que ma fille Alice s'est mariée l'année d'après.

— Ces dames font donc des infidélités à la plage à
la mode, reprit le banquier ; je ne les ai point vues
cette année.

— Mais, répliqua Durand, ma fille est absente pour
quelque temps. Elle voyage avec son mari. Quant à
ma femme, elle est un peu souffrante, et je crois que
nous passerons le reste de l'été à Maisons-Laffitte.

— A propos, reprit le baron, y a-t-il longtemps que
vous n'avez vu Mᵐᵉ Thiers ? Non, sans doute, car vous
êtes un des assidus de la Présidence. L'excellente
femme ! Vous souvenez-vous combien elle se donnait
de mal dans ce comité de bienfaisance dont nous

étions membres. C'est même là que j'ai eu le plaisir de faire votre connaissance.

— Plaisir bien partagé, fit Durand que cette cordialité toute superficielle mettait à l'aise. Sapristi! quel bon cheval vous avez là!

— Oui, c'est une belle bête. Je l'ai payée sept mille francs à Charles Marx. Mais nous voici arrivés avenue Ruysdaël. Je réclame encore une fois votre indulgence; vous allez trouver une maison tout en désordre.

XLVI

Quelques instants après, les deux hommes étaient attablés dans une vaste salle à manger dont Gustave Boulanger avait peint le plafond et dont les murailles étaient recouvertes d'admirables tapisseries pareilles à celles qui décorent l'hôtel André, boulevard Haussmann. La table, luxueusement servie, supportait un déjeuner fin ; des perdreaux, une truite saumonée, un pâté de foie gras, une salade russe composaient le menu arrosé de xérès authentique, provenant des caves de Domecq, de la Tour-Blanche et d'un Château-Laffitte que Bignon eût coté trente francs la bouteille. Le tout était servi dans de la vaisselle plate. C'est ce que le baron appelait déjeuner en garçon.

— Il n'est point venu de lettres, ce matin, Elisée ? dit-il au valet de chambre à tournure diplomatique qui servait.

— Pardonnez-moi, monsieur le baron, répondit le fonctionnaire à cravate blanche. Il y en a une sur le petit plateau, à côté de monsieur le baron.

— Tiens, je ne l'avais pas vue. Vous permettez, mon cher député ?

Et faisant sauter le cachet d'une élégante missive écrite sur papier gris-poussière avec le chiffre argent et noir, le baron lut avec un plaisir évident.

— Ah ! nous ne jouons pas ce soir ! Elisée, dis à Edwin d'atteler le coupé pour six heures. On viendra me chercher au cercle impérial. Ah ! les harnais de poste. Nous allons à Billancourt ; aimez-vous le théâtre Français, Monsieur Durand ?

— Oui, monsieur le baron, et vous ?

— Oh ! moi, j'en suis fou. La baronne a sa loge tous les mardis, et moi je suis abonné à l'année.

— A l'année ! fit Durand stupéfait.

— Oui, c'est drôle ! Il n'y a que moi qui ai mon fauteuil tous les jours, mais je trouve cela plus commode.

— Je vais peu au théâtre depuis quelque temps, reprit Durand, désireux de ramener la conversation à un sujet plus pratique, les affaires...

— Ah ! les affaires. Devez-vous en faire, heureux gaillard ! Il n'était bruit à la Bourse dernièrement que des millions que vous avez gagnés sur le Mobilier. Savez-vous bien que vous nous faites une concurrence déloyale, messieurs du commerce et de l'industrie. Vous ne vous contentez pas des bénéfices immenses que vous rapportent vos maisons. Vous venez braconner, sur nos terres, autour de la corbeille. C'est mal, cela ?

— Un instant, fit Durand. D'abord j'ai reperdu et au-delà mes bénéfices de Bourse. Quant aux affaires

proprement dites, elles vont mal et la preuve c'est
que...

— Mal ! les affaires, allons donc. L'autre jour, à
l'Hôtel des Ventes, j'ai poussé jusqu'à quatre-vingt-
dix-sept mille francs un Hobbema. Savez-vous qui l'a
eu ? Dunois, le propriétaire du *Grand-Marché*. Bour-
nofle, le fabricant de plaqué, a disputé à Adolphe de
Rothschild la fameuse épée de cinquante mille francs,
et Vaux-Praslin, dont j'avais envie, a été acquis par
M. Sommier, le raffineur. Les pauvres banquiers, comme moi, ne peuvent pas se passer des fantaisies si coû-
teuses.

On en était au café.

— A propos de tableaux, dit le baron en se levant,
il faut que je vous fasse voir ma galerie. J'ai des For-
tuny comparables à ceux de Steward et quelques beaux
Regnault, sans parler des Detaille et des Neuville.
Tenez, continua-t-il tout en marchant, voici de belles
choses : la *Saint-Jean*, de Jules Breton, qui était au
dernier Salon ; le *Christ*, d'Henri Lévi ; la *Dalila*, de
Humbert ; voici la *Merveilleuse*, de Madeleine Lemaire;
un Zichy foudroyant, l'*Orgie sous Henri III* ; enfin,
une admirable peinture à l'huile de Charles Lepec, la
Tarasque. Voyez quelles couleurs spéciales et fondues,
on dirait des émaux ! Et quelle belle *Sainte Marthe*,
comme son profil angélique se détache sur les fonds
de brique des collines du Rhône ! C'est vraiment une
belle œuvre !

Le riche financier auquel — rendons lui justice —
l'opulence n'enlevait pas le goût, aurait pu continuer
longtemps l'énumération de ses richesses artistiques.

Durand ne l'écoutait pas. Il voyait le temps passer, l'heure de la Bourse arriver et il se disait que midi et demi allaient sonner, que le baron partirait avant d'avoir eu le temps de lui formuler sa demande.

Il fallait donc parler. Il y avait toute apparence de succès, un homme aussi riche ne lui refuserait pas quelques centaines de mille francs, une paille pour Ondscote, le salut pour la maison de la rue du Sentier. Mais comment s'y prendre ? L'émotion, la fumée du xérès, la chaleur qui était excessive dans la galerie, tout contribuait à augmenter le fiévreux embarras du pauvre homme. Allons, se disait-il mentalement, quand le baron sera arrivé au bout de la galerie, je parlerai, et le baron arriva au bout de la galerie et il la redescendit dans toute sa longueur avant que Durand eût ouvert la bouche.

Le baron regarda l'heure.

— Diable ! midi et demi. Et la Bourse ! Il faut pourtant que je vous montre mes écuries, mon cher député, continua-t-il. Si vous êtes amateur...

Cette perspective acheva de décider Durand. Il réunit toute sa force, et le front couvert de sueur :

— Monsieur le baron, fit-il résolûment en s'arrêtant sur place, j'ai un service à vous demander.

— Lequel, cher monsieur, fit le banquier, s'arrêtant aussi, et d'un air légèrement étonné.

— Voulez-vous m'ouvrir un compte chez-vous ?

— Assurément, reprit le financier. Je n'y vois nul inconvénient. Mais pourquoi prendre cet air tragique !

— Ah ! baron, reprit Durand dont les yeux s'empli-

rent de larmes, vous me sauvez. Merci, merci, ajouta-
t-il en tendant la main à d'Ondscote.

— Qu'avez-vous donc, cher monsieur? articula le
banquier stupéfait. Qui peut vous mettre dans un tel
état, seriez-vous indisposé?

— Oui... oui..., un peu, balbutia faiblement Durand,
s'apercevant trop tard de la maladresse qu'il venait
de commettre. La chaleur... le déjeuner...

— Elisée, de l'eau, commanda impérativement le
Hollandais qui venait de sonner. Vous m'excuserez si
je vous quitte, cher monsieur Durand, ajouta-t-il en
regardant de nouveau sa montre, mais il se fait tard.
Pour la petite affaire en question voyez Golsheim, mon
porteur de procuration. Je vais lui en dire deux mots
en passant. Allons, adieu, remettez-vous.

Et le baron fit une fausse sortie pour rentrer immédiatement et dire à son Frontin :

— Elisée, n'oublie pas d'aller chez Scocard chercher le bouquet de tubéreuses que je vais comman-
der. On le mettra dans le coffre du coupé.

Les soins d'Elisée et surtout la bonne assurance du
baron, remirent promptement Durand sur pied. Il
remercia l'imposant domestique et s'achemina tout
doucement vers la Chaussée-d'Antin.

— Trois cent mille francs, se disait le brave homme
respirant à pleins poumons, trois cent mille francs, est-
ce assez? Ma foi! non. C'était bon pour Martin-Landon,
ce *margoulin* de la rue Bergère, cet escompteur de
broches ; ici, avec ce prince de la finance, on peut
demander plus. Oui, cinq cent mille fancs, c'est bien.
Je leur demanderai cinq cent mille francs, Qu'est-ce

que cela leur fait, d'ailleurs ; ils ont tant d'argent !

Tout en rééditant la fable de Perrette, le bonhomme avançait. Bientôt il arriva dans les bureaux où il n'avait pas pénétré le matin. Il fit passer sa carte à Golsheim et s'assit en attendant, dans l'inévitable salon vert que l'on trouve chez tous les banquiers.

Il y était depuis quelque temps, quand la porte s'ouvrit brusquement et un jeune homme d'environ vingt-deux ans se montra.

— Tiens, c'est vous, monsieur Frank, s'écria Durand en tendant la main au nouveau venu. Comment va ? J'ai déjeuné avec votre père.

— Mais, mon père est absent, répliqua Frank d'Onds-cote avec une froideur marquée. Il ne rentrera même pas après la Bourse.

— Aussi n'ai-je pas affaire à lui, répondit gaiement Durand, mais à M. Golsheim, auquel monsieur votre père a dû me recommander.

— Ah ! c'est différent. Salut, monsieur.

Et le jeune homme passant par les bureaux entra chez Golsheim, le porteur de procuration de la maison d'Ondscote.

— Que diable vient faire ici ce Prudhomme de Durand, dit-il au vice-empereur de la maison ? Emprunter de l'argent. On le dit en mauvaises affaires ?

— Juste, répliqua Golsheim. Il a déjeuné avec votre père et lui a demandé un crédit. Le baron lui a dit oui, et alors l'autre a fondu en larmes en s'écriant qu'on le sauvait ! Cela a fait réfléchir votre père, qui m'a dit de prendre des renseignements. Ils sont tout

II   4.

pris. Je sais que c'est une maison qui tombe. Je vais lui refuser tout crédit.

— C'est bien fait, dit haineusement Franck. Son fils est un poseur, je le déteste. Alors ils sont ruinés !

— A peu près.

— Tant mieux. Nous verrons quelle tête fera le sire Hubert quand il n'aura plus son chic et ses voitures. Tiens je vais aller voir la Chantenay. Elle doit crever de rage. Ce sera drôle.

Sur cette dernière observation, l'aimable jeune homme sortit en sifflotant du cabinet de Golsheim tandis que Durand radieux y entrait par une autre porte.

— C'est à monsieur Golsheim que j'ai l'honneur...

— Oui, monsieur.

— Le baron a dû vous parler de moi.

— Oui, monsieur. Il m'a informé que vous sollici- tiez une ouverture de crédit de la part de notre mai- son et m'a chargé de vous aviser, qu'à son grand regret il lui était impossible d'accéder à votre de- mande.

— Comment ! s'écria Durand atterré, mais tout à l'heure, le baron...

— Tout à l'heure, le baron emporté par sa bonté naturelle, aura certainement eu le désir de vous aider, monsieur ; mais, moi, qui m'occupe spécialement des comptes-courants de Paris et qui décide seul dans ce département, je suis forcé de vous refuser.

— Mon Dieu, dit Durand éperdu.

— Je le voudrais, d'ailleurs, que je ne pourrais pas, monsieur, ajouta Golsheim en manière de consolation. Vous savez que la Banque ne prend le papier qu'à trois signatures. En dehors de vos clients sur la solvabilité desquels le temps nous manque pour nous renseigner, il nous en faudrait donc une autre avec la vôtre, une autre *bonne garantie*, appuya Golsheim qui en se levant, fit comprendre à Durand que l'audience était terminée,

— C'est bien, au revoir, monsieur, dit Durand qui sortit en chancelant. Remerciez M. le baron de ma part. Son déjeuner était excellent.

XLVII

Durand avait retrouvé un moment son énergie pour
prendre congé de Golsheim, mais une fois sur le trottoir, toute la réalité de sa situation lui apparut à froid,
et il demeura écrasé, anéanti. La déception avait été
rude, et le coup qui l'avait atteint en pleines illusions
lui avait été encore plus sensible que le refus éprouvé
chez Martin-Landon. « Que devenir? se dit il ? où m'a-
dresser? Il me faut cependant cette ouverture de crédit ; sans cela, c'est la ruine irrémédiable, et avec
elle le déshonneur. » Un frisson lui traversa le cœur
à cette pensée. « Voyons ! il n'est pas possible que
dans tout Paris il ne se trouve personne pour sauver
un honnête homme qu'une bourrasque atteint, mais
qui, en somme, est encore assez fort pour dominer la
situation pourvu qu'on l'aide un peu... Mon parti,
pour qui j'ai fait tant de sacrifices, qui a toujours
trouvé ma caisse ouverte à toutes ses demandes, ne
peut me laisser succomber sans secours. Ce serait in-

digne et, bien plus, impolitique. Que me faut-il,
après tout? une misère. Je ne puis manquer de la
trouver là... Gautard me disait encore, il y a quelques
jours, que dans un parti chacun est solidaire... que
c'est aux grands à venir en aide aux petits... et Gautard n'est pas un théoricien, un simple faiseur de
phrases comme tant d'autres... C'est un cœur généreux, enthousiaste... Il a donné cent mille francs d'un
coup au plébiscite pour soutenir les comités de protestation... Ses millions sont aux autres avant d'être à
lui... Cet homme-là ne me refusera pas... Et Durand
se dirigea vers la maison de Gautard, député de la
gauche, son collègue à l'Assemblée.

Gautard habitait rue Vieille-du-Temple un ancien
hôtel du temps du président de Harlay, transformé
quelque peu depuis la Révolution par les diverses in-
dustries qui s'y étaient succédées, mais qui gardait
cependant encore dans son ensemble un beau caractère. Le député habitait au fond de la cour un vaste
appartement revêtu de boiseries sculptées d'une
grande allure, mais avec lesquelles un mobilier d'aca-
jou, acheté faubourg Saint-Antoine, formait le plus
désastreux contraste. C'était bien l'image du temps :
le petit bourgeois, démocrate et plat, usurpant la place
des magistrats majestueux de l'ancien régime.

Dans les bâtiments situés sur le devant de la rue, et
ceux-ci de construction plus récente, Gautard avait
installé ses ateliers, car le député cumulait avec ses
fonctions législatives les qualités de batteur d'or et
de banquier. C'étaient même ces deux dernières situations qui l'avaient conduit à la première dignité.

L'industriel joint au capitaliste avait facilement eu raison des votes des ouvriers et des petits négociants qui vivaient de son atelier et de son escompte. Gautard était d'ailleurs un démocrate patenté, une sorte, de petit manteau bleu de l'égalité et de la fraternité, toujours prêt à couvrir le pauvre et le souffrant des plis de sa redingote.

Au physique, c'était un homme mince, au teint blême, au crâne dénudé entouré d'une couronne de longs cheveux gris rejetés sur l'oreille, à l'apôtre. Le dos était légèrement voûté, comme il convient à un penseur qui a peiné sur tous les problèmes sociaux. Gautard avait à son compte un certain nombre de brochures de philanthropie ouvrière. Il avait exercé dans l'extinction du paupérisme et la solidarité des travailleurs. Le salaire proportionnel n'avait pas de mystères pour lui, et les tours et détours des sociétés coopératives lui étaient familiers. Il était président d'un comité de secours mutuels et franc-maçon convaincu.

Gautard était riche, très riche même, et c'était là surtout où résidait sa force. Il avait compris l'avantage qu'il y aurait à faire miroiter ses millions dans un parti où l'on ne compte d'ordinaire que par sou, et au lieu, comme tant d'autres industriels enrichis, de vouloir jouer au grand seigneur sans parvenir à empocher la mise, ce millionnaire s'était fait peuple le plus possible, et l'humble serviteur des gueux pour toucher la recette.

La guenille ne s'était pas montrée ingrate, et avait envoyé à la Chambre cette redingote doublée de billets de banque, mais dont l'extérieur savait rester assez râpé pour ne pas l'offusquer.

Gautard avait une situation à part dans le côté de l'Assemblée où il siégeait. Il représentait l'argent. On le respectait là comme toute chose qu'on envie, et il avait l'autorité de l'homme qui possède dans la société de gens qui aspirent à avoir.

Durand avait été à plusieurs reprises l'objet des prévenances de Gautard. Le batteur d'or avait plus d'une fois exalté en lui le haut baron de la fabrique, dédaignant les vieux préjugés du capital pour tendre la main à la démocratie ouvrière. C'était son style à lui, Gautard, et Durand avait trouvé alors qu'il avait du bon.

Ce fut donc bravement, d'égal à égal, que le notable de la rue du Sentier se fit annoncer chez son collègue de la rue Vieille-du-Temple.

A son nom, Gautard se leva vivement, et s'empressant sur la porte de son bureau :

— Que je suis heureux de vous voir, mon cher collègue, s'écria-t-il ; tout à l'heure j'avais ici Jules Simon et nous parlions de vous. Il s'agit de certaines réformes dans les comités ouvriers qu'il médite, et nous disions combien vos conseils seraient précieux pour élucider la question. Il doit aller vous voir demain sur mon avis. Mais entrez donc que nous causions à l'aise.

Et il attira Durand vers un siége qu'il lui tendit près de son bureau.

— Je viens pour vous parler d'affaires, dit le fabricant, aussitôt que son interlocuteur eut pris séance.

— D'affaires politiques? interrogea Gautard. Que se passe-t-il?

— D'affaires personnelles, mon cher confrère, reprit vivement Durand, en accentuant le mot. Vous êtes dans l'industrie et vous comprenez mieux que personne les passes qu'on a parfois à y traverser. En ce moment, par suite des complications extérieures, je subis une crise très passagère, à n'en pas douter — le fabricant était devenu circonspect depuis ses deux échecs de la matinée, — et je souhaiterais que vous m'ouvriez un crédit dans votre maison, trois à quatre cent mille francs au maximum.

— Diable! le moment est mauvais. Tout le monde est plus ou moins atteint par les désastres financiers de ces derniers temps. Enfin, continuez!

— Mais j'ai fini, riposta Durand étonné. Pouvez-vous me rendre ce service?

— Mon cher ami, répliqua l'autre, ce serait avec le plus grand plaisir, mais réellement en ce moment-ci, je n'ose. Il se prépare de grands événements; des crises financières peuvent en être la conséquence, et il faut serrer les voiles. J'ai de chers intérêts à sauvegarder.

— Comment, vous me refusez, vous aussi! s'écria imprudemment Durand.

— A mon grand désespoir, reprit Gautard, qui n'eut pas l'air d'avoir entendu ce cri du cœur, mais qui en fit son profit, vous m'en voyez désolé. D'ailleurs, comprenez-le bien, mon ami, appuya-t-il d'un air onctueux, ce ne sont pas là mes affaires. Je ne fais pas de banque à proprement parler, j'accepte le papier que les commissionnaires et les marchands du Palais-Royal et de la rue de la Paix donnent aux bijoutiers qui m'achètent de l'or. C'est plutôt une œuvre philan-tropique qu'une spéculation. Et ces fonds-là, c'est sacré ; je ne saurais en détourner une obole.

Durand fit un mouvement qui pouvait à la rigueur être pris pour un signe d'acquiescement.

— En dehors de cela, continua Gautard avec volu-bilité, je fais tous les jours d'immenses sacrifices pour le parti. J'ai souscrit cinquante mille francs pour en-voyer des délégués à l'Exposition de Vienne, puis ça été la caisse de secours des déportés, les inondés de Bercy, que sais-je? Je suis à sec, mon ami, à sec. Vous ne m'en voulez pas, n'est-ce pas ? ajouta-t-il en ser-rant affectueusement les mains du pauvre négociant. Pourquoi ne vous adressez-vous pas à un autre. Je sais quelqu'un qui vous ferait parfaitement votre affaire.

— Qui cela ? demanda désespérément Durand, prêt à se raccrocher à n'importe quelle branche.

— Mais, parbleu, Schmitz, de la rue Vauvilliers. Le connaissez-vous?

— Pas du tout.

— Eh bien ! allez-y de ma part. Je vous garantis que vous serez bien reçu.

Dans l'état d'esprit ou se trouvait Durand, rien ne devait lui coûter. Il résolut donc de se rendre, séance tenante, à l'endroit indiqué, descendant ainsi, sans le voir, l'escalier de la ruine. La gradation était en effet complète et nettement tracée. Il s'était adressé, en premier lieu à un ami, à un voisin, au banquier de son quartier, qui mieux que personne pouvait apprécier sa solvabilité, la solidité de sa maison connue depuis longues années. Repoussé, il avait tourné ses vues vers le grand financier, le Rothschild édition moderne, le maréchal dans cette armée de l'argent où lui, Durand, n'était que colonel. Son échec Chaussée-d'Antin devait forcément lui faire tourner les yeux vers ses amis politiques qui lui coûtaient, hélas! sa prospérité passée, et puisque là encore il trouvait les portes fermées, peu lui importait de descendre un degré de plus et d'aller chercher rue Vauvilliers la planche de salut sur laquelle il pourrait franchir ce pas dangereux.

Cependant le temps avait coulé. Six heures du soir sonnaient quand Durand sortit de chez Gautard, et ce ne fut que vers la demie qu'il arriva dans l'étroit et infect boyau que l'on nomme rue Vauvilliers. Le Schmitz en question demeurait dans la plus noire et la plus sale maison de cette rue si voisine des Halles et sa spécialité avouée était d'exploiter le papier des négociants qui y sont établis. Il faut dire que Schmitz ne bornait pas ses opérations à ce commerce, pourtant si lucratif.

D'abord, sous un prête-nom, il louait aux marchands ambulants des quatre saisons, les petites voitures à bras qu'ils poussent devant eux, et cela à des prix fabuleux, faisant produire autant à ce véhicule grossier qu'une ferme en Beauce. A ceux, dénués d'argent, qui n'avaient pas les premiers fonds pour acheter des fruits et des légumes, il prêtait cinq francs le matin, à la condition expresse qu'on lui en rendrait six le soir. Enfin, nous l'avons vu autre

part se mêler à des tripotages politiques, et remettant au comité anti-plébiscitaire de la rue de la
Sourdière cinq cent mille francs de la part d'un anonyme qui, pour plus de sûreté, les avait envoyés par
l'entremise de Tom Jenkins, de Londres, l'ami du
comte Bahnhoff.

Les entreprises multiples de l'escompteur des Halles avaient prospéré depuis 1870, mais il avait cru
ne devoir rien changer à son installation primitive.
Aussi, est-ce dans son bureau transformé en salle à
manger, vu l'heure tardive, qu'il reçut le gros fabricant. La table sans nappe, couverte d'une toile cirée
graisseuse à y pouvoir écrire, supportant des harengs
grillés, l'os décharné d'un gigot et une choucroute
aigrie, trahissaient l'origine germanique de Schmitz.
Du vin au litre qu'apportait une maritorne crasseuse,
complétait le menu.

C'est en face de ce dîner si différent de son déjeuner du matin chez le baron d'Ondscote que Durand, le
cœur soulevé de dégoût, présenta sa requête, laquelle,
fut repoussée, est-il besoin de le dire ? Ce fut le dernier coup. Durand descendit l'ignoble escalier du tau-
dis, éclairé par une puante lampe de schiste, et quand
il fut dehors, malgré son désespoir, il poussa un soupir d'allégement. Mais ce tribut à la nature une fois
payé, Durand aperçut l'abîme qui s'ouvrait sous ses
pieds, et l'idée qu'il était irrémédiablement perdu vint
pour la première fois se présenter à son esprit. Le négociant n'avait pourtant gravi que les premières sta-
tions de son Calvaire.

XLVIII

Tous les types de la génération de 1830 peints par Paul de Kock n'ont pas entièrement disparus. Si, les lilas de Romainville étant coupés, les joyeuses grisettes ne vont plus au bois ; si Dorlange et Valmont, qui étaient « très riches » et roulaient cabriolet avec quinze mille livres de rentes, doivent aujourd'hui se contenter du bateau-mouche ou du tramway ; si le Cadran-Bleu et Passoir ont vécu ; si le café Turc est devenu une vieillerie comme à Montfermeil la « laitière » est passée à l'état de souvenir, il est resté debout un des personnages de la comédie bourgeoise, le vieux garçon.

Vous savez quel aimable homme que le vieux garçon. Son nom signifie parties fines, déjeuners à la campagne où l'on se rend en voiture avec les provisions, soirées aux balcons des théâtres, gaudrioles entendues au Palais-Royal après un dîner succulent ou capiteux, larmes versées à l'Ambigu sur le sort de

l'infortuné Lesurques ou sur *Marie-Jeanne* Laurent, on
m'a pris mon enfant, rendez-moi mon enfant !!! La
présence du vieux garçon est synonyme de galanterie, de cadeaux aux anniversaires, à la fête, au jour
de l'an, de bijoux, de boîtes de bonbons, qu'il dissi-
mule avec art sous les basques de son habit ou dans
ses poches, Californie perpétuelle que viennent explo-
rer les bébés. C'est l'homme aux « surprises », aux
coupons de loges pour l'Opéra-Comique ou la Comé-
die-Française. Sa tabatière ornée d'une miniature — et
il en a une collection — contient le Macouba précieux
savamment dosé que Monsieur prise si fort. Pour
Madame il y aura quelque colifichet à la mode, un
anneau ou un éventail, et la marmaille elle-même
aura sa part. Allez dans l'antichambre, gamins, vous
y trouverez d'appétissants paquets pliés dans du papier satiné et ficelés de bolduc. Mangez sans crainte,
c'est signé Boissier ou Marquis.

L'aimable convive ! Comme son estomac complai-
sant lui permet de faire fête au dîner, depuis les os-
tende, ses huîtres préférées, jusqu'au vespetro de la
fin, sa liqueur favorite. Comme il sait louer délicatement chaque mets, les confitures de poires entières,
confectionnées par les blanches mains de Madame et
les *panatellas* de Monsieur. Il trouve pourtant les premières acides et les seconds trop secs.

Il a dans sa poche, roulés dans un boyau de cheval, qui les conserve fraîches, d'excellentes brevas
qu'il tire de la Havane directement, par un commissionnaire de ses amis, son partner de whist au Pont-
de-fer, mais il se garde bien de la moindre critique. Il

sait la vie, et c'est sur son passage un concert d'éloges universels.

Comme il sent bon ! Son foulard de Lyon est imprégné d'eau de Cologne, il est vêtu si proprement, ses cheveux sont si bien peignés, si également ramenés des deux côtés de la tête et si blancs, si blancs qu'on cherche involontairement un œil de poudre teintant le collet de son habit. Sortez avec lui, tous les garçons de restaurant le connaissent : Joseph, à la Maison-d'Or ; Henry, chez Bignon ; Ernest, au café Anglais, lui sourient d'un air familier et lui prennent des mains son chapeau et sa canne de licorne au pommeau massif enrichi de turquoises et de rubis. Soyez tranquille, vous ne mangerez à sa table ni poisson avancé, ni perdreau avarié, ni fruits gâtés. C'est le Napoléon du pourboire, il sera servi en conséquence ; d'ailleurs, la dame de comptoir le répète avec orgueil :

— Il y a trente ans qu'il vient dans la maison !

Si vous dînez finement, vous boirez de même. Les sommeliers l'ont jugé, c'est un dégustateur exquis ; il ne faudrait pas essayer de lui couler un rossignol de la cave. Julien, du restaurant Philippe, y fut pris une fois. Il voulait lui faire passer du Romanée Conti pour du Romanée Gelée. Ah ! bien oui ; à la première gorgée, au premier clappement de langue, la fraude était découverte. Le pauvre père Pascal tonna, mais le vieux garçon fut clément et implorant la grâce de Julien, il s'en fit un séide.

Le vieux garçon est un amateur passionné de billard, et le café Bonne-Nouvelle — aujourd'hui la Ména-

gère — a été jadis le théâtre de ses carambolages à
séries formidables. Mais c'est aux échecs qu'il excelle,
tout le café de la Régence proclame sa supériorité.
Quand il ne passe pas sa soirée, absorbé dans les
combinaisons d'un audacieux *Gambit*, il va alternati-
vement à l'Opéra et aux Italiens, où il est abonné à
l'année. Il en sait des anecdotes théâtrales ; sa vieille
lorgnette en ivoire à un seul tube, dont il essuie les verres avec la peau de son gant, pourrait en raconter de
belles depuis le temps. Elle a été braquée sur la Grisi,
la Persiani, la Sontag, Lablache et Rubini ! Ah ! monsieur ! Rubini ! Elle a vu Nourrit, Mᵐᵉ Stoltz, la Fal-
con et Levasseur, sans parler de Fanny Ellsler et de la
Cerrito. Quel ballon ! quel taqueté ! Tous les abonnés
le connaissent, le saluent, et s'il fait très froid, l'ou-
vreuse lui offre sa chaufferette !

Notre homme est riche, cela va sans dire, retiré
des affaires et menant un train fort modeste. Pas de
voiture, un appartement au cinquième, boulevard
Poissonnière. Il y a une terrasse, c'est plus gai. Une
vieille servante suffit à la besogne. Il mange au restaurant. L'ameublement du salon est des plus simples,
quoique confortable. Aux murs des tableaux de
Biard et dans la chambre à coucher quelques li-
thographies un peu court vêtues. On n'est pas parfait.

Ce croquis, sur lequel nous nous sommes peut-être
un peu attaché, définit tout une classe de Parisiens en
peignant un seul de ses membres. On ne sera donc
pas étonné quand nous dirons qu'il est le portrait
fidèle de Dussac (Jean-Sébastien), de la maison Dussac,

Beaufour et Tournemine, négociants en draps de la
rue Croix-des-Petits-Champs.

L'excellent homme était tel que nous l'avons dé-
peint; serviable, généreux et sensible. Il avait complétement quitté les affaires, et n'avait conservé des
fonctions que purement honorifiques à la Banque de
France, où il faisait partie du conseil d'escompte. On
y appréciait fort sa droiture et sa loyauté, sa parole y
faisait presque loi, sa connaissance extrême du Paris
commercial, autorité. Il était chevalier de la Légion
d'honneur.

Dussac avait été autrefois en rapport avec le père
Pigeon, *l'ami* plus utile encore qu'agréable de Mme de
Chantenay. Présenté chez celle-ci, il y avait trouvé
l'accueil empressé, les petites attentions choisies que
ne manquent jamais de trouver dans ce genre d'inté-
rieurs les célibataires riches et sur le retour. Mme de
Chantenay avait beaucoup plu au vieux garçon : il la
traitait en femme du monde qui a jeté son bonnet par
dessus les moulins, mais l'a rattrapé par les brides, et
sans se montrer l'assidu du salon de la veuve du capitaine, il lui faisait de temps à autre visite.

Depuis l'avénement d'Hubert au cœur de Mme de
Chantenay, ses visites avaient été beaucoup plus rares;
cependant Dussac n'avait jamais manqué d'envoyer à
l'hôtel de la rue Vaneau, une boîte de bonbons, le
premier de l'an et un bouquet de chez Mme Prévost le
jour de la Sainte-Angèle.

On était dans les derniers jours de l'exposition or-
ganisée au bénéfice des Alsaciens-Lorrains dans les
galeries de l'hôtel de la présidence du Corps-Législa-

tif sous l'Empire, demeure charmante, toute pleine
encore du souvenir du duc de Morny, Mme de Chantenay s'y était rendue avec la générale Jimenez, et se
faisait auprès d'elle le cicerone spirituel et intelligent,
lui disant non-seulement les objets exposés, mais encore l'histoire de leurs propriétaires et de ceux qui les
regardaient. C'était une véritable revue à coups
de langue qui amusait fort la Mexicaine. Gens et
choses, tous et tout y passaient et l'intarissable verve
de Mme de Chantenay ne rencontrait pas d'obstacle.

Elle était en train de montrer les armes admirables
envoyées par M. Basilewski, en racontant à la générale
quelques souvenirs sur l'hôtel de l'avenue du Roi-de-
Rome qui devait être si célèbre sous le nom du riche
moscovite, tout en devenant la propriété de la reine
Isabelle, quand elle fut légèrement frôlée par un des
visiteurs de l'exposition. Elle se retourna vivement et
éclata de rire.

— Comment! c'est vous, monsieur Dussac, s'écria-
t-elle, qui massacrez ainsi ma robe. Il faut venir au
milieu de toutes ces belles choses pour vous voir.

Et elle tendit sa main finement gantée de peau de
Suède au vieux garçon, qui se confondait en excuses
et en politesses.

— Ma chère générale, continua Mme de Chantenay
en se tournant vers son amie, je vous présente M. Dussac, le dernier des Parisiens et le plus aimable des
hommes.

Dussac s'inclina profondément, et on se mit à
causer de l'exposition et des merveilles qui s'y trouvaient.

II   5.

— Puisque vous voilà, mon cher ami, nous allons
vous mettre à contribution, dit Mme de Chantenay ; il
faut que vous nous montriez tous les trésors qui
sont ici. La générale adore les œuvres d'art, mais
moi je suis un piètre guide. Vous me sauvez, littéralement.

Le vieux garçon, après quelques excuses sur son indignité à remplir le rôle qu'on lui assignait offrit, radieux, son bras à Mme de Chantenay et on commença
à parcourir les salles de l'exposition, s'arrêtant devant
les vitrines à sensation, les tapisseries de marque ou
les tableaux célèbres.

Dussac avait certaines prétentions à se connaître en
choses artistiques. Il ne dédaignait pas de se montrer
à l'Hôtel des Ventes. Il est vrai de dire qu'il n'achetait
jamais rien. Selon lui un appartement de garçon ne
comportait pas d'objets d'art. Mais il discutait, ergo-
tait, appréciait — pour les autres — et aimait à conseiller sur le choix de leurs bibelots les jolies femmes
de sa connaissance.

La générale s'extasiait avec tout l'enthousiasme de
sa nature des tropiques sur les splendeurs qui défi-
laient sous ses yeux. Elle écoutait les dissertations de
Dussac avec une complaisance qui ravissait le vieux garçon, déjà fort impressionné par sa beauté luxuriante.

— Ah ! voici le coin des tabatières, fit tout à coup
Dussac en tressautant de joie. Cela, je l'avoue, c'est
mon département. Il y en a ici d'admirables ; mais j'en
possède quelques-unes qui ne dépareraient peut-être
pas la collection. Celle-ci, par exemple.

Et il tira de sa poche une petite tabatière ronde de

pur style Louis XVI, en émail bleu avec ciselure de trois tons or, ornée sur le couvercle d'une gouache exquise, qu'il présenta complaisamment à ses interlocutrices.

— Peut-on mettre du tabac dans une aussi jolie chose, fit Mme de Chantenay? Des pastilles, à la bonne heure. Vite, mon cher Dussac, serrez cela; vous me faites éternuer.

— Voulez-vous me permettre, monsieur, intervint la générale en tendant la main vers la boîte.

Le vieux garçon s'empressa de l'offrir à la Mexicaine.

Celle-ci l'examina longuement, la tournant et la retournant entre ses doigts.

— C'est ravissant, dit-elle en rendant la boîte à Dussac. Je suis moins sévère que vous, Angèle. J'excuse les prises sortant d'un tel bijou.

Cependant, l'heure de la fermeture de l'exposition approchait. Déjà les gardiens s'agitaient, donnant le signal précurseur de l'éloignement du public. Mme de Chantenay fit mine de se retirer et entraîna doucement son cavalier vers la sortie.

— Vous dînez chez moi, n'est-ce pas, générale? demanda-t-elle à son amie.

— Mais volontiers, ma chère, répondit la Mexicaine.

— A la bonne heure, reprit Mme de Chantenay; puis se retournant vers le vieux garçon : Quant à vous, Dussac, je ne vous lâche pas, vous dînerez en trio avec nous ; ce sera votre punition d'avoir marché sur ma robe. Vous ferez maigre chère une fois dans votre vie.

Dussac, complètement captivé par ses deux compagnes, ne se fit pas répéter l'invitation deux fois.

On était arrivé sous la marquise du péristyle. A la vue de Mᵐᵉ de Chantenay, un petit groom de l'allure anglaise la plus correcte se précipita vers les voitures et ramena une victoria de haute élégance.

— Vous pouvez monter, dit la veuve du capitaine à Dussac, tandis que la générale enjambait le marche-pied, il y a un strapontin pour les amis ; et le vieux garçon une fois installé : — Tom, nous rentrons.

XLIX

Roger et Alice avaient quitté Ostrowo quelques jours après le jugement rendu par le tribunal de Lemberg et la scène qui l'avait suivi. L'indiscrétion d'un domestique avait appris à Roger l'admirable conduite de Miska et l'acte de dévouement qu'il avait accompli. Le vicomte en fut profondément touché, et, de concert avec Alice, résolut de reconnaître, comme il le méritait, un tel service. Seulement, ne voulant pas avoir l'air, aux yeux du fier Polonais, de payer un tribut de reconnaissance là où il souhaitait que Miska ne vît qu'un élan de cœur, il feignit de rester ignorant de ce qui s'était passé. Miska d'ailleurs était fort sympathique au vicomte. Sa mâle tournure, l'attitude si digne qu'il avait gardée dans l'affaire du testament, restant en dehors des manœuvres des autres héritiers, lui avaient conquis l'estime de Roger de Solesmes, et celui-ci était absolument décidé, bien avant l'incident du traîneau, à attribuer au comte Stankewitch un legs sur ce testament, dont seul il avait dédaigné les termes.

La veille de son départ, il se rendit avec Alice chez la comtesse Stankewitch comme pour prendre congé d'elle. La comtesse, que la décision du tribunal avait accablée en la frappant dans ses plus chères ambitions maternelles et qui, d'autre part, ne pouvait se défendre d'un certain sentiment d'amertume envers Alice pour la passion si puissante qu'elle avait inspirée à son fils, — toute innocente qu'en fût la jeune femme,— reçut ses visiteurs avec une dignité hautaine et une politesse glaciale. Miska était absent du château. Devant l'accueil de la comtesse, la visite devait forcément être courte. Aussi, après quelques moments d'un entretien banal, Roger se leva et présentant un pli à la comtesse Stankewitch en s'inclinant devant elle :

— « Madame la comtesse, lui dit-il, à présent que la loi a consacré mes droits, voulez-vous me permettre d'agir selon mon cœur. Voici les titres de propriété du château d'Ostrowo et des terres qui en dépendent, que je vous prie d'offrir de ma part à mon cousin, le comte Miska Stankewitch, en témoignage de l'inaltérable affection que je lui porte.

La comtesse Stankewitch ne pouvait en croire ses oreilles. Muette de surprise, elle se croyait le jouet d'un rêve. Cependant, elle prit machinalement le pli que Roger lui tendait, et parvenant à dominer son émotion :

— Qu'entends-je ! monsieur le vicomte, s'écria-t-elle; vous donnez Ostrowo à mon fils ! Mais savez-vous bien qu'Ostrowo est à lui seul une fortune royale.

— Je le sais, madame, et c'est pour cela que je le ui donne : le présent se trouve ainsi digne de lui.

— Ah! monsieur, fit la comtesse ne cherchant plus à retenir ses larmes et en saisissant la main de Roger, comment reconnaître tant de noblesse et de géné-rosité...

— En vous rappelant que nous sommes vos parents, ma femme et moi, et en nous traitant désormais com-me tels.

Disant ces mots, Roger déposa un baiser sur la main tremblante de la comtesse, tandis que celle-ci s'avan-çant vers Alice, l'attirait de l'autre restée libre contre sa poitrine et l'embrassait tendrement.

. . . .

Une heure après, le vicomte et la vicomtesse de So-lesmes se mettaient en route pour la France. En arri-vant à Paris, la première chose qui leur fut remise était une dépêche de Miska adressée à Roger, et disant en substance :

« Merci pour ma mère et pour moi. J'accepte Os-trowo à condition de le rendre un jour à mon petit cousin Henri de Solesmes, car, pour moi, je ne me marierai jamais. »

Alice ne fit que traverser Paris, le temps d'aller em-brasser son père et sa mère, et de leur conter, à vol d'oiseau, son voyage en Pologne. Elle déjeuna avec eux au boulevard Haussmann, gaîment, affectueu-sement, comme au temps où elle était jeune fille. Durand, tout à la joie de revoir Alice, de retrouver « sa fillette », comme il disait, oublia pour un momen ses anxiétés et ses chagrins. Il n'eut garde de souffler un mot de ses affaires ni d'y faire la moindre allusion, et Alice partit pour Solesmes persuadée que plus que jamais la prospérité régnait au sein de sa famille.

Laissant la vicomtesse aller retrouver ses enfants à Solesmes, Roger était resté à Paris pour voir quelques amis politiques et terminer des affaires d'intérêt restées en litige depuis la mort de la douairière.

Un matin, il était en train de dépouiller son courrier, quand son valet de chambre vint lui apporter une carte lui disant qu'une dame insistait pour le voir. Le vicomte jeta un regard sur la carte de visite :

— La générale Jimenez, lut-il, à demi-voix. La veuve du dictateur mexicain..., que peut-elle me vouloir ?... Enfin, faites entrer !

Une seconde après, la porte du cabinet se rouvrait et la générale fit son entrée.

— Je vous demande pardon, dit-elle à Roger qui s'avançait au-devant d'elle, de venir vous importuner à pareille heure, mais je sais que vous autres, messieurs les députés, ne vous appartenez que le matin, et tenant à vous consulter sans retard, j'ai dû me risquer au moment propice. D'ailleurs, monsieur le vicomte, ajouta-elle en s'asseyant dans le fauteuil que lui désignait Roger, nous sommes de vieilles connaissances.

Le vicomte eut un mouvement quelque peu étonné qui n'échappa point à la Mexicaine :

— Quand je dis de vieilles connaissances, reprit-elle avec enjouement, nous nous sommes vus une fois... chez Mᵐᵉ de Chantenay.

— En effet, madame, fit Roger, et je vous prie de m'excuser si je ne me le suis pas rappelé tout d'abord... Il faut croire que ce soir-là j'étais bien aveugle pour ne pas m'être gravé dans l'esprit des traits qui désormais ne sortiront plus de ma mémoire.

Roger se croyait obligé à cette galanterie par le seul fait du milieu où il avait rencontré la générale. Quoi qu'il en fût, la Jimenez le remercia de sa phrase par un sourire.

— Eh bien! monsieur le vicomte, dit-elle, ce sont justement ces traits dont vous avez la bienveillance de parler qui m'amènent vers vous...

— Comment cela? madame, répliqua Roger que ce dialogue commençait à intéresser.

— J'irai tout droit au but. Arrivée à Paris à l'issue de la révolution qui avait coûté la vie à mon mari et bouleversé mon pays, entourée de ce prestige que les tragédies politiques prêtent toujours au dehors à ceux qui en ont été les héros, riche d'ailleurs et d'une fortune que l'exagération parisienne grossissait encore dans des proportions fabuleuses, seule, sans appui officiel, j'ai vu s'abattre autour de moi la nuée de ces gens dont la carrière est l'exploitation de l'étranger, de ses pompes et de ses œuvres. Ignorante de Paris et de ses coulisses, je me suis laissé prendre, comme tant d'autres, à cette hospitalité si prévenante qu'elle semble n'avoir pour soin unique que de faire naître des roses sous les pas de ceux qui en sont l'objet. J'eus une cour véritable. On s'occupa de ma gloire et de me faire passer au rang d'étoile parmi les constellations cosmopolites de Paris.

Les journaux parlèrent de ma beauté, intéressèrent les lecteurs à ma personne. Mes faits et gestes furent enregistrés journellement, et je ne pus me rendre un

soir à un théâtre sans que le lendemain ma présence
n'y fût signalée dans les feuilles publiques. Je m'amu-
sai fort de ce bruit, et, le croyant parfaitement inoffen-
sif, je ne m'en inquiétais pas davantage. J'avais tort.
Sous les dehors charmants de cet accueil se cachaient
mille piéges plus redoutables les uns que les autres.
Cette société dans laquelle j'étais fêtée et que je
croyais le vrai monde n'en était que le semblant. Une
de mes amies au Mexique, qui avait été autrefois
en pension avec Mᵐᵉ de Chantenay en France, me
donna une recomandation pour elle. Je me présentai
à l'hôtel de la rue Marbœuf, et j'y fus immédiatement
reçue en amie. Mᵐᵉ de Chantenay déclara qu'elle ne
laisserait à nul autre le soin de me patroner à Paris.
J'acceptai, toute confuse de reconnaissance, et devins
l'habituée de son salon, la commensale attitrée de ses
sorties. Hélas! je me croyais une amie, j'étais une
enseigne. Mᵐᵉ de Chantenay offrait la générale Jimenez à ses relations, comme dans d'autres maisons on
offre une chanteuse à la mode ou un plat extraordi-
naire. Je faisais attraction pour son salon. C'est là que
vous m'avez vue pour la première fois, et le peu d'attention que vous prêtâtes alors à ma personne jauge
assez la valeur de ce milieu. Est-ce vrai!...

— Oh! madame! protesta Roger, qui ne comprenait
trop rien à tout ce préambule.

— Ne vous récriez pas, reprit la Mexicaine, à votre
place j'aurais fait de même. Vous avez dans votre pays
un proverbe : Dis-moi qui tu hantes, je te dirai qui tu
es, fort juste, bien que comme toute règle, il subisse
des exceptions. Vous me trouvez chez Mᵐᵉ de Chan-

tenay, vous me toisez à son niveau et vous passez. Tant pis pour moi, je n'avais qu'à savoir et à me garer !...

— Je vous assure, madame, fit Roger par contenance et pour dire quelque chose, que vous jugez les choses avec trop de sévérité... Je n'ai eu aucune prévention, aucune arrière-pensée ; il est permis à une étrangère bien des choses, bien des ignorances même, si vous voulez. Le monde fait la part de tout cela et sait au fond reconnaître les siens...

Tout en prononçant ces paroles, Roger se demandait en lui-même, ce que pouvait bien lui vouloir la belle et étrange créature qui avait franchi sa porte, et sa curiosité, mélangée d'un peu d'anxiété de se trouver la dupe de quelque aventurière, s'éveillait très vive.

— Je vous sais très grand gré, monsieur le vicomte, repartit la Mexicaine en tendant sa main dégantée à Roger et émergeant d'un flot de dentelles noires, de me parler ainsi, car si je me soucie peu de l'opinion du monde en général je tiens essentiellement à la vôtre.

Roger prit la main qu'on lui présentait si franchement et se laissa aller à y déposer un baiser qui, sans qu'elle le manifestât, fit tressaillir tous les nerfs de la Jimenez :

— Vous disiez tout à l'heure, continua-t-elle, que le monde sait reconnaître les siens ; cela est bien vrai, car moi je vous ai reconnu tout de suite. Au milieu de cette foule de gens qui bourdonnent autour de moi depuis mon arrivée en France, qui m'accablent de leurs at-

tentions, m'obsèdent de leur empressement, vous qui ne
m'avez pas adressé une parole, qui ne m'avez même pas
accordé un regard, m'avez semblé digne d'être un
ami et c'est cette amitié que je viens vous demander
bravement. Tout cela es bien fou, bien étrange, allez-
vous penser? Que voulez-vous, je ne suis pas une
femme comme les autres, moi! L'étiquette de votre
monde d'Europe et ses formalités hypocrites me sont inconnues : dans mon pays on va droit au but. On aime ou
on tue sans crier gare. Vous savez tout maintenant.

A la conclusion si inattendue donnée par la générale
à ses paroles, Roger n'avait pu s'empêcher de faire un
soubresaut sur son fauteuil. Cependant il se remit ;
c'est une excentrique, se dit-il, ou une folle ; c'est
peut-être aussi quelque pauvre âme en peine qui se
raccroche à la première branche solide qu'elle croit
trouver, et cette dernière considération l'engagéa à
répondre :

— Votre ami, madame, je le suis déjà et bien sin-
cèrement, je vous jure. Comment ne serait-on pas gagné par tant de franchise et de loyauté? Les femmes,
en France, ne nous habituent guère à une telle netteté.
Moi qui suis surtout un soldat et un campagnard un
peu sauvage, elle me ravit et me voilà conquis tout
entier. Seulement, si je vois bien tout le charme pour
moi d'une telle amitié, je ne m'explique qu'imparfaite-
ment le prix que vous y pouvez attacher.

— Le prix! se récria la Mexicaine : mais cette amitié, c'est mon salut. Sachez-le bien, monsieur le
vicomte, il ne dépend que de vous de sauver une
honnête femme...

— Enfin, nous y voilà donc, murmura Roger entre ses dents ; et il reprit vivement à haute voix : Comment cela, madame ?

— Oh ! répliqua la générale en secouant la tête, la chose est longue à dire. Si vous êtes curieux de le savoir, venez ce soir chez moi avec la même liberté que je suis venue chez vous. Je vous attendrai. Pour le moment, le but de ma visite est rempli. J'emporte la promesse de votre amitié ; c'est tout ce que j'ambitionnais.

Et elle se leva vivement de son siége.

— A ce soir donc, madame, dit Roger en soulevant la portière qui séparait son cabinet de travail du petit salon d'entrée.

Et la Mexicaine, le saluant d'un brusque coup de tête, s'esquiva de l'appartement.

L

L'aventure qui venait d'arriver à Roger était si originale, si nouvelle pour lui, que tout d'abord il en fut comme étourdi. Dès qu'il se fut remis de la surprise du premier moment, il s'efforça de creuser l'incident et conclut qu'il fallait laisser les choses au point où elles étaient, et ne point se prêter plus longtemps au caprice d'une créature non moins exaltée qu'excentrique. Il se dit donc qu'il n'irait pas au rendez-vous demandé pour le soir. Mais tout en prenant cette belle résolution il cherchait à se persuader qu'il aurait tort de ne pas s'y rendre. Il plaidait contre lui-même, et trouvait mille arguments pour se convaincre qu'en somme ce rendez-vous n'engageait à rien et qu'en s'y dérobant il faisait acte de félonie envers une femme. Il avait l'air d'avoir peur d'un cotillon, lui, Roger l'invincible. N'était-ce pas vraiment par trop collégien? D'autant mieux que ce cotillon ne l'ensevelirait pas de force dans ses plis et qu'il saurait se défendre contre lui.

Dénué de toute fatuité, âme chaste, Roger, comme

tous ceux dont le cœur n'a jamais failli, n'imaginait
pas qu'il pût jamais être en péril de ce côté et traitait de
folie toute tentative qu'on oserait faire en ce sens. Il estimait sa cuirasse sans défaut et se croyait fermement
invulnérable. D'ailleurs, rien ne prouvait que la générale mexicaine, en lui demandant d'être son ami, in-
terprétât le mot pour l'avenir avec un changement de
terminaison. Le bel amant que pourrait faire pour
cette femme si entourée, si désirée, un manchot plus
habitué à la poudre et à la charrue qu'aux élégances
parisiennes ! Elle en avait cent mille autres à choisir,
bien autrement capables de la séduire. Et puis, pourquoi ne pas admettre la sincérité du sentiment qui
avait poussé vers lui cette femme tout de premier
mouvement et inhabile aux artifices de la civilisation
européenne ? Pourquoi, trouvant sur sa route un cœur
loyal, un honnête homme, n'aurait-elle pas eu, sans
arrière pensée, l'idée de lui demander un appui désin-
téressé ?

C'est en roulant toutes ces pensées et bien d'autres
encore, que le vicomte de Solesmes passa la journée
qui suivit la visite de la Jimenez. En dépit de ses premières velléités d'abstention du matin, le soir, à neuf
heures, il se présentait au logis de la Mexicaine.

La générale habitait, rue Lord-Byron, un petit hôté
qu'elle avait loué, tout meublé, à une princesse polo-
naise partie précipitamment pour un voyage en Italie.
C'était d'une élégance à outrance et un peu criarde,
capitonné à l'excès et moelleux à demander grâce ;
mais, au total, très féminin, surtout aux lumières, et
d'un aspect très attrayant.

La générale, enveloppée avec un art parfait dans les étoffes blanches lamées d'or de son pays, ses beaux cheveux noirs à moitié épars sur les épaules, avec des roses rouges comme oubliées dans leurs flots soyeux, était étendue sur une causeuse de son petit salon en train de fumer une cigarette havanaise, tout en s'éventant avec un écran en ailes de toucan, quand on lui annonça le vicomte de Solesmes. A l'approche de Roger elle se souleva à demi et, posant son éventail, lui tendit nonchalamment la main.

— Que c'est bien à vous, monsieur, dit-elle, d'être venu me voir. Je suis, ce soir, dans des tristesses noires à en mourir.

Le vicomte n'en pouvait croire ses yeux. La créature si séduisamment nonchalante qui s'étalait devant lui était-elle bien la même que la femme hardie et décidée qu'il avait vue dans son cabinet le matin ? Il ne revenait pas de cette métamorphose, de cette variété soudaine dans le charme, qui forme un des attraits les plus vifs des femmes hispano-américaines.

La générale lui désigna un siége bas en face le canapé et, en même temps, une vaste corbeille tressée d'or et d'argent emplie de cigares et de cigarettes.

— Vous voyez, vous pouvez fumer ici, dit la Jimenez, je vous donne le mauvais exemple.

Roger alluma un cigare, et la conversation commença à s'établir sur ces riens insignifiants : le beau temps et la pluie, le froid et le chaud, langage ordinaire des gens qui ont à se dire les choses les plus intéressantes et qui prennent le chemin des écoliers dans l'espérance que le courage leur viendra pendant la route.

— Je dois lui paraître bien inepte, pensait Roger sans pouvoir parvenir à triompher de son embarras.

— Quelle folle je suis, songeait de son côté la Mexicaine, d'être ainsi émue en sa présence et de ne pas trouver un mot pour lui dire ce que je souhaite tant qu'il sache. Pourquoi ne pas l'attirer à moi, lui dire que depuis la première minute où je l'ai aperçu, je l'aime, je l'adore et ne veux vivre que pour lui ; — et sous l'aiguillon de cette exaltation intérieure, elle se disposait à tout lui avouer ; mais sa résolution venait se briser contre la froide attitude du vicomte. Cependant elle se hasarda à lui dire :

— Nous voilà donc amis, comme je le souhaitais tant. C'est le premier vrai bonheur qui m'arrive depuis que je suis en France. Si vous saviez comme il m'est doux de sentir que je ne suis plus isolée au milieu de ce monde si faux et si perfide, qu'il y a une âme capable de comprendre mon âme, que j'ai un appui, un guide... Ah ! mon ami, — la Jimenez glissa ce mot entre deux soupirs d'une charmante éloquence — vous ne savez pas quel bien me fait votre présence....

Et en prononçant ces paroles, elle plongeait ses regards dans les yeux de Roger avec une ardeur pénétrante qui, malgré lui, troublait tous les sens du jeune homme. Comme pour se dérober à cette étreinte invisible, il se leva, et avisant sur un petit guéridon de bois doré placé auprès du canapé où s'étalait la générale, un verre à demi rempli d'un liquide irisé comme l'opale.

— Que buvez-vous donc là ? dit-il en homme qui se raccroche au premier sujet qui s'offre à lui pour y

trouver prétexte à parole, il y a dans cette eau des
reflets étranges qui sentent le philtre. C'est Circé qui
a dû inventer ce breuvage.

— Son origine n'est pas si noble, répliqua en souriant la générale, c'est tout simplement une boisson
glacée en grande faveur dans les *ranchos* de mon
pays. Goûtez-en, vous verrez qu'elle n'a rien d'enchanté.

Et elle remplit un verre qu'elle présenta au vicomte.

Roger, dont la poitrine était en feu et le gosier desséché par l'émotion invincible qu'il ressentait, l'avala
d'un trait.

— C'est délicieux, fit-il, les *ranchos* ont décidément
beaucoup plus de bon que je ne croyais.

Ainsi conduite au Mexique, la conversation s'y can-
tonna quelque temps. La générale raconta son pays,
son enfance, sa famille, avec un entrain infatigable.
Elle parla de son mariage — un acte de parti politique — et fit entendre le plus délicatement du monde
qu'elle n'avait jamais aimé jusqu'alors, mais qu'elle
pourrait bien ne pas être loin de succomber.

Roger était sous le charme de cette parole chaude,
colorée, tantôt moelleuse comme une caresse, tantôt
tranchante comme une menace. Il se sentait vaincu
au contact fascinateur de cette merveilleuse créature,
et se laissait aller tout entier à sa défaite. Il étouffait
et à la fois des frissons glacés lui passaient dans les
veines. Il était dans cet enivrement délicieux que pro-
cure le *haschich* où le cerveau perd sa volonté pour
laisser les sens dominer en maîtres absolus. La Jimenez voyait sa victoire et en tressaillait jusqu'aux fibres

les plus profondes de son être. A un moment, elle laissa son bras dégagé nu des manches flottantes de son peignoir rejetées sur l'épaule, s'égarer autour du cou de Roger et, attirant la tête du vicomte contre la sienne, ses lèvres se fondirent en un baiser de feu :

— Ah ! mon Roger, que je t'aime ! murmura-t-elle.

. . . .

A cet instant, un coup discret retentit à la porte du boudoir et une soubrette parut amenant sur ses pas le marquis de Fréneuse. A la vue du marquis, la générale ne put retenir une contraction du sourcil qui n'échappa pas à ce dernier et lui révéla l'inopportunité de sa visite. De son côté, malgré ses efforts pour prendre contenance, le vicomte ne pouvait parvenir à dissimuler son trouble.

Le marquis résolut de sauver la situation, et abordant le plus tranquillement du monde la Jimenez :

— Bonsoir, générale, dit-il ; j'ai aperçu de la lumière dans votre firmament et j'y suis monté sans plus de façon. Il paraît que c'était une bonne étoile puisque je te trouve, toi, Roger — et il tendit la main au vicomte, qui s'empressa de la serrer, — le diable m'emporte, par exemple, si je pensais te voir !...

— M. de Solesmes, riposta vivement la générale, veut bien m'honorer de sa protection pour les intérêts que j'ai laissés au Mexique, et appuyer auprès du ministre mes réclamations.

— Ah ! ça, c'est donc sérieux ces réclamations, fit Fréneuse avec l'impertinence qui était un des caractères de son esprit et lui attirait tant d'ennemis, moi, je croyais que c'était un maintien...

— Marquis !... protesta la générale.

— Mais, ma chère amie, reprit Fréneuse, toutes les
femmes ont un maintien — surtout en voyage : les
unes ont un mari, les autres un petit chien, celles-ci
un binocle, celles-là un cabas, vous pouviez bien avoir,
vous, des réclamations. C'est très mexicain cela, les
réclamations...

— Mon cher Ghislain, interrompit Roger d'une voix
sifflante, chacun sait que tu as beaucoup d'esprit,
mais à le laisser courir les rues ainsi la nuit, prends
garde, il se fanera.

— Dis tout de suite que je sens la fièvre, appelle-moi
Basile et envoie-moi coucher, répliqua le marquis
sans se fâcher, et n'en parlons plus. Bonne nuit générale, il paraît que mon bonnet de coton me réclame.

Et prenant un cigare qu'il alluma sans façon à une
bougie, le marquis tendit la main à la Mexicaine, qui
la toucha du bout du doigt.

Roger se leva au même instant, et s'inclinant profondément devant la générale :

— Je vous demande pardon, madame, dit-il, d'avoir
abusé si longuement de votre soirée ; je verrai demain
le ministre des affaires étrangères et j'aurai l'honneur
de me présenter chez vous dans la journée pour vous
rendre compte de ma démarche.

Puis il déposa sur la main de la Jimenez un baiser
aussi respectueux qu'aurait pu le faire à la cour de
Louis XV le talon rouge le plus raffiné, et il sortit sur
les talons de Freneuse.

Une fois dans la rue :

— Ah ça ! tu es fou, toi, dit brutalement le marquis en lui tapant sur l'épaule, tu es amoureux de la Jimenez.

— Finis donc une bonne fois tes plaisanteries, répliqua le vicomte visiblement agacé, je t'assure qu'à la fin tu deviens fatigant.

— Non, mordieu ! je ne me tairai pas, reprit Fréneuse, tant que je pourrai t'empêcher de faire une sottise.

— Je ne te comprends pas, fit Roger froidement.

— Et moi, je me comprends. Crois-tu que je suis aveugle et que je n'ai par lu dans ton jeu. Tu es ou tu vas être amoureux de la générale, et voilà ce que je ne veux pas. Les gens comme toi sont faits pour les Alice et non pas pour les Jimenez.

— Je t'assure que tu te méprends, répliqua le vicomte. D'ailleurs la générale est une personne infiniment plus respectable que toi et tes pareils voudraient me le faire croire.

— Mais, malheureux, tu es à lier, tout simplement à lier... Ah ! la Pepa s'entend à jeter le *lasso !...*

— Je te répète encore une fois, Ghislain...

— Laisse-moi donc tranquille interrompit Fréneuse en haussant les épaules... Tiens, puisqu'il te faut voir pour croire, comme saint Thomas, poste-toi là, et en disant ces mots le marquis désignait à Roger le renfoncement d'une porte cochère au coin de la rue de Balzac, et regarde... Tu as foi en la Jimenez, en ses grandeurs et ses vertus — politiques et privées; eh bien ! tu vas être édifié...

Et poussant doucement par l'épaule le vicomte dans la direction de la porte indiquée, Fréneuse se

II 6.

mit à rebrousser chemin dans la direction de l'hôtel de
la Jimenez. Une fois arrivé à l'entrée, il tira deux lé-
gers coups de sifflet d'une petite clef d'or pendue à la
chaîne de son gilet. Quelques minutes après, la porte
tourna doucement sur ses gonds et une femme tenant
une petite lampe de nuit à la main, et qu'à la faveur
de cette lumière Roger reconnut pour la Jimenez elle-
même, apparut sur le seuil. En un instant, le marquis
fut dans la maison et la porte se referma sur lui.

Comme l'avait prédit Fréneuse, le vicomte était
édifié.

LI

A l'issue de cette scène, Roger passa une nuit fié-
vreuse, agitée. Mille pensées lui traversaient l'esprit,
parmi lesquelles dominait un sentiment de rage d'avoir
été pris pour dupe. Il était froissé dans son amour-
propre de s'être laissé aller au piége comme un collégien. Au fond, il était satisfait que la comédie n'eût
eu qu'un prologue et que Fréneuse, intervenant comme
un *Deus ex machina,* eût interrompu la pièce avant que
l'intrigue ne se fût nouée. « Cette femme aura appris
mes histoires de Pologne, pensait Roger, et elle aura
voulu avoir sa part de l'héritage... Ah! chère Alice,
vous êtes bien vengée de l'école buissonnière où votre
mari s'est laissé entraîner... Si jamais on le reprend à
s'écarter du grand chemin — le Mexique donnera des
dividendes à ses actionnaires !... »

Tout en suivant ses pensées, le vicomte estima qu'il
était le débiteur de la générale et qu'elle avait droit à
quelque chose pour l'excellente boisson glacée qu'elle
lui avait offerte. Il aurait bien voulu consulter Fré-

neuse sur le moyen qu'il devait employer pour s'acquitter. Il espéra toute la matinée sa visite, mais le marquis ne parut pas.

Force lui fut d'opérer tout seul. A l'issue de son déjeuner chez Véfour — le vicomte gardait les vieilles traditions gastronomiques de la noblesse de province à Paris, — il se mit à flâner dans les galeries du Palais-Royal et à tourner devant les vitrines des bijoutiers. Solesmes avait son joailler à Paris, fournisseur attitré, depuis la Restauration, de sa famille, mais il n'avait garde d'avoir recours à lui pour le genre d'achat qu'il méditait. Il aurait rougi devant cet homme d'acheter des bijoux à destination d'une Pepa Jimenez. Il passait devant Boucheron, quand il avisa dans l'étalage un splendide serpent émeraude et diamants avec tête agrémentée de rubis, qui lui sembla tout à fait de circonstance pour le cadeau qu'il cherchait.

Roger acheta le bracelet sans marchander, glissa sa carte dans l'écrin et donna l'ordre au bijoutier de le faire porter chez la générale Jimenez. Puis, comme allégé par ce devoir rempli, il se dirigea du côté des Tuileries pour aller lire les journaux au cercle Agricole. Comme il s'engageait sous les arcades de la rue de Rivoli, il sentit un bras se glisser sous le sien. C'était Fréneuse.

— Ah! te voilà, toi, lui dit gaîment le vicomte, je t'ai attendu toute la matinée.

— Franchement, mon cher, riposta Ghislain, il me semble que c'est toi qui me devais une visite... M'est avis que je ne l'avais pas volée. Trouves-en donc beaucoup des amis comme moi !...

— Et la générale ? questionna vivément Roger, que pense-t-elle de l'affaire d'hier ?...

— Dame, elle pense et elle ne pense pas... En attendant, nous nous sommes mutuellement donné nos huit jours tout à l'heure. Elle m'a fait entendre que je devenais compromettant dans sa position, et que l'heure avait sonné de n'être plus l'un pour l'autre que de bons camarades — et à distance encore. D'autre part, je lui ai insinué qu'il y avait des terres, par exemple du côté de l'Anjou, où je ne permettais pas à des Dianes comme elle de braconner... Bref, on a échangé des mots aigres, on s'est jeté quelques bonnes vérités à la tête, on s'est adressé de petites menaces pleines de charme, et les fers ont été brisés, comme dirait M. de Racine. Au fond, la Jimenez estime qu'elle a toi en espérances, et le père Dussac — un bonhomme qui n'a pas volé son nom — en réalité, et trouve que je tourne par trop à l'empêcheur de danser en rond. E toi, qu'en dis-tu à ton tour, de cette brave Mexicaine ?... En es-tu toujours sur son compte aujourd'hui au même point rue de Rivoli qu'hier devant son canapé ? Tu sors, j'espère, de voir le ministre des affaires étrangères pour ses réclamations — les réclamations de la Pepa !... sur l'honneur j'en rirai dix ans ! — et tu t'empresses du côté des Champs-Elysées pour porter la réponse de Son Excellence à la noble veuve du dictateur.

Roger se mit à rire et conta au marquis l'incident du bracelet.

— Pas mal pour un conscrit, riposta Fréneuse, bien que le serpent soit diantrement poncif ! Mais après

tout il y en a un dans les armes du Mexique, et pour
une ex-dictatrice !...

Puis, voyant Roger guéri de sa fantaisie d'une
heure, il se mit à lui narrer la générale, son passé,
son présent et son futur avec la verve légèrement pi-
mentée qui caractérisait son esprit. Son récit amusait
fort le vicomte, tout en le plongeant par moments
dans des étonnements profonds. C'était tout un
monde nouveau qui s'ouvrait devant lui et il écar-
quillait les yeux comme un enfant devant un objet
inconnu et bizarre.

— C'est égal, ne put-il s'empêcher de conclure, je
l'ai échappé belle ; sans toi, mon bon Ghislain, je faisais le plongeon comme un véritable Gogo. Ah ! cette
Jimenez est une fière coquine !

— Qui sait ? répliqua Fréneuse. Au fond, elle était
peut-être sincère avec toi. Tu es si différent des autres hommes qu'elle a vus jusqu'ici, qu'il n'est pas
impossible qu'elle ait eu un sentiment vrai à ton
égard.

— Tu te moques ?...

— Non pas ; je parle sérieusement. Ces choses-là se
voient quelquefois. Même ces sortes de femmes ont
un cœur, après tout, et il leur sert si peu qu'elles peuvent bien avoir envie, par moment, de l'utiliser. Par
exemple, en pareil cas, cela devient singulièrement
plus redoutable, pour le bénéficiaire... Dans les deux
hypothèses tu peux t'estimer heureux d'en être sorti.
Mais, entre nous, tu feras bien d'aller faire un tour à
Solesmes. L'air de Paris ne vaut rien pour toi en ce
moment. La Jimenez est vindicative et raisonne peu

ses colères. Ton serpent n'est pas fait pour te conci
lier sa bienveillance...

— Oh ! répliqua vivement le vicomte, la générale et
ses foudres ne m'embarrassent guère. Avant demain il
y aura du pays entre elle et moi. Je pars ce soir pour
la Pologne. J'ai besoin de m'y trouver pour réaliser le
prix de plusieurs domaines que j'ai vendus.

— Parfait, riposta Fréneuse. La Pologne est à l'abri
de la Jimenez. Si c'était la petite, je ne dis pas !...

. . . .

Pendant que Roger et Ghilain devisaient de la
sorte, la générale recevait l'écrin que lui avait envoyé
le vicomte. Elle l'ouvrit vivement et dès qu'elle eut vu
la carte de Roger elle pâlit, ses lèvres se serrèrent et,
jetant au loin dans l'appartement le bracelet :

— Ah ! monsieur de Solesmes, s'écria-t-elle, je n'attendais pas cela de vous... car le ciel m'est témoin que
je vous aimais comme nul homme peut-être n'a jamais
été aimé... Je voulais changer d'existence, vivre pour
vous aussi obscure que jusqu'ici j'avais été en vue, je
n'aspirais plus qu'à la retraite, au silence, être à vous,
toute à vous, voilà ce que je rêvais... Vous ne l'avez
pas voulu, tant pis ! La leçon ne sera pas perdue et je
ferai un symbole de ce serpent que vous avez eu l'imprudence de m'envoyer.

Et ramassant brusquement le bracelet sur le tapis
elle se mit devant sa table, saisit la carte du vicomte
et écrivit au dos :

« Madame,

» M. de Solesmes m'envoie ce bijou. Évidemment il

» y a erreur de personne et je m'empresse de vous le
» retourner.

» **PEPA JIMENEZ.** »

Puis elle plaça le bracelet avec la carte dans l'écrin
et l'ayant enveloppé avec soin, elle écrivit comme
adresse : Madame la vicomtesse de Solesmes, au château de Solesmes, par Angers (Maine-et-Loire).

Ceci fait, elle sonna.

— Ce paquet vivement à la poste, dit-elle au domestique qui entra, en lui remettant l'écrin... Voici pour
le plus pressé, continua-t-elle entre ses dents comme
en se parlant à elle-même, quant au reste j'y songerai,
et votre insulte, Monsieur de Solesmes, ne perdra rien
pour attendre son châtiment — je vous le promets, foi
de Pepa !...

Et elle entra dans son cabinet de toilette, un mer-
veilleux réduit dont une partie formait une serre rem-
plie de plantes des tropiques et de fleurs rares au milieu desquelles se trouvait à ras du sol une baignoire
en onyx.

Sa femme de chambre finissait à peine de la coiffer
qu'on frappa discrètement à la porte et que la tête de
Dussac émergea entre les tentures.

— On peut entrer ? demanda le vieux garçon.

— Comment donc, répliqua la générale, toujours
pour vous !

— A la bonne heure, fit Dussac en s'avançant vers
la Jimenez. Comment allez-vous ce matin ? Je commence par vous prévenir que jamais vous n'avez été
plus jolie.

— Il n'y a vraiment pas trop de quoi, mon pauvre ami, riposta la générale, car je suis dans une indignation folle après cet Hubert Durand : sa conduite envers Mᵐᵉ de Chantenay est abominable. Une femme qui s'est sacrifiée pour lui — car elle s'est sacrifiée, vous le savez, Dussac !... Eh bien ! il la laisse aux prises avec ses créanciers, des dettes faites par lui ! — car elle vivait bien tranquille et sans embarras avant de le connaître et a englouti toute sa fortune personnelle dans cette liaison !... Pauvre Angèle ! ce n'est pas de sa ruine qu'elle souffre, mais d'avoir pu aimer un être aussi méprisable.

Pour cet Hubert, elle a rompu avec le monde, brisé avec sa famille... Où voulez-vous qu'elle s'adresse à présent ? Hubert s'était engagé à l'épouser. C'est dans sa famille, chez sa mère, qu'elle l'avait connu ; sans cela, vous comprenez bien qu'elle ne se fût pas ainsi compromise avec lui. Elle avait foi en tout cela. Comme elle est tristement désabusée à présent !... C'est une triste famille, d'ailleurs, que ces Durand, car ils connaissent parfaitement bien la situation d'Angèle avec Hubert et ils y avaient prêté la main. Ils ne se sont retournés contre elle qu'en apprenant qu'elle n'avait point de fortune. C'est écœurant, vraiment !...

— Je crois que vous exagérez un peu les choses, ma chère amie, insinua doucement Dussac. M. et Mᵐᵉ Durand sont de très braves gens pleins d'honneur, de délicatesse ; je les connais depuis longtemps...

— Et leur gendre, le vicomte de Solesmes, interrompit avec emportement la générale, le connaissez-vous aussi, celui-là ?... Savez-vous ce que je lui dois ?

C'est lui qui a fait échouer auprès du ministre les démarches faites en faveur de mes réclamations auprès
du gouvernement français. J'en ai la preuve formelle.
Il se vengeait ainsi de ce que j'étais l'amie de Mᵐᵉ de
Chantenay.

— Je ne connais pas M. de Solesmes, répliqua Dussac,
mais cela m'étonne de la part d'un gentilhomme
comme lui...

— Oh ! vous ne savez pas tout, riposta la générale
en secouant la tête. M. de Solesmes m'a vue, un soir,
chez Angèle, où il venait relancer Hubert, et ne s'est-il
pas avisé de tomber amoureux de moi ? Vous voyez,
avec mon caractère, si cette espèce de doctrinaire,
haut en cravate et empesé, était capable de me séduire. Je l'ai reçu comme il le méritait. Prières, menaces, cadeaux, promesses, rien n'y a fait... Aussi vous
ne sauriez imaginer la haine qu'il me porte.

— Comment, le vicomte de Solesmes, lui aussi !
s'écria doucement Dussac. Voyez donc ces héros de
vertu, ces Messieurs du blanc partout !... Après cela,
ma chère Pepa, vous êtes si irrésistible... Moi-même,
que suis-je devenu avec vous ? Je m'étais cependant
bien juré de ne jamais m'enchaîner dans une liaison
sérieuse, et me voilà pris, enlacé, emprisonné pour la
vie.

Et il baisait avec ivresse la main que la Mexicaine
lui avait abandonnée.

En ce moment, une heure sonna. Dussac tressaillit
brusquement :

— Peste ! s'écria-t-il, déjà une heure, et le conseil
d'escompte qui m'attend.

— Vous avez conseil à la Banque? interrogea la Mexicaine.

— Oui, ma chère, de une heure à trois, et je me sauve vite... Vous savez que nous dînons ensemble ce soir.

— C'est entendu, répliqua Pepa en reconduisant son visiteur.

Une fois Dussac parti :

— Monsieur Bernard, se dit-elle, vous m'avez une fois demandé mon alliance contre Durand et les siens ; je vous l'ai refusée alors, j'avais une idée. Mais souvent femme varie... Aujourd'hui je suis à vous.

Et faisant demander sa voiture elle se fit conduire chez le financier. Sur la présentation de sa carte, elle fut introduite immédiatement auprès de lui.

— Vous m'avez demandé autrefois mon concours, dit-elle, contre la famille Durand...

— Oui, mais...

— J'ai changé d'avis. Que faut-il faire?...

— C'est sérieux? interrogea Bernard.

— Ai-je l'air d'une femme qui raille? fit la générale en dardant fixés ses yeux emplis de fièvre sur le financier.

— Eh bien! vous n'avez qu'à dire un mot à Dussac. En ce moment, il décide à la Banque le sort de Durand. Qu'il se prononce contre lui et tout est fait.

— C'est dit.

Et la générale arrachant une feuille de papier sur le bureau même de Bernard, et saisissant une plume écrivit :

« La vendetta est déclarée entre les Durand et moi.
Rien de fait, si vous prenez leur parti. »

Puis elle signa le billet de ses initiales, le plaça sous
une enveloppe sur laquelle elle mit le nom de Dussac
et quitta le financier.

— A la Banque, dit-elle à son cocher en remontant
en voiture.

Quelques minutes après elle arrivait rue de la Vrillière.

— Pour M. Dussac, c'est pressé, fit-elle en remettant
la lettre à un garçon de banque qui s'était avancé vers
la voiture.

LII

Tout le monde sait ce qu'est la Banque de France et quels services rend au pays cette utile institution. En dehors des dépôts de fonds et de valeurs qu'on lui confie et quelle garde soigneusement, elle s'est donné la mission de faciliter les transactions commerciales, en versant immédiatement aux négociants pressés le montant des factures qu'ils ne doivent recouvrer qu'au bout d'un certain temps. Ce temps varie généralement entre huit jours et trois mois sans jamais dépasser ce chiffre extrême de quatre-vingt-dix jours, et l'on comprend de quelle utilité peut être pour un fabricant de rentrer sur-le-champ dans ses débours, sauf à payer une commission légère aux banquiers qui endossent son papier et par cela même s'en rendent responsables en cas de non-paiement.

Voici généralement comme on procède. Le négociant vendeur tire sur l'acheteur, qui l'accepte, une traite représentant la totalité de l'affaire qu'ils ont conclue ensemble. Puis il porte cette valeur à son

banquier, qui la revêt de sa signature et la présente
alors à la Banque de France. Celle-ci, par l'intermé-
diaire d'un conseil composé de gens capables, tous
négociants ou l'ayant été, rompus aux affaires, exa-
mine les effets qu'on lui présente. Elle pèse la valeur
des trois maisons solidaires du paiement et, si cet
examen est favorable, elle *escompte* les billets, c'est-à-
dire quelle en remet le montant en argent comptant
et qu'elle les serre dans son portefeuille en attendant le jour de l'échéance pour les encaisser elle-
même.

On comprend facilement de quelle ressource est ce
système pour le développement et l'extension des affaires, mais on saisit d'autre part la funeste situation que
pourrait créer à notre premier établissement de crédit une trop grande facilité dans l'acceptation des
traites émanant de gens en mauvaises affaires et des-
tinées à des retours. C'est le nom donné dans l'argot
financier aux effets qui reviennent impayés. Il faut
donc apporter au choix des valeurs qu'on escompte,
le soin le plus méticuleux, écarter tout ce qui est vé-
reux, se tenir exactement au courant de toutes les
variations qui se produisent sur le marché parisien.
Telle maison, bonne aujourd'hui, ne vaudra rien demain; elle succombera peut-être elle-même par la
chute d'une maison correspondante qui l'entraînera
dans son naufrage. Telle autre, au contraire, ayant
prospéré, méritera un crédit plus considérable que
par le passé. Il faut un tact absolu, un flair divinatoire
aux membres du conseil, et il n'est pas rare qu'une
seule signature douteuse sur trois suffise pour mettre

en défiance les dispensateurs des faveurs monnayées de la Banque.

C'est au milieu de ce conseil d'escompte que nous allons introduire nos lecteurs. Autour d'une table recouverte d'un tapis, une dizaine d'hommes sont assis et feuillettent des bordereaux placés devant eux. On a attribué à chacun les valeurs qu'il peut le mieux connaître, suivant l'industrie à laquelle il appartient. Ainsi Bordier, le riche négociant de Bercy, a les papiers de tous les marchands de vin en gros de Paris et de la province. A Carette sont dévolus les cuirs ; la carrosserie à Binder ; la draperie à Duparc ; la soierie à Aubregeot. Outrequin, le concurrent et l'ennemi de Durand avait les tissus, Amiens, Roubaix et le mérinos réunis.

Le président n'est autre que l'excellent Dussac. Confortablement installé dans son fauteuil, il jette de temps en temps sur ses collègues un regard distrait, qu'il reporte ensuite sur le plafond peint pour le duc de la Vrillière, grand amateur de mythologie, et où les dieux de l'Olympe sont représentés en butte aux flèches d'une légion de petits amours tout nus. Il y a là une Diane fluette, aux jambes allongées comme celles d'une Atalante, à la taille fine et aux grands yeux, qui ressemble vaguement à la générale. Le temps, qui l'a légèrement bistrée, ajoute encore à l'illusion du bonhomme, qui, après dix minutes de contemplation, pousse un léger soupir et reprend la lecture du *Journal des Débats*.

— J'ai corné le papier de Sollier père et fils, dit à Dussac un petit homme noiraud, aux gros yeux saillants, je crois savoir qu'il n'est pas dans ses affaires.

—Pourquoi donc cela ? reprit son voisin, un nommé
Pontis, qui, comme le précédent interlocuteur, *faisait*
dans la droguerie en gros, ils marchent au contraire
parfaitement bien. Le fils vient d'épouser une demoi-
selle Crevat, qui lui a apporté quatre cent mille francs
de dot. Je crois que vous vous trompez, monsieur
Gaffard.

— Je sais ce que je sais, répliqua le haineux marchand. Ils font des dépenses exagérées, très au-dessus
de leurs moyens. Ils ne sont établis que depuis trois
ans et ils ont déjà voiture, quand d'autres, qui tra-
vaillent depuis vingt ans dans la même partie, n'en
ont point.

— D'autres, c'est lui, reprit le bienveillant Pontis en
se penchant vers Barbedor, le marchand de métaux,
qui siégeait près de lui. Il crève de jalousie, ce Gaffard.
Il a cinq filles, toutes plus laides les unes que les autres,
et tellement acariâtres, qu'il ne les établira jamais.
Aussi ne cesse-t-il d'aboyer après tout le monde, surtout après ses concurrents.

— C'est un des inconvénients que présente notre
système, répondit Barbedor. A force de vouloir être
jugés par leurs pairs, les négociants arrivent à se mettre
entre les mains de gens qui ont, la plupart du temps,
un intérêt direct à souhaiter leur ruine. Je sais bien qu'il
est excessivement rare de voir un homme abuser de
sa position, soit au conseil d'escompte, soit au tribunal
de commerce, pour en frapper un autre ; mais ne vau-
drait-il pas mieux ne nommer juges ou conseillers que
des gens retirés des affaires.

— Vous avez peut-être raison, monsieur, répondit

Pontis, mais on est tellement routinier dans ce pays
qu'il passera encore diablement de l'eau sous le pont
avant qu'on ne puisse mettre en pratique les réformes
dont vous parlez.

— Oh ! Durand et C⁰, Durand et C⁰, encore Durand
et C⁰, c'est trop, fit à ce moment Outrequin en cor-
nant coup sur coup une douzaine de valeurs, pour indiquer qu'il les considérait comme douteuses. Il file un
mauvais coton, le député.

— Il y a longtemps que je le lui ai prédit, dit Martin-Landon. Il ne faut pas sauter plus haut que la longueur de ses jambes. Je savais bien qu'il finirait mal.

— Et moi !

— Et moi ! firent deux ou trois voix en échos.

— Voilà où l'ont mené son orgueil insatiable et sa
rage de faire parler de lui, reprit Outrequin, joyeux
de se sentir soutenu. A-t-il assez éclaboussé le monde
avec son gendre le vicomte et ses amis ? Il voulait être
ministre ! cela fait pitié, parole d'honneur !

— Ministre, lui, fit Gaffard en ricanant. Il n'en était
pas capable. Quel poseur ! Son père était pourtant un
ouvrier.

— Voyons ces valeurs, intervint Dussac.

Il les examina longuement.

— Vous voyez que c'est de la circulation, s'écria
Outrequin.

— Voici, en effet, deux traites qui ne m'ont pas
l'air d'être catholiques, dit tristement Dussac, mais les
autres sont des remises de l'étranger, et les signatures sont bonnes. D'ailleurs, c'est Benoît fils qui les a
endossées.

II 7.

— Oh! répliqua Gaffard, ce n'est pas la première fois qu'on refuse à Benoît fils du papier. Il est si bonhomme qu'il endosse tout ce qu'on veut. On lui rendrait même service en refusant. Il ne sera pas pris dans la déconfiture, voilà tout.

— Qui parle ici de déconfiture, s'écria Dussac indigné. Votre langage est déplacé, monsieur Gaffard, et peut être funeste à un collègue, à un homme qui a derrière lui tout un passé d'honorabilité. De plus, il est contraire aux intérêts de la Banque, qui est peut-être engagée pour une forte somme en compte-courant avec des maisons dont la chute de M. Durand et Cᵉ entraînerait la ruine. Vous êtes nouvellement entré au conseil, monsieur, et vous ignorez qu'ici il faut être plus circonspect.

Pendant que Gaffard baissait la tête sous cette algarade méritée, Martin-Landon se levait et s'approchait de Dussac.

— Vos raisons sont excellentes, mon cher collègue, lui dit-il à demi voix, mais il n'en est pas moins vrai que Durand est sur le penchant de la ruine. Il est venu, il n'y a pas quinze jours, me demander un crédit de trois cent mille francs que je lui ai refusé. Il paraît qu'il a fait, sans plus de succès d'ailleurs, la même démarche chez le baron d'Ondscote.

— Est-il possible?

— Demandez-le au baron lui-même. Le voici.

— Dites-moi, baron, fit Dussac, est-il vrai que Durand ait sollicité de vous un crédit de trois cent mille francs?

— De cinq cent mille, rectifia le baron. Ma foi, je le

lui aurais ouvert, mais Golsheim n'a pas voulu. Je le crois en effet bien bas.

— Il était cependant riche, fit observer Dussac.

— Oui, mais il a beaucoup perdu à la Bourse, répondit le baron. Il me l'a avoué lui-même.

— Durand! à la Bourse!! exclama Dussac, comme si ces deux mots eussent hurlé ensemble.

— Cela vous étonne, dit d'Ondscote, c'est pourtant comme cela.

— Pauvre homme! murmura Dussac. En voilà un que l'adversité frappera d'autant plus durement qu'elle sera plus inattendue. C'est un honnête homme. Peut-être pourrait-il se relever avec un peu d'aide. Qu'en pensez-vous, monsieur Barbedor?

— Je suis tout à fait de votre avis, monsieur Dussac, répondit le riche marchand de métaux. Il y a dans la vie commerciale des passes difficiles à traverser. Bien des gens, aujourd'hui prospères, ont failli tomber faute d'une main secourable. D'ailleurs, ajouta-t-il, je pense comme vous que la chute d'une maison aussi importante que celle de Durand entraînerait bien des catastrophes. Aussi ne verrais-je aucun inconvénient de procéder comme nous le faisons souvent, c'est-à-dire à admettre pour cette fois le bordereau tout entier de Benoît qui contient les effets Durand et le prévenir officieusement que désormais il ait à ne nous présenter à l'escompte que des traites sérieuses et non du papier de complaisance. De cette façon nous lui donnons le temps de se retourner et les intérêts que nous gérons ne seront pas lésés.

— Cela me paraît excellent, appuyèrent Pontis et le baron d'Ondscote.

— Pourtant, dit Outrequin, peut-être la prudence exigerait-elle...

— Il a raison, fit Martin-Landon. Les questions de personne n'ont rien à faire ici. Les gens sont solvables où ils ne le sont pas.

— Moi, je proteste, dit en se levant Gaffard, vers lequel Dussac s'avançait d'un air menaçant, quand l'huissier lui présenta une lettre très pressée qu'on venait d'apporter pour lui et qu'on avait recommandé de lui remettre sans retard.

Il la parcourut des yeux, fit un geste d'étonnement, la relut avec attention, puis, la mettant dans sa poche :

— Allons, dit-il d'un air chagrin, tout le monde accable le pauvre diable ; jusqu'à Pepa qui s'en mêle. Messieurs, reprit-il tout haut, je me soumets à ce que paraît souhaiter la majorité du conseil. Donnez-moi le bordereau général que je le signe. Le conseil refuse le papier Durand et Cᵉ.

LII

On se souvient de la consigne donnée par Bernard à Mme de Chantenay avant ce fameux dîner du pavillon Henri IV, où la perte de Durand, froidement jurée par Bernard avait été définitivement résolue, et où il avait distribué les rôles du drame. Angèle n'avait que trop bien rempli le sien. Elle n'avait cessé de se montrer faussement inquiète du sort réservé au père de son amant, avait colporté dans les couloirs de la Chambre, chez le père Pigeon où elle était allée dîner deux fois pour la circonstance, les bruits les plus fâcheux sur la solvabilité de la maison Durand et C°; bref, elle s'était acquittée consciencieusement de la mission dont l'avait chargée le vindicatif boursier.

Peu lui importait, au demeurant, d'agir aussi déloyalement envers Hubert auquel il ne restait rien. Elle ne cherchait qu'un prétexte pour rompre. Il se présentait pour elle une occasion magnifique ; deux étrangers se disputaient la successsion du dauphin du mérinos, dont le royaume courait de si grands périls. Un Hispano-

Américain, récemment débarqué avec une lettre de recommandation de Mᵐᵉ Cortez pour Mᵐᵉ de Chantenay, — la franc-maçonnerie des femmes, — un *rastacouera* pur sang aux cheveux gras de cosmétique et de teinture, bouchons de carafes à la chemise, scandaleusement riche, faisait concurrence à un Russe grossier, brutal, espionnant pour le compte de son pays, le plus ridicule et le plus berné des hommes. Une danseuse qu'il couvrait d'or lui donnait pour collaborateur tout le Paris du cabotinage le plus vil et le plus abject, des histrions, des comiques de café concert, des *clowns* qui lui tapaient sur le ventre au dessert en l'appelant : *ma vieille*. Le policier cosaque trouvait cela très drôle; il se figurait que c'était le comble de l'élégance que d'être traité de *pignouf* par les écuyers du cirque Fernando, et il prenait à cette vie un plaisir extrême. Quand, lassée de cette protection moscovite, la danseuse s'enfuit un jour avec un gymnaste américain, le Russe se trouva fort dépourvu et se mit en quête d'une « femme du monde. » Il tomba sur Angèle. C'était bien une « femme du monde » pour gens de son espèce.

Rassurée désormais sur son avenir, ayant de plus les promesses de Bernard en expectative, Angèle ne se gêna plus dans ses propos. Les choses en vinrent à un point tel que Hubert, déjeunant un matin chez Tortoni, fut accosté par un de ses amis qui, d'un air de componction, lui serra hypocritement la main avec des paroles ambiguës et en lui parlant du malheur qui le frappait.

— Quoi ? quel malheur ? interrogea Hubert qui, brouillé avec son père depuis qu'on l'avait doté d'un conseil judiciaire, n'avait plus aucun rapport ni avec la rue du Sentier, ni avec Maisons-Laffitte où se trouvait sa mère. Tu as l'air de me serrer la main sur une tombe.

— Ah, pardon, reprit celui-ci feignant la confusion, je croyais que tu savais... Angèle m'avait dit que...

— Quoi ? fit Hubert impatienté ; parleras-tu à la fin ?

— Mais les bruits qui courent, reprit l'ami d'un air embarrassé et chargé de réticences. Oh ! je veux bien croire que ce ne sont que des bruits... Mais il paraît... on m'avait dit que ton père...

— Mon père ? achève !

...Etait en mauvaises affaires, complétement ruiné, appuya le camarade heureux de porter ce coup au jeune homme qui pâlit soudain. Mais, reprit-il perfidement, puisque tu n'en sais rien...

— Mon père... ruiné ! Hubert ne put que balbutier ces mots. Il lui sembla que quelque chose s'écroulait sur sa tête.

Puis, sans même dire un mot au porteur de cette mauvaise nouvelle, il se leva mécaniquement et, sautant dans un fiacre :

— Rue du Sentier, dit-il au cocher.

Presque immédiatement l'idée lui vint que cela pouvait être faux. Quelle figure ferait-il alors devant son père avec lequel il était sottement brouillé ? Comment serait-il reçu ? Mieux valait s'informer d'abord à une source sérieuse. Le résultat de ses réflexions fut qu'il donna ordre au cocher de tourner bride et qu'il se fit conduire chez Fréneuse.

— Ah ! te voilà, dit le marquis, je t'attendais. Tes quinze mille francs pour Ducornet sont là. Va vite les lui porter et solde tes comptes avec lui. C'est décidément une affreuse canaille, et je regrette bien de t'avoir fait faire la connaissance de cet écorcheur.

— Il s'agit bien de cela, clama Hubert ; sais-tu les bruits qui courent ? On dit que la maison de mon père suspend...

Fréneuse baissa les yeux.

— Mon Dieu, fit le jeune homme attéré, c'est donc vrai ?

Et il se laissa tomber dans un fauteuil.

— Ecoute, Hubert, dit Fréneuse en lui prenant les mains, il te faut du courage. Je crois qu'une catastrophe se prépare. De tous côtés circulent des bruits sinistres. Tu vois que je n'y crois qu'à moitié, moi, puisque les quinze mille francs que tu m'as demandés hier soir pour solder Ducornet t'attendent depuis ce matin, et que si tu en veux d'autres tu n'as qu'à dire un mot. Mais il y a de bien mauvaises langues ; ton père a beaucoup d'ennemis, et jusque dans ton entourage.

— Que veux-tu dire ?

— Qu'il faut faire taire Angèle, répliqua résolûment Fréneuse. Entre toi, mon ami, un loyal garçon qui n'a que le tort d'aimer trop à s'amuser, et une aventurière, je n'hésite pas. Elle a dit à plusieurs personnes qui me l'ont répété au club, que ton père avait sauté...

— La misérable ! s'écria Hubert. Puis, comme illuminé par une idée soudaine : quel châtiment, mon Dieu !

— Il faut rompre, dit Fréneuse.

— C'est fait, dit Hubert, en griffonnant quelques lignes à la hâte. Je lui ai donné cinquante mille francs le mois passé. Elle ne dira pas que je la quitte sans un sou.

— Oh ! fit Fréneuse en levant philosophiquement les épaules, elle dira dans huit jours, que tu as vécu à ses crochets, et il se trouvera des idiots pour le croire et le répéter.

— Ceux là... dit Hubert avec un geste de menace !

— En attendant, allons chez Ducornet, reprit Fréneuse qui tenait à son idée.

Quelques tours de roues les menèrent chez l'usurier. Il était en affaires. En attendant, ils examinaient cet intérieur si curieux et que les événements qui se précipitent ne nous permettent pas de décrire cette fois à notre grand regret, lorsque le bruit d'une conversation animée traversa la double portière en tapisserie qui séparait le salon du cabinet du marchand d'argent.

— Quand je vous dis que c'est impossible, disait Ducornet à un interlocuteur, tout à fait impossible pour le moment. Certes, je ne demanderais pas mieux que de faire affaire avec un des commerçants les plus estimables et les plus estimés de la place de Paris, momentanément gêné, mais les affaires ne vont pas. Les rentrées ne s'effectuent pas. Tenez, — ici on entendit un bruit de papier feuilleté, — le baron de Cani me doit seize mille échus du 6 courant; il n'a pas payé. Fondecaisse, l'ancien préfet, sort d'ici, il a renouvelé huit mille. Frontenac, vingt mille ; sa famille l'a expédié en Amériqne. Courtot aussi ; le père est un marchand de toile qui chipotera sur mes comptes. Dieu sait quand j'aurai mon argent. Et le prince de Sainte-Seine, soixante mille, soi-xante-te-mil-le, scanda Ducornet. Je suis ruiné.

— Cependant, fit une voix, on m'avait dit...

— On vous avait dit des bêtises. Je ne suis pas un banquier, moi ! Ces fonds-là ne sont pas à moi. Ce que je fais, c'est de la pure obligeance. Ah ! on m'y reprendra à rendre des services aux gens !

— Alors, fit la voix d'un ton désolée, il n'y faut pas compter ?

— Pas un instant, répliqua nettement Ducornet. Aussi, reprit-il d'un ton aigre, c'est votre faute tout cela. Avec vos idées de politique et d'ambition, vous avez négligé vos affaires, vous vous êtes payé le luxe d'écraser les autres. Vous voilà à terre à présent.

— Pas encore, monsieur, reprit fièrement la voix. Ce que je suis venu vous demander, c'était un service et non des avis, dont je n'ai que faire.

— Ecoute, dit dans le salon Hubert en saisissant le bras de Fréneuse ; c'est mon père !

— Ah ! vous le prenez sur ce ton-là mon bonhomme, répliqua Ducornet, cyniquement ! Mais vous voulez me faire prendre des vessies pour des lanternes. Si vous venez à moi, c'est que vous n'avez rien trouvé autre part ; vous êtes fini, usé, fricassé, mon cher ! Au bout du fossé la culbute.

— Vous êtes un misérable ! balbutia Durand étouffant de colère et de honte.

— Possible ; mais je n'ai pas encore fait banquer...

Ducornet n'acheva pas le mot. Hubert, suivi de Fréneuse, s'était élancé dans le cabinet, et avait appliqué à l'usurier un soufflet retentissant qui l'avait littéralement couché à plat sur son bureau.

— Tenez, vil escroc, dit Hubert en jetant un paquet de billets de banque à Ducornet stupéfait qui se tenait la joue. Je ne vous dois plus rien. Voici votre argent, les derniers quinze mille.

Puis se tournant vers Durand :

— Venez, mon père, votre place n'est pas ici.

Et entraînant Durand muet d'étonnement :

— Fréneuse, charge-toi de demander à cet homme deux reçus, un pour l'argent, un pour le soufflet, si tant est qu'il ait assez de cœur pour se battre.

— Nous allons rue du Sentier, n'est-ce pas, père ? dit-il au négociant qui se laissait conduire machinalement.

Durand fit signe que oui. Arrivé dans les bureaux, Hubert ferma la porte du cabinet de son père — jadis le sien aussi, — et se jetant à ses pieds :

— Mon père, dit-il d'une voix entrecoupée par les sanglots, votre fils vous demande pardon. Abusé, égaré par mon amour du plaisir et des femmes, faible et facile à entraîner, je vous ai causé des chagrins cuisants. Je vous ai cru riche et j'ai dépensé sans compter. J'ai ajouté à vos soucis d'affaires des ennuis de famille, j'ai désolé ma mère, encore une fois : pardon !

Durand, suffoquant de larmes, fit relever son fils et le pressa dans ses bras en balbutiant des paroles confuses.

— Aujourd'hui que le malheur est venu, me voici, mon père, repentant et prêt à tout souffrir pour expier mes fautes. Je vais reprendre ma place ici à vos côtés, ajouta Hubert en désignant son bureau resté inocupé depuis son départ — et désormais nous serons deux à lutter contre la mauvaise fortune. Ce sera l'expiation de mes désordres et de mes folies.

— Mon pauvre enfant! répétait Durand au milieu de ses sanglots. Je savais bien que ton cœur était bon et que tu aimais ton pauvre père. Que Dieu soit béni, s'écria involontairement le voltairien, ramené à la foi par le malheur, j'aurai désormais du courage pour supporter les épreuves qui m'attendent! Il m'a rendu mon fils !

Et surtout, mon Hubert. bouche close, reprit le négociant. Ta mère ne sait rien !

LIV

L'intérieur de la maison Durand et C° offrait l'aspect d'un champ de bataille. Les pièces de mérinos, qu'il avait fallu sortir des casiers afin de procéder à l'inventaire, gisaient empilées à terre ou en désordre sur les comptoirs. Tous les livres de comptabilité, journal, grand-livre de caisse, débits, entrées, factures, avaient été ouverts et feuilletés. On avait dressé minutieusement les comptes-courants de tous les débiteurs, établi le bilan clair et net et pu envisager la terrible vérité.

Depuis trois jours personne ne s'était couché. On avait profité d'une fête pour donner aux commis un congé qu'ils avaient accepté avec joie, et le dimanche aidant, on avait pu, grâce à soixante-douze heures de travaux surhumains, leur dissimuler la situation qu'il importait de ne pas ébruiter.

Gaudinard, Peloux, Durand et Hubert, étaient seuls dans la confidence. Ils n'avaient même pas pris la peine d'aller manger dehors. On leur avait apporté à déjeuner et à dîner tous les jours du restaurant voisin, situé rue Saint-Fiacre, et les débris de leurs repas traînaient sur une banquette mobile soutenue par deux trétaux. Jamais Gaudinard n'avait découché, aussi la lettre qui arriva aux Batignolles, annonçant qu'il ne rentrerait pas le soir, causa-t-elle dans l'humble demeure un grand émoi. Ses deux filles effarées n'y comprenaient rien, et Mᵐᵉ Gaudinard affolée, croyant à quelque épouvantable accident, parlait déjà d'aller à la Morgue chercher le corps de son mari.

Une charitable voisine lui fit remarquer que si Gaudinard écrivait, il n'était pas mort, et tournant la page de la missive, lut un post-scriptum dans lequel le vétéran du commerce priait qu'on lui envoyât par le portier, des pantoufles et un supplément de munitions pour sa tabatière.

— Allons, mes pauves enfants, dit Mᵐᵉ Gaudinard en reprenant tout son sang-froid, voilà notre partie à Champigny manquée ! Votre père a un travail pressé à faire chez M. Durand, et il va y passer toutes ses vacances. Pourvu qu'il n'y ait point de malheur, ajouta-t-elle en réfléchissant ; depuis quelque temps votre père est visiblement inquiet, préoccupé. J'irai lui porter moi-même ce qu'il demande et je lui parlerai.

Hélas ! la course de l'excellente femme avait été inutile. Le concierge de la rue du Sentier avait une consigne. Il fut implacable, lui prit des mains le paquet où elle avait ajouté un foulard de nuit pour Gaudinard, et refusa de la laisser communiquer avec son mari. Ces messieurs travaillaient, dit-il, et ils avaient formellement recommandé qu'on ne les dérangeât pas.

Elle revint lentement, avec le pressentiment d'un malheur suspendu sur sa tête, et le lendemain les trois femmes passèrent la journée en prières, à l'église.

Mᵐᵉ Durand était à Maisons-Laffitte, et pour ne pas l'inquiéter, son mari lui avait écrit une lettre affectueuse, où il lui annonçait qu'il partait pour le Cateau, afin d'y passer trois jours. Habituée à des absences fréquentes, nécessitées par les affaires ou la politique, elle ne vit là rien que de très naturel. Elle ne savait pas, d'ailleurs que Hubert fût revenu sous le toit paternel. Donc, de ce côté, ignorance complète et sécurité absolue.

Revenons à bord de ce navire dont l'équipage lutte de toutes ses forces pour échapper au naufrage. Les quatre hommes sont blêmes, les yeux de Durand sont rougis par les larmes. Hubert est extrêmement pâle mais il a l'air résolu et il s'entretient à voix basse avec Peloux pendant que, vaincu par le sommeil et la fatigue, Durand, renversé dans son fauteuil s'est assoupi un instant. Quant au père Gaudinard, épuisé, il a improvisé un lit avec des pièces d'étoffe, et il dort profondément. Il rêve que sa caisse est percée d'un trou au fond comme le mythologique tonneau des Danaïdes, et que l'or qu'il y jette à poignées disparaît à mesure dans un abîme insondable.

Sept heures du matin sonnées par la voix de bronze du cartel, éveillèrent Durand de ce sommeil pénible que l'on a volé au chagrin, la tête appuyée contre une barre de bois, et d'où l'on sort malade, moite, le cœur barbouillé, les idées confuses.

— Ah! fit-il, jetant autour de lui des regards incertains, je crois que j'ai dormi.

Puis, ramené par l'aspect des objets qui l'entouraient à la perception de la cruelle réalité :

— Voyons, où en sommes nous, fit-il tristement.

— Tout est fini, dit Hubert en s'approchant.

— Et quels sont les résultats?

— Les voici, dit Peloux en dépliant une immense feuille de papier couverte de chiffres.

— Lisez, Peloux, répondit Durand d'une voix qu'il s'efforçait d'affermir. Il faut être fixés avant l'arrivée des employés et ils ne peuvent tarder.

— Voici le résumé de l'actif, lut lentement Peloux :

La fabrique du Cateau, avec ses bâtiments, ses dépendances, son outillage, estimée cinq cent mille francs.

Marchandises en magasin, tant au Cateau qu'à Paris, soixante mille francs.

Créances sur divers, trente mille francs.

Ensemble cinq cent quatre-vingt-dix mille francs.

Il convient d'y joindre l'actif personnel de M. Durand, consistant en un mobilier à Paris, chevaux et voitures, estimés cent mille francs, et une campagne à Maisons-Laffitte valant deux cent mille francs, soit trois cent mille, qui, joints à l'actif sus énoncé, en portent le total à fr. 890,000. Il y a en caisse dix mille francs comptant. Ci neuf cent mille francs.

Peloux fit une pause. Gaudinard, que la voix du lecteur berçait, s'éveilla quand elle s'arrêta. Il se leva paisiblement et s'approcha en se frottant les yeux. Durand lui tendit la main.

— Continuez, dit le manufacturier.

Le passif se monte à trois millions et une fraction ; le bilan se solde donc par un déficit de plus de deux millions, conclut le chef de la correspondance.

— Auxquels il faut ajouter deux millions et demi que je dois à Bernard, fit Durand en se penchant vers Hubert. C'est bien, je vous remercie, messieurs. Aussitôt que tous les employés seront arrivés, vous me préviendrez.

Ceux-ci ne tardèrent pas à venir. Le spectacle inaccoutumé que leur offrait le magasin leur fit pousser des cris d'étonnement, mais les commentaires n'eurent point le temps de se donner carrière. Sur l'invitation de Peloux, ils se rendirent tous dans le cabinet de Durand, où leur patron les attendait.

— Messieurs, leur dit gravement celui-ci, je me vois obligé, à mon très grand regret, de me priver de vos services. Des pertes énormes, une suite de malheurs qui ont frappé ma maison, me contraignent à une douloureuse nécessité. Il faut nous séparer. Chacun de vous peut, dès à présent, passer à la caisse pour y toucher le mois courant, plus un mois d'appointements à titre d'indemnité.

Une rumeur de stupeur accueillit le *speech* du chef. Certes, depuis quelque temps, on se doutait de quelque chose ; mais la vieille réputation de Durand était si solide, que tous les commis croyaient à un embarras passager que surmonterait le patron, un *roublard*, comme on disait au café. Aussi la communication officielle de la liquidation de la maison les frappait-elle

11   8

comme un coup de foudre. En un instant, ils se sou-
vinrent des bontés que l'excellent homme avait toujours eues pour eux, des avances incessantes que leur
faisait la caisse, de son inépuisable charité qui le
faisait accourir lui-même au chevet de celui d'entre
eux qui tombait malade, y laisser des secours délicatement dissimulés, y envoyer son propre médecin,
tandis qu'aux convalescents Mᵐᵉ Durand se manifestait
par des bouteilles de vin de Bordeaux, des pots de
confiture, et toutes ses gâteries maternelles dont sont
sevrés les pauvres diables venus, pour la plupart, de
la province ou de l'étranger.

— Avant de nous quitter, messieurs, reprit Durand,
laissez-moi vous remercier de votre part de collabora-
tion dans mes travaux. Vous avez vaillamment lutté
et si nous n'avons pas réussi la faute n'en est pas à
vous. Adieu, messieurs, mes amis, balbutia Durand
que l'émotion gagnait. Je vous souhaite à tous une
heureuse carrière.

Ils se précipitèrent vers lui et ce fut à qui serrerait
ses mains tremblantes. Les plus jeunes employés
pleuraient.

— Maintenant, fit Durand s'efforçant de dompter
son émotion, allez, mes amis, j'ai besoin d'être seul
avec mon fils.

Ils sortirent un à un.

— Il ne faut pas perdre une minute maintenant, reprit Durand en s'adressant à Hubert. Le bilan est en
règle ; je vais le signer, et tu iras toi-même en faire le
dépôt au tribunal de commerce. Moi, je n'en ai pas le
courage.

— J'irai, père.

— De mon côté, je vais rédiger ma démission et l'adresser au président de la Chambre. Puis nous partirons ensemble pour Maisons-Laffitte, et c'est ici, mon cher enfant, que notre situation va devenir difficile. Il ne faut pas que ta mère sache un mot de tout cela jusqu'à ce que les affaires soient complètement désespérées. Le dépôt de mon bilan opéré au tribunal va avoir pour conséquence la convocation en assemblée de tous nos créanciers. Je leur ferai abandon de tout, maison, campagne, jusqu'aux diamants de ta mère, et je leur demanderai dix ans pour les payer.

Il est impossible en présence de mon passé qu'ils ne m'accordent pas ce délai. Nous prendrons alors des arrangements, et nous nous remettrons au travail courageusement, humblement, comme mon pauvre père quand il a commencé. J'espère donc éviter une catastrophe et je veux choisir mon temps à loisir pour apprendre à ta mère la triste nouvelle. D'ailleurs, ajouta ce père au cœur d'or, elle sera toute à la joie du retour de l'enfant prodigue aujourd'hui : ne la lui gâtons pas.

Pendant ce temps-là, Bouffard, le garçon de banque en faisant sa tournée quotidienne, se présentait au guichet de la maison de commerce, ainsi qu'il le faisait tous les matins et y frappait un léger coup du doigt.

Le guichet s'entr'ouvrait et la tête du vieux caissier s'y encadrait.

— Bonjour, Monsieur Gaudinard, fit le fonctionnaire à bicorne. Voilà trente-deux mille, ajouta-t-il en présentant trois traites rattachées ensemble avec une épingle.

— Reprenez cela, dit Gaudinard, je n'ai pas d'argent.

— Pas d'argent ! s'écria Bouffard en éclatant de rire. Ah ! elle est bonne celle-là !

— Je vous répète que je ne paye plus.

— Voyons, papa Gaudinard, la farce est drôle, et vous avez probablement fait la fête hier, reprit avec un brin d'impatience le joyeux fonctionnaire, seulement dépêchons. Je suis en retard ce matin.

Et tout en disant ces mots, il leva les yeux sur le vieux caissier, dont la figure austère était sillonnée de larmes.

— Oh ! pardon, pardon, monsieur, s'écria le jeune homme. Quel malheur ! ajouta-t-il en replaçant les effets dans son portefeuille.

Et il s'éloigna tandis que refermant le guichet qui résonna avec un bruit sinistre, le père Gaudinard tombait dans son fauteuil et se prenait la tête à deux mains en murmurant :

— C'est à croire que le bon Dieu n'est pas juste !

LV

Alice avait d'abord eu un moment de stupeur en
recevant à Solesmes l'envoi de la générale. Mais ce ne
fut que l'impression de la première minute, et reprenant presque immédiatement son sang-froid, elle se
mit à examiner à fond les choses. Se rappelant les
machinations de Bernard, elle estima qu'il y avait
dans l'acte de la générale quelque nouvelle manœuvre
à son endroit, quelque perfidie dont Roger était la
victime, et ne s'arrêta pas un instant à la pensée que
son mari pût être coupable.

Toutefois, elle jugea nécessaire sa présence immé-
diate à Paris, puisque c'est là qu'était le lieu du
danger à conjurer, et elle prit ses dispositions pour
quitter Solesmes le soir même avec ses enfants.

Arrivée à Paris dans la matinée, elle se fit aussitôt
conduire à l'appartement meublé que Roger avait
loué dans le faubourg Saint-Germain comme pied-à-
terre. Là elle apprit que le vicomte était parti de la
veille pour la Pologne.

II   8.

— Madame la vicomtesse, lui dit le concierge, se sera croisée en route avec la lettre que j'ai mise à la poste pour elle, sur l'ordre de M. le vicomte.

Bien que désappointée de ne pouvoir embrasser son mari et lui raconter ce qui motivait son brusque retour à Paris, Alice éprouva une certaine satisfaction à apprendre le départ de Roger. Cela lui sembla une preuve manifeste qu'il était calomnié auprès d'elle, et que l'histoire du bracelet n'était qu'une perfidie nouvelle dirigée contre son bonheur conjugal par Bernard et quelqu'une de ses acolytes. Elle résolut de consulter le marquis de Fréneuse sur tout cet incident, et jusque-là de n'en rien écrire à son mari.

En l'absence de Roger, Alice n'avait aucune raison de se reléguer, elle et ses enfants, dans l'appartement assez exigu de la rue de Verneuil, et sachant sa mère à Maisons-Laffitte, elle se fit une fête d'aller lui demander l'hospitalité.

La surprise de Mᵐᵉ Durand en voyant arriver sa fille et ses petits-enfants n'eut d'égale que sa joie :

— C'est décidément la bonne semaine, disait-elle en embrassant sa fille avec transport et couvrant de caresses Henri et Marie-Thérèse : Tu sais qu'Hubert nous est revenu, et pour toujours cette fois. La leçon lui a profité au pauvre enfant, et il n'a plus envie de quitter le bercail à présent. Tu le verras à dîner, car il va venir maintenant tous les soirs ici... Et ton père ! qu'il va être heureux de vous avoir tous réunis autour de lui... Quand je dis tous, reprit Mᵐᵉ Durand après une pause et en hochant la tête, il manque encore ici quelqu'un... ton mari. Est-ce qu'il ne reviendra pas un jour aussi, lui ?...

— Il ne faut désespérer de rien, ma chère mère, répliqua Alice en serrant avec effusion la bonne et sainte femme dans ses bras, et j'ai confiance que, si tu veux m'aider auprès du père, toute la famille se retrouvera au complet à ses côtés.

— Dieu t'entende, mon enfant, reprit Mme Durand.

Puis elle conduisit Alice dans ses appartements, présidant elle-même à l'installation des enfants.

— Tu vois, Alice, disait-elle, comme j'ai bien fait de conserver vos petits lits à Hubert et à toi. Les voici maintenant qui servent à Henri et à Marie-Thérèse. Qui m'eût dit alors que j'y coucherais un jour mes petits-enfants !...

Une fois les babys et leurs gouvernantes installés, Alice en possession de son appartement et l'heure des premières effusions passée, Mme Durand demanda à Alice les motifs de son départ de Solesmes.

— La chose est toute simple, ma bonne mère, répondit-elle sans se troubler. Roger a dû se rendre en Pologne pour les affaires de cette interminable succession dont je t'ai parlé. J'ai pensé que je ne saurais mieux faire pendant son absence que de séjourner auprès de toi avec mes enfants.

— Tu ne pouvais avoir une meilleure idée, ma chérie, répliqua Mme Durand; et cet héritage de Pologne es-tu fixée maintenant sur le chiffre certain auquel il se monte ?

— Je crois que le chiffre que je t'ai donné jadis est

exact et que tous les frais payés, il restera cinq millions.

— Sais-tu que c'est magnifique !... J'en suis bien
contente pour tes enfants : ils seront riches, et, vois-
tu, la fortune est aujourd'hui plus nécessaire que
jamais. Dans la situation qu'aura un jour Henri, les
millions sont de rigueur. Il faut que la noblesse ait de
l'argent, sans cela, ce n'est plus qu'un tableau sans
cadre. Qu'un bourgeois travaille, amasse, fasse fortune, c'est bien, c'est dans son rôle ; mais un gentilhomme doit être riche de naissance.

— Voilà des théories terriblement aristocratiques,
chère mère, reprit Alice en riant. Que doit en dire,
mon Dieu ! le républicanisme de papa ?

— Oh ! ton père revient peu à peu de bien des choses,
fit Mme Durand ; depuis quelque temps il a mis singulièrement de l'eau dans son vin. Il commence à voir
clair dans le dessous des cartes... Tu as su l'histoire
de son ministère.

— Bien vaguement...

— Figure-toi qu'on l'a mis en avant pour un portefeuille ; que déjà, à entendre ses amis, il l'avait
sous le bras... Et puis, le bruit fait, à un moment,
tout s'est écroulé, et le ministère est passé aux mains
d'un voisin. Le tour était fait : ton père avait tiré les
marrons du feu pour qu'ils fussent croqués par un
autre.

— Ce sont là les jeux de la politique, dit Alice, et,
pour ma part, je serais bien heureuse que Roger n'y
fût point mêlé.

— Je pense comme toi, répondit Mme Durand ; aux

prochaines élections, je saurai bien empêcher ton père de se présenter.

L'après-midi s'écoula pour les deux femmes dans ces causeries à bâtons rompus qui ont tant de charme entre gens qui s'aiment et se revoient après quelque temps d'absence. Les enfants, la Pologne, Solesmes, tout y passa aussi bien qu'Hubert et la Chambre.

— As-tu eu des nouvelles du marquis de Fréneuse ? demanda la vicomtesse à sa mère, à un moment de la conversation.

— J'en ai eu indirectement plusieurs fois par ton père et Hubert. Il a gagné énormément d'argent à la Bourse. J'en suis contente pour lui, car il s'est très bien conduit avec Hubert et a beaucoup contribué, paraît-il, à le ramener à nous.

— C'est beau cela, pour le marquis, fit Alice, car si j'en crois la chronique…

— Oh ! elle en dit peut-être plus qu'il n'y en a, dit vivement l'indulgente Mme Durand. Mme de Mirville m'assurait encore l'autre jour que le marquis était tout à fait en train de se convertir et qu'elle ne désespérait plus de le voir marié et bon père de famille.

— Elle songe donc toujours aux mariages, la comtesse ? dit Alice.

— Dame ! ma chérie, tu n'as pas à t'en plaindre pour ton compte, et ton union n'était pas faite pour la décourager. A propos de mariage, tu sais que le fils Martin-Landon, ce grand Ernest qui te déchirait toujours ta robe en dansant, se marie. Il épouse Mlle Depicardie

— La fille du notaire! exclama Alice.

— Justement; elle n'est pas précisément jolie, mais elle apporte des millions à remuer à la pelle. C'est tout ce que voulaient les Landon. Aussi sont-ils dans une joie folle. A l'occasion du mariage ils donnent un grand bal. J'ai reçu une invitation pour toi et ton mari.

— Et tu iras?

— J'y suis bien forcée à cause des vieilles relations commerciales de ton père avec Martin-Landon. Si tu étais tout à fait gentille, tu y viendrais avec moi. Cela me rappellerait le temps où je te conduisais dans le monde, étant jeune fille.

— J'irai très volontiers, chère mère et bien heureuse de renouveler tous ces bons souvenirs.

Les deux femmes étaient encore en train de causer de la sorte quand la sonnette de la grille retentit avec force. C'étaient Durand et Hubert qui arrivaient pour dîner.

Alice se précipita dans le jardin au devant de son père et se jeta dans ses bras avec effusion. Durand répondit à son étreinte avec des larmes dans les yeux. Il était à la fois troublé et un peu inquiet de la voir. La pensée lui était venue, en effet, qu'Alice se doutait peut-être de sa situation et que de là venait sa présence à Maisons-Laffitte. Cette idée lui déchirait le cœur. Un mot de Mme Durand le tira bientôt de son angoisse. Elle le mit au courant des motifs donnés par Alice de sa venue à Maisons. Profitant donc d'un moment où l'attention des deux femmes était détournée de lui, Durand saisit fortement la main de son fils.

— Surtout, Hubert, lui glissa-t-il dans l'oreille, pas un mot de ma situation à ta sœur. Je te le demande sur l'honneur.

— Comptez sur moi, père, répliqua Hubert sur le même ton.

Mme Durand ne se possédait plus de joie de retrouver ses enfants autour d'elle comme autrefois. Elle allait, venait par la maison, donnant des ordres, faisant mettre des fleurs dans l'appartement de sa fille, voulant que tout prit un air de fête.

A table, elle fit prendre à Hubert et à Alice les places qu'ils occupaient avant le mariage de la vicomtesse, et voulut que la petite Marie-Thérèse mangeât à côté de son grand-père. Tout entière à son bonheur, elle ne s'apercevait pas de la contrainte où se trouvait par moments Durand et des nuages qui venaient tout-à-coup assombrir son front au moment où retentissait un rire joyeux et où il allait se laisser entraîner à la joie générale. Le pauvre homme était au supplice; il retrouvait au fond de la coupe, tout mielleux qu'en étaient les bords, l'implacable goutte de fiel qui empoisonnait sa félicité. A côté de ce repas de famille si confiant, si charmant et qui eût, en d'autres temps, comblé les ambitions secrètes de son cœur, il percevait la terrible réalité avec son cortége de désastres et de larmes. Il voyait sa maison en ruine, son foyer abandonné, le malheur atteignant ses cheveux blanchis par une vie de labeur et de probité. C'était une effroyable sensation, plus poignante que la mort même.

Alice partageait l'aveuglement de sa mère et se sentait trop heureuse de revivre un instant de son existence d'autrefois pour soupçonner chez quelqu'un des siens une pensée de deuil ou une souffrance de cœur. L'attitude d'Hubert prêtait d'ailleurs à cette illusion. Fiévreux, énervé, il montrait une gaîté à outrance dont les yeux non prévenus ne pouvaient apprécier le côté factice. Alice et sa mère s'y étaient laissé prendre complétement et, cédant à la contagion, s'efforçaient de monter leur entrain à l'unisson du sien. C'était un feu roulant de plaisanteries, de joyeusetés sur celui-ci ou celle-là, d'histoires rétrospectives sur les amis de la famille, qui faisaient éclater de rire la vicomtesse et Mᵐᵉ Durand.

Au dessert, celle-ci fit apporter du vin de Champagne et des coupes.

— Je ne veux pas, dit-elle, qu'une si bonne journée se passe sans qu'on trinque en son honneur.

Et faisant emplir son verre :

— Mes enfants, continua-t-elle, je bois à votre bonheur et à celui que vous nous donnez aujourd'hui, à votre père et à moi.

Et elle tendit sa coupe à choquer à Alice, à Hubert et à son mari.

— A mon tour, s'écria Alice en élevant son verre. Je bois au cher père et à ce qu'il retrouve en félicités de toutes sortes tout le bien que nous lui devons.

Et tout en présentant sa coupe à celle de Durand elle lui déposa un cordial baiser sur le front.

De grosses larmes coulaient le long des joues du fabricant.

— Merci, ma chère petite, merci, balbutia-t-il, oui,

buvons tous à ce que le ciel me protége et reste fidèle
à notre famille!

Et pendant que les verres se choquaient contre le
sien :

— Non, disait le pauvre homme, il n'est pas possible que Dieu m'abandonne et ne prenne pas pitié de
cette sainte femme et de ces braves enfants!...

LVI

Alice avait trouvé dans l'appartement de Roger une
carte de visite de Fréneuse qui lui donnait l'adresse
du marquis. Au lendemain de la journée que nous
venons de raconter, sous prétexte d'emplettes à faire,
elle quitta Maisons-Laffitte, et se rendit seule à Paris.
Elle était résolue à voir le marquis, pensant qu'il
pourrait la renseigner sur la générale Jimenez et
éclaircir près d'elle l'histoire du bracelet. Les femmes
les plus timides deviennent d'une hardiesse à outrance
dès que leur jalousie est en jeu. La vicomtesse, toute
réservée qu'elle fût, n'hésitait pas un instant à se
rendre chez un homme de la réputation du marquis,
pourvu qu'elle pût tirer de sa visite quelque profit
pour la cause qui l'agitait. En d'autres temps, elle eût
traité cette démarche d'inconvenance, pour ne pás dire
d'imprudence : elle pouvait être vue, en effet, entrant
chez Fréneuse, et cela en l'absence de son mari de
Paris et alors qu'il la croyait paisiblement à Solesmes.

Quel joli champ de médisances n'offrait-elle pas ainsi à la malignité mondaine ?

Cette pensée ne lui vint même pas une minute à l'esprit. Fréneuse était le seul ami de son mari qu'elle connût, à Paris, en état de l'éclairer sur le sujet qui lui tenait au cœur, elle allait tout droit à lui sans s'inquiéter des conséquences de son action. Elle aurait pu lui écrire de venir la voir chez son père à Maisons-Laffitte ; mais la visite de Fréneuse aurait éveillé la curiosité de Mᵐᵉ Durand : il aurait fallu répondre à une série de pourquoi et de comment, et Alice tenait à ne mettre personne dans la confidence des incidents survenus à son foyer conjugal. Et puis, une demande d'entretien pouvait mettre le marquis sur ses gardes, et elle voulait bénéficier de la surprise que sa démarche ne manquerait pas de lui causer.

Elle se rendit donc à cet entresol de la rue de la Ville-l'Évêque où nous avons déjà fait pénétrer le lecteur sur les pas de la comtesse de Mirville. L'entrevue par exemple eut un caractère très différent. En apercevant la vicomtesse, Fréneuse comprit immédiatement qu'il y avait de la Jimenez sous roche, et sans en avoir l'air, sans qu'Alice elle-même y prît garde, il se fit raconter tout au long l'épisode du bracelet.

— Et ce bracelet, vous l'avez ? demanda le marquis à la vicomtesse.

— Oui, je l'ai là dans ma poche et il me brûle, répliqua Alice.

— Je croyais plutôt qu'il vous mordait, riposta Ghislain, car il s'agit d'un serpent.

— Comment savez-vous cela ? fit la vicomtesse tout étonnée.

— Tout simplement parce que c'est moi qui l'ai acheté.

— Comment, vous ?

— Oui, moi !... accentua le marquis.

— Et la carte de mon mari alors ? interrogea Alice de plus en plus intriguée.

— C'est encore moi qui l'ai placée dans l'écrin.

— Par distraction ? fit la vicomtesse avec un sourire.

Ce mot ouvrait tout un horizon à Fréneuse et lui permettait de sauver la situation. Aussi la saisit-il au vol sans hésiter.

— Par distraction, madame, vous l'avez dit, répliqua-t-il ; vous savez quel grand étourdi je suis. Hélas! je n'en fais jamais d'autres !... Le pauvre Roger, quand j'y pense !

Et il se mit à éclater de rire.

La vicomtesse se laissa entraîner de bien bon cœur à son unisson; puis tirant l'écrin de sa poche :

— Puisque le reptile vous appartient, dit-elle, reprenez-le; j'ai en horreur ces bêtes-là.

— Donnez, madame, donnez, fit le marquis et pour qu'il ne reste aucun doute dans votre esprit sur mes droits à sa possesion, tenez, ajouta-t-il, en présentant à la vicomtesse quelques lettres placées sur son bureau : lisez et vous serez édifiée.

La vicomtesse fit un petit geste de protestation.

— Oh ! lisez, madame, lisez, insista Fréneuse, je vous dois bien cela pour l'émoi que je vous ai causé.

Alice parcourut les lettres.

Dès les premières lignes, elle fut fixée sur les droits du marquis à offrir des reptiles à la générale. Les épîtres en question signées *Pepa* ne laissaient aucun doute à cet égard.

— Et maintenant, madame, fit le marquis dès qu'Alice lui eut rendu les missives, me pardonnerez-vous mon étourderie ?

— Oh! du meilleur de mon âme, répliqua joyeusement Alice en tendant sa main au marquis en signe d'absolution.

— Merci, fit Ghislain, en baisant la main qu'on lui offrait. Mais il me reste encore une grâce à vous demander : c'est de ne point souffler mot de tout cela à Roger. Il m'en voudrait à mort d'avoir pu vous jeter si gratuitement dans de telles alarmes.

— Soyez tranquille, il n'en saura rien. L'affaire restera entre nous. Et votre générale ?...

— Elle connaît la méprise. Elle voulait vous écrire, que sais-je ?... En somme, vous voyez, c'est une honnête créature, elle a rendu le bijou !...

— Assurez-la que je ne lui en veux pas le moins du monde, et que tout est bien qui finit bien. Je suis si heureuse que pour un peu, je lui enverrais moi-même un anneau pour faire pendant à votre serpent.

— Gardez-vous en bien, riposta vivement Fréneuse, un peu effrayé de cette éventualité, vous la froisseriez... Ces Mexicaines ont des susceptibilités...

— Je connais cela, répondit vivement Alice. Chez ma mère venait autrefois une Mme Cortez qui se fâchait à mort pour une tête d'épingle...

— Mais je l'ai connue moi-même, cette excellente Mᵐᵉ Cortez, répliqua Fréneuse, très heureux de voir la conversation prendre une autre piste, je l'ai vue à Maisons-Laffitte à cette charmante fête donnée par M. Durand quelque temps après votre mariage. Et qu'est-elle devenue?

— Elle est retournée en Amérique, au Pérou ou au Chili, je ne sais plus.

— Mᵐᵉ Durand est en ce moment à Maisons-Laffitte? reprit le marquis.

— Oui, nous y sommes tous, Hubert compris, répondit Alice. Et à propos de mon frère, j'ai fort à vous remercier. Il paraît que vous avez beaucoup contribué à faire rentrer l'enfant prodigue au bercail.

— Il y a parfois de bons diables, madame, fit le marquis en s'inclinant. Et puis, continua-t-il d'une voix soudainement grave, il est des moments où la place d'un fils est à côté de son père et Hubert l'a compris de lui-même.

— Que voulez-vous dire? fit Alice, frappée du ton de Fréneuse. Quelque chose menace-t-il mon père?...

— Pardonnez-moi, madame, de vous parler ainsi, fit le marquis non sans une certaine émotion, mais, tout léger que je suis, j'ai pour votre mari une affection si fraternelle que tout ce qui peut toucher les siens me touche moi-même. Eh bien! je vous vois si ignorante de certains bruits qui courent au sujet de votre père que, malgré moi, je sens de mon devoir de vous en instruire. Hélas! il n'est pas de fumée sans feu, et il faut avoir souvent la cruauté d'un avis — pour le bien qu'il en peut résulter.

— Vraiment vous m'effrayez, dit la vicomtesse, parlez, je vous en conjure; mon père...

— Votre père, madame, touche à sa ruine...

— Quoi?...

— Des crédits trop considérables, des opérations désastreuses à la Bourse, l'ont mis, affirme-t-on, au-dessous de ses affaires. Bref, il a envoyé sa démission de représentant à la Chambre. Elle est aujourd'hui insérée au *Journal officiel*. On parle d'une catastrophe possible...

— Que me dites-vous là? reprit vivement Alice. Mon père ruiné, son crédit perdu? mais je l'ai vu hier, heureux, confiant dans l'avenir, plein de joie et d'espérance.

— Il est des joies, madame, auxquelles il ne faut pas toujours se fier!

— Et cette démission, continua Alice comme se parlant à elle-même et sans remarquer la phrase du marquis, pourquoi ne nous en a-t-il pas parlé? Mon Dieu! est-ce que je rêve?

Et se levant précipitamment de son siége :

— Je vous remercie, monsieur le marquis, d'avoir eu le courage de me parler à cœur ouvert. Je vais voir mon père ; je saurai la vérité. Mais quoi qu'il en soit, je vous serai à jamais reconnaissante d'avoir agi avec cette confiance et cette franchise à mon égard.

Sur ces mots, la vicomtesse sortit de l'appartement. L'idée lui vint d'abord d'aller trouver son père à sa maison de commerce ; mais elle comprit bientôt combien ce serait là un lieu inopportun pour l'entretien qu'elle souhaitait, et elle résolut de le remettre au

soir, à Maisons-Laffitte. En attendant, elle se dirigea
vers l'appartement du boulevard Haussmann, où sa
mère l'avait chargée de prendre divers objets pour les
rapporter à la campagne.

— M. Durand est là-haut, lui dit obligeamment
le concierge au moment où elle allait s'informer
près de lui si le domestique qui gardait ordinairement
l'appartement s'y trouvait.

— Mon père! pensa Alice; c'est la Providence qui
l'envoie.

Et le cœur lui battant à se rompre dans sa poitrine,
elle monta l'escalier.

Ce fut Durand lui-même qui vint lui ouvrir la porte.

— Je suis bien heureuse de te trouver seul, cher
père, dit-elle en entrant, car j'ai besoin de causer sérieusement avec toi, et ici personne ne viendra nous
déranger.

— Voyons, mignonne, qu'y a-t-il? fit Durand en entraînant sa fille dans le salon et non sans une certaine
angoisse du sujet de l'entretien. Le pauvre homme
était dans une de ces situations morales où le moindre
mot serre le cœur.

— Mon père, dit Alice en saisissant à pleines mains
les mains de Durand : regardez-moi bien en face. Je
veux lire dans vos yeux.

— Quel enfantillage, protesta le fabricant en se laissant faire.

— Oui, reprit Alice, on m'affirme que vous avez des
chagrins, de grands chagrins, accentua-t-elle, et je
veux voir sur votre visage si cela est vrai. Vous avez
envoyé votre démission à la Chambre?

— Tu as appris cela, fit Durand en essayant un sourire. Eh bien ! oui, je ne suis plus député. Tant pis pour votre gloriole, madame la vicomtesse, votre père a abdiqué. Mais, vois-tu, les séances de la Chambre, les voyages journaliers à Versailles me fatiguaient extrêmement... Je ne suis plus jeune, ma chérie... D'un autre côté, ta mère s'alarmait beaucoup de ce redoublement de peines, de travaux pour moi : mes affaires elles-mêmes en souffraient ; j'ai subi pas mal de pertes ces derniers temps par suite d'un manque de contrôle à la maison ; j'ai décidé de trancher dans le vif et voilà pourquoi je me suis refait moi-même tout simplement fabricant comme devant. M'en veux-tu encore ?

— Mon bon père, fit Alice en l'embrassant avec effusion. Alors vous n'êtes pas ruiné ?

— Ruiné, protesta Durand, qui donc t'a dit cela, mignonne ?

— On m'avait fait entendre que vous aviez essuyé des désastres accablants, que vous aviez perdu à la Bourse, que sais-je ? enfin que votre démission de député n'était que la conséquence d'une situation plus que tendue...

— Hélas, ma pauvre chérie, j'ai beaucoup d'ennemis, reprit Durand ; tout homme dans ma position en a : autant d'envieux, autant d'ennemis. Mon arrivée à la Chambre en a encore doublé le nombre, et tout prétexte leur est bon pour exercer leur méchanceté. Il est parfaitement vrai, comme je te le disais tout à l'heure, que j'ai éprouvé des pertes — quel négociant n'en subit pas ? Ce ne sont pas les premières d'ailleurs

qui m'arrivent dans ma carrière et dont j'aurai triom-
phé. Dieu merci! j'ai les reins solides, et tu peux te
rassurer. Le bonhomme Durand, quoi qu'on dise,
vit encore et fort bien, ma foi! Malgré les mauvaises
langues, il laissera quelques sacs d'écus aux petits
enfants dont tu as bien voulu le gratifier et même à
ceux dont il espère que tu le gratifieras.

Et embrassant au front sa fille comme pour lui
marquer que l'entretien était fini, le fabricant tira sa
montre de son gousset.

— Cinq heures, fit-il, il faut nous dépêcher, fille,
nous allons manquer l'express pour Maisons.

LVII

Un bal dans la bourgeoisie, c'est une grosse affaire ! Les gens du monde, habitués à recevoir et à faire les choses en grand, ne se doutent pas du trouble que peuvent causer dans un intérieur tel que celui de Martin-Landon l'annonce d'une fête et ses préparatifs ; surtout quand ce bal est un bal de noces. Il s'agit de se distinguer, de prouver aux amis et aux concurrents que l'on est riche et qu'on a le moyen de faire grandement les choses. Au besoin, on peut les écraser un brin de son luxe. Aussi convoque-t-on le ban et l'arrière-ban de ses connaissances.

Les plus démocrates, en ces occasions, ne manquent pas de faire appel à tous les gens à particules que les hasards de la vie leur ont fait rencontrer. S'il y a des gens titrés dans leurs relations, ils sont au comble du bonheur, et guettent d'une oreille attentive le moment où le domestique loué pour annoncer jettera, en les défigurant, aux échos des noms du faubourg Saint-Germain ; pareil à cet homme ignorant qui, ayant à

annoncer le diplomate Pozzo di Borgo, cria à tue-tête :
le maître de poste de Bordeaux.

Vient ensuite la question des rafraîchissements et
des victuailles, longuement discutée en conseil de famille. Chacun veut faire prévaloir ses préférences,
qui pour les sandwichs et les sorbets, qui pour les
petits pains au foie gras, dits à la française, qui pour
les demi-glaces servies dans des coquilles trop étroites,
d'où le moindre coup de la cuiller de vermeil suffit
pour les faire sauter sur les robes. Le chocolat glacé
et le thé avec le baba traditionnel ont leurs partisans,
ainsi que l'orgeat et la groseille. Cette fois, vu la solennité et la circonstance, on décida à l'unanimité qu'il
y aurait de tout cela, plus, après le cotillon, un grand
souper assis servi par Chevet. On ne marie pas Ernest
tous les jours, dit Martin-Landon, clôturant la discussion par cet argument sans réplique.

Le mariage à la mairie eut lieu le premier. La cone
cossue, comme devait être celle d'un fils de banquier
avec une fille de notaire, débarqua devant les degrés
de l'édifice municipal, rue Drouot, avec un grand étalage de robes voyantes et de couleurs claires. La moire
antique enfermée depuis des années dans les armoires,
vit le soleil de midi et des toilettes qui dataient de dix
ans, portées par des droguistes en gros, des bijou-
tières conséquentes, clientes de l'escompteur, apparu-
rent avec leurs plis non encore déraidis. Certains chapeaux étaient des poëmes de ridicule et de faux goût.
Assurément ce n'étaient point des inventions de
modistes, mais bien des édifices d'ordre compo-
site où le caprice de Mᵐᵉ Piedegru ou de Mᵐᵉ Mitou-

flard avait ajouté une idée de leur cru, un oiseau bec-
quetant un bouquet de cerises, ou un papillon tremblant à l'extrémité d'une fleur à côté d'une goutte de
rosée.

Les hommes avaient tous cet air gêné qui caractérise les gens peu habitués à faire toilette. On était
bien loin du mariage d'Alice Durand avec Roger de
Solesmes, où l'aristoratie de la naissance et celle de
l'argent applaudissant à l'union de deux jeunes êtres
beaux et élégants, faits pour se comprendre, étaient
venues fusionner à Saint-Augustin. Ceci était la noce
tiers-état centre gauche, à laquelle ne manquaient
pour la compléter, ni deux membres de l'Académie,
cousins de Me Depicardie et dont l'un avait la spécialité des fables, ni un ex-drapier, M. Manescamp,
ancien ministre du commerce sous Louis-Philippe. Il
régnait dans cette assemblée, où abondaient les cra-
vates blanches plusieurs fois tournées et retournées,
finissant en vrille, la cravate de Dupin l'aîné, un par-
fum orléaniste, un arrière-goût de parlementarisme.
Les jeunes gens eux-mêmes avaient l'air sérieux
et froid, économiste et doctrinaire. Boutonnés stricte-
ment dans des habits noirs, ils étaient aussi graves
qu'à un enterrement, tandis que les commerçants
amenés par Martin-Landon se faisaient remarquer
par l'aspect hilare de leurs figures rougeaudes, leurs
cols à angles aigus coupant les joues et leurs habits au drap luisant pas assez décati et plissant dans
le dos.

On arriva dans la salle des mariages. D'autres noces
étaient là qui attendaient. Une veuve en robe grise,

haute en couleur, le regard assuré, la poitrine opu-
lente, bardée de bijoux, auprès d'un jeune commis
déjà pâlot, qu'elle épousait par inclination : le Potem-
kin de la *Levrette d'argent*. Puis, un vieux soldat qui
mariait sa fille et mordait à belles dents sa moustache
grise pour cacher son émotion.

Tout cela échangea avec la noce bourgeoise de
longs regards suivis de chuchottements qui ne
cessèrent qu'à l'entrée du maire, un marchand de
bronzes, ami des deux familles, le ventre ceint
d'une sous-ventrière tricolore, et d'assez mauvaise
humeur en songeant à son déjeuner brusquement
avalé et au café bouillant qui lui incendiait les en-
trailles.

Le magistrat municipal se montra néanmoins fort
galant. Il dépêcha les deux noces de moindre importance, et officia pontificalement quand il s'agit de l'u-
nion d'Ernest avec Euphrosine.

Mˡˡᵉ Depicardie s'appelait Euphrosine. Il débita d'un
air souriant quelques mots où se glissa une grivoiserie
— il était du Caveau et aimait la gaudriole ; — il bâcla
les formalités d'un petit air sceptique et officiel à la
fois. De là, le cortége se dirigea vers l'église.

Notre-Dame-de-Lorette est bien la paroisse prédes-
tinée à ces sortes de mariages où le faste commercial
et basochien aime à s'étaler. Le quartier est passant,
animé. Les voitures de louage s'arrêtent au bas d'un
perron qui n'en finit pas, et sur la bande du tapis éclatant qui couvre les marches, les premiers arrivés attendent les derniers pour faire cortége. Le soleil frappe
la robe de la mariée, glaçant de blanc d'argent les

cassures du satin, accrochant un point brillant au diamant porté à l'oreille par la belle-mère, et faisant hurler la couleur paille des gants des garçons d'honneur. L'omnibus, pris par l'encombrement des voitures, s'arrête. Des têtes curieuses émergent des vasistas et les gens de l'impériale se lèvent pour mieux voir. Une haie compacte de badauds — ceux des rixes, des enfants écrasés, des chiens se battant, des épileptiques — se presse au bas des marches, et aux fenêtres des rues Laffitte et de Châteaudun, des journalistes, des employés de commerce la plume derrière l'oreille, des femmes entretenues en peignoir blanc, décoiffées, une lorgnette à la main, contemplent l'entrée de la noce dans l'église en échangeant avec leurs bonnes des observations critiques.

L'intérieur de l'église est digne de l'extérieur. C'est confortable et luxueux comme un grand hôtel, et rien n'y commande le respect, rien n'y encourage la prière. Point de ces voûtes augustes de Notre-Dame ou de Saint-Sulpice, où Dieu est vraiment chez lui, pas même la splendeur un peu païenne de la Madeleine ; mais la maison d'un Être suprême approprié au dix-neuvième siècle, accommodant, permettant certains décolletages si le mari l'exige : le Dieu des bons bourgeois.

Aussi le recueillement n'exista-t-il guère pendant la célébration de la messe. Les femmes tenant, par contenance, des paroissiens richement reliés s'observaient mutuellement et regardaient leurs toilettes respectives. Celles des premiers rangs tournaient fréquemment la tête pour inspecter le fond de la nef, où moutonnaient des plumes frissonnantes, des touffes de fleurs, des boucles de cheveux débordant la passe des chapeaux. Puis vinrent les quêtes faites par des petites filles harnachées de neuf, qu'escortaient de grands dadais frisés, à l'air gauche, en tunique de collégien, ou en veston de drap noir relevé d'un grand col blanc plaqué.

La cérémonie du poêle vint ensuite. Inégaux de taille, les deux préposés à cette corvée laissaient choir le drap d'or sur la tête d'Ernest qu'ils décoiffaient, et qui, visiblement contrarié, leur répétait : « Plus haut ! plus haut, donc ! » Enfin, on apporta un tabouret sur lequel monta le plus petit. Au moment d'après, les minois curieux des jeunes filles se tendaient en avant pour voir passer l'anneau à la mariée et constater s'il s'était enfoncé d'un seul coup jusqu'à la dernière phalange. Enfin le curé fit aux époux une allocution onctueuse, toujours la même, où il parlait de semaille et de moisson. En passant il décerna un éloge direct aux parents, qui inclinèrent légèrement la tête sous cet encens tombé d'une bouche sacrée. Les yeux du prêtre allaient incessamment de l'un à l'autre des conjoints, sur Ernest quand il parlait du chêne altier qui défie la tempête et protége le champ voisin, sur Euphrosine quand il décrivait l'humble lierre accrochant sa vie au tronc robuste de l'arbre qu'il enlace.

Quelques notions générales de piété mondaine terminèrent cette homélie à la portée du plus grand nombre, et cette péroraison fut accueillie par ce petit murmure sourd et prolongé qui remplace dans les lieux consacrés les bravos profanes.

L'office terminé on passa dans la sacristie, un boyau étroit, étranglé, où les chapeaux d'homme tenus en l'air, dépassaient le niveau de la foule ondulante ; de temps en temps un bruit mat suivi d'une exclamation de mauvaise humeur, annonçait un écrasement, un aplatissement ; un bruit d'étoffe déchirée précédait des excuses : Désolé, madame !

Au fond, devant l'armoire en chêne où l'on serre les burettes, les mariés, étouffés, bousculés ; lui, le poignet douloureux d'avoir secoué tant de mains tendues ; elle, les joues rougies par tant de baisers venus on ne sait d'où, un peu effarée, une dernière larme séchée au bout des cils, tandis que belle-maman, violacée, s'éponge avec un mouchoir garni de valenciennes. C'est le moment pénible pour un cœur délicat que cette *fricassée de museaux*, comme dit Rabelais ; cet assaut d'indifférences qui se griment en fausses amitiés, ces protestations banales, doublées d'envie, tout cet étalage de sentiments, qu'il est reçu d'arborer alors même qu'on n'en pense pas un mot et qu'on accompagne en cette occasion de poignées de mains moites et d'embrassements gluants.

Pendant ce temps les conversations vont leur train.

— Elle a bien cinq cent mille francs de dot, Euphrosine Depicardie ? interroge une dame maigre, engloutie dans une fourrure de petit-gris.

— Au moins, répond son interlocuteur, Depicardie était mon collègue jadis chez maître Leradis dont il a acheté l'étude, et je connais bien sa fortune. Elle a cinq cent mille francs, et soixante mille livres de rente d'espérances.

— On vous verra ce soir au bal, n'est-ce pas, madame Durand, disait Mme Martin-Landon à la mère d'Hubert, qui passait fièrement au bras de sa fille.

— Certainement, répondait l'orgueilleuse mère, voici le cavalier qui m'y mènera, ajouta-t-elle en désignant son fils.

— La vicomtesse de Solesmes sera également des nôtres, demanda anxieusement Martin-Landon ?

— Assurément, monsieur, bien que je sois douée d'une violente migraine, répliqua Alice.

Le banquier se rengorgea d'un air satisfait.

— Vous avez de bonnes nouvelles de M. le vicomte ? ajouta-t-il à haute voix.

— D'excellentes, monsieur, je vous en remercie, répondit en souriant la vicomtesse. Je pense qu'il ne tardera pas à revenir de Pologne.

Durand, lui, n'avait pas manqué la messe de mariage, mais arrivé un des derniers, il resta dans le fond de l'église, caché au milieu de la foule des curieux, appuyé contre une colonne, tout auprès d'une jeune femme vêtue de noir qui pleurait à chaudes larmes, et qui regardait douloureusement le mariage de son séducteur, du père de son enfant.

LVIII

Un déjeuner intime — quatre-vingts personnes — réunit les deux familles après la messe. Chacun rentra ensuite changer de toilette, et dès neuf heures du soir, les premiers invités commencèrent à affluer chez Martin-Landon, dans le grand hôtel du faubourg Poissonnière qui lui servait de résidence.

Mme Martin-Landon, elle-même, se tenait à l'entrée des salons, flanquée de son mari. Tous deux s'efforçaient d'imiter l'accueil affable du baron et de la baronne Haussmann, recevant leurs invités au haut des escaliers pendant le bal de l'Hôtel-de-Ville et c'était à qui déploierait le plus de grâces commerciales et de saluts obséquieux. Les jeunes mariés, tout au plaisir de la danse, s'inquiétaient fort peu de leurs rôles officiels et laissaient à leurs parents tout le poids des honneurs.

Le monde qui remplissait les salons du banquier était typique. Il résumait admirablement ce qu'on appelle la bourgeoisie, sujet principal de notre étude.

Le bal des Martin-Landon était plein de nos anciennes connaissances. Mᵐᵉ Potier, la Patti de la rue
des Lombards, Jolivard, l'agréé croustillant, Outrequin, Dussac, tout le café du Mail, tous les convives
qui ont, aux premiers chapitres de cette histoire, inau-
guré le kiosque chinois de Durand à Maisons-Laffitte,
sauf les Américaines, reparties pour New-York. Angèle de Chantenay, déclassée tout à fait depuis sa
liaison avec Hubert, et Bernard, qui se tenait à
l'écart, tous étaient là dansant ou causant.

La vicomtesse de Solesmes manquait aussi à la
fête. La migraine dont elle avait parlé le matin dans
la sacristie de Notre-Dame-de-Lorette n'avait fait
qu'augmenter. C'était, au demeurant, un prétexte tout
trouvé pour esquiver le *tralala* du banquier, auquel
Alice se souciait médiocrement d'assister en l'absence
de son mari.

C'était donc à Hubert, à Hubert seul, qu'était échue
la difficile mission d'accompagner sa mère au bal.
L'angoisse du jeune homme était excessive, et certes
si le pauvre garçon avait par faiblesse ou par légèreté
commis des fautes, il les expiait cruellement en ce
moment. L'alternative était affreuse : ou il fallait
avouer à Mᵐᵉ Durand qu'on était à la veille de déposer
le bilan et la frapper d'un coup mortel, alors que tout
n'était pas désespéré, qu'un arrangement pouvait permettre à la maison de se relever, ou il fallait payer
d'audace, et, la mort dans le cœur conduire la pauvre
femme brillante et parée, mais abusée, confiante, heureuse de ce fils reconquis, sa plus belle parure, au milieu de ces salons où devaient déjà courir *pianissimo*

les bruits avant-coureurs du désastre. Il était invrai-
semblable que la vérité ne se fût pas fait jour en
trente-six heures, et en assistant à ce bal la pauvre
femme inconsciente avait l'air de défier l'opinion publique par une bravade. Et pourtant c'est à ce dernier
parti que s'arrêta Durand, souhaitant avant tout d'éviter un coup funeste à la mère de ses enfants, à la compagne de sa vie, qui avait travaillé, puis lutté à ses
côtés et combattu le combat de l'existence. Le malheureux Durand ignorait au-devant de quelle catastrophe il jetait celle qu'il voulait préserver.

On le sait, Mᵐᵉ Durand ignorait tout. Retirée à
Maisons-Laffitte, habituée à ne jamais parler d'affaires,
elle avait d'ailleurs eu l'esprit bien occupé depuis une
quinzaine de jours. Hubert, l'enfant prodigue, était
revenu au logis, corrigé, repentant, et la tendresse
divine, qui est aux âmes maternelles, avait tout
pardonné parce qu'elle avait chaque jour à table
et auprès d'elle le fils chéri. Puis Alice était arrivée,
amenant avec elle ses bébés, Henri et Marie-
Thérèse. La grand'mère avait eu, comme la mère, sa
part de joie, et quand elle avait vu ces deux petites
créatures penchées à ses jupes, la regardant avec ces
regards clairs et purs de l'enfance, les souvenirs des
premières années de maternité étaient revenues en
foule assaillir son âme, et l'avaient inondée d'une
douce joie. Jamais je n'ai été si heureuse, s'écriait la
pauvre femme, à laquelle Dieu allait envoyer une si
rude épreuve.

Après un tour dans les salons, au bras de son fils,
Mᵐᵉ Durand s'aperçut qu'un détail de sa toilette de-

mandait réparation. Quittant alors Hubert, elle gagna
le cabinet de toilette de Mme Martin-Landon, transformé pour la circonstance en vestiaire féminin, et se
mit en devoir de rajuster sa robe.

La femme de chambre, préposée à cet office, piquait
silencieusement des épingles dans la jupe et Mme Durand se regardait dans une glace, quand le nom de
son mari, le sien prononcé à haute voix, lui fit prêter
machinalement l'oreille à ce qui se disait à côté, dans
la chambre à coucher de Martin-Landon, séparée du
cabinet par des portières d'étoffes et servant de
salon de jeu.

— Le fait est qu'il a un fameux toupet!

— Qui ça, Durand?

— Parfaitement, Durand.

— Parce qu'il a envoyé au bal sa femme et son fils.

— Il n'aurait plus manqué qu'il y vînt lui-même...

Un ricanement général accueillit ces paroles.

— Ma foi je n'y comprends rien, dit une autre voix,
m'expliquerez-vous?

— Ah ça, vous ne savez donc rien? Mais Durand a
déposé son bilan hier matin; ils sont ruinés à plat.

— Mon Dieu, s'écria la pauvre femme, que ces
voix inconnues frappaient au cœur; mon Dieu, ayez
pitié de moi.

Et se pressant la poitrine à deux mains, elle s'affaissa sur un fauteuil au grand émoi de la femme de
chambre. Elle y demeura un instant, les yeux horri-
blement fixes, puis, comme illuminée d'une idée sou
daine, elle se leva d'un mouvement brusque, éloigna
la domestique et gagna les salons.

Pâle, les cheveux hérissés, l'œil hagard, elle parut
sur le seuil de la salle de danse semblable au spectre
fatidique du Désespoir. La première femme qui la vit
poussa un cri et s'évanouit à cet aspect funèbre. On
se retourna. Hubert qui accourait se précipita vers
elle. Elle l'écarta du geste inconscient des fous et lui
arracha des mains le chapeau qu'il tenait à la main.
Puis lentement, solennellement, comme si elle accom-
plissait une action consacrée, elle se dépouilla de son
collier, de ses bracelets, de ses pendants d'oreille
qu'elle jeta pêle-mêle au fond du chapeau. Elle con-
sidéra un instant ces pierres qui rutilaient aux reflets
des lustres, sembla en supputer mentalement la valeur, secoua la tête, et au milieu du salon où les dan-
ses s'étaient arrêtées, où la musique s'était tue, où
tous la fixaient les yeux agrandis par la terreur, elle
s'avança, le chapeau à la main, comme pour quêter
et, s'approchant de Mᵐᵉ Martin-Landon, paralysée par
l'effroi :

— La charité, s'il vous plaît, madame, dit-elle
d'une voix sourde et étouffée, du pain pour mes petits-
enfants!

LIX

Portée par Hubert et à l'aide de quelques personnes amies dans sa voiture, Mᵐᵉ Durand avait été conduite à son appartement du boulevard Haussmann. Là, mise aussitôt au lit, elle avait passé une nuit affreuse, tantôt dans un état de prostration qui ressemblait à la mort, tantôt en proie à un délire intense et plus effrayant encore. Sans perdre une minute, Hubert, à peine rentré, avait fait monter à cheval un homme d'écurie, le chargeant de porter à son père, qui était resté à Maisons-Laffitte avec la vicomtesse de Solesmes, une lettre dans laquelle il lui expliquait en quelques lignes ce qui venait de se passer. Bien qu'il fît à peine jour depuis une heure quand il arriva à Maisons, cet homme trouva Durand déjà debout dans son jardin et rafraîchissant ses tempes brûlantes à la rosée du matin. Le fabricant saisit la lettre d'une main fébrile et la dévora d'un coup d'œil. Puis se laissant tomber sur un banc et ne pouvant résister à ses larmes :

— Mon Dieu ! mon Dieu ! s'écria-t-il, voilà le coup
suprême, ne puis-je donc plus espérer en votre pitié !...

Et, pendant plusieurs minutes, il resta là, immo-
bile, cloué par la douleur. La pensée de sa fille, d'A-
lice, le tira de son accablement. Comment lui annoncer cette terrible nouvelle? D'abord, il voulut la lui
cacher, la laisser dans sa douce ignorance jusqu'à ce
qu'il eût jugé par lui-même de l'état de sa femme.
Mais bientôt il comprit qu'il n'avait pas le droit de
priver une mère des soins de sa fille, peut-être même
de ses dernières caresses, — car rien ne lui prouvait
qu'il n'y eût pas danger de mort pour Mme Durand, —
et, sans oser aller réveiller Alice et lui dire de front la
vérité, il rentra dans son cabinet et écrivit à sa fille
ces quelques lignes :

« Ma chère enfant,

» Ta mère a été prise hier soir, au bal, d'une crise
de nerfs. Hubert m'en informe à l'instant, tout en
m'affirmant qu'il n'y a point d'inquiétudes à avoir. Je
ne veux point troubler ton sommeil par cette mauvaise nouvelle, et je me hâte de prendre le premier
train pour aller à Paris. Nous nous retrouverons dans
la journée au boulevard Haussmann. »

Puis il donna ce billet à la femme de chambre, en
lui disant de le remettre à sa maîtresse dès qu'elle la
sonnerait. Et il se dirigea vivement vers la gare.

Son cœur battait si fort en arrivant boulevard Haussmann, ses appréhensions étaient si vives, que c'est à

peine s'il trouva la force de monter l'escalier. A plusieurs reprises, il s'arrêta sur les marches, se demandant avec effroi ce qu'il allait trouver chez lui. Etait-il bien certain que sa pauvre femme vécût encore ? Hubert ne lui avait-il point parlé d'une simple crise de nerfs dans le but de le préparer à une épouvantable catastrophe. Cette pensée faisait frissonner tout son être. Il avait des envies folles de rebrousser chemin et de ne pas entrer. L'homme déjà frappé par un malheur devient craintif à tout événement, et appréhende toujours quelque nouvelle peine venant s'ajouter à sa souffrance.

Cependant il parvint au seuil de sa porte, et lui, habitué à tirer le bouton du timbre avec la brusquerie du maître, le saisit, cette fois, d'une main tremblante. Hubert était dans l'antichambre et ouvrit. Sans attendre les questions de son père :

— Elle va mieux, s'empressa-t-il de dire. Elle commence à reposer.

Les nerfs de Durand se détendirent à cette parole. Il poussa un soupir de soulagement qui lui fit affluer aux yeux un flot de larmes.

Hubert l'entraîna dans le petit salon qui précédait la chambre à coucher de sa mère, et lui serrant les mains à poignée :

— Pauvre cher père, continua-t-il, quelle matinée vous avez dû passer !... Pardonnez-moi de vous avoir averti si brusquement, mais j'avais la tête perdue; il me semblait que tout devenait possible après cela.

Et il se mit à raconter en détail à Durand la scène qui s'était passé au bal de Martin-Landon.

— Je suis bien coupable, dit le fabricant, car j'aurais dû tout confesser à ta mère, moi-même. Le courage m'a manqué et j'en suis cruellement puni aujourd'hui. Mais tant qu'une lueur d'espoir restait, je voulais épargner à cette chère créature cette terrible épreuve.

— Ne vous reprochez rien, mon père, répliqua vivement Hubert. Vous avez été là, comme toujours, excellent et dévoué. Le ciel aidant, nous nous tirerons de tous ces malheurs, et vous verrez que nous les bénirons peut-être un jour comme une leçon.

— Dieu t'entende, mon ami, répliqua Durand ; mais je ne veux pas tarder davantage à voir ta mère. Après ce que j'ai éprouvé, j'ai besoin de m'approcher d'elle, de la sentir vivante... J'avais si peur en venant ici !

— Allez, mon père, mais pas de bruit ! dit Hubert, en faisant à Durand un petit geste du doigt pour appuyer sa recommandation.

— Sois tranquille, murmura Durand, en ouvrant avec précaution la porte qui séparait le salon de la chambre à coucher.

A petits pas, retenant sa respiration, Durand s'avança vers le lit où était étendue sa femme, le visage encore contracté et les bras pendants à demi-nus, sur la couverture. Arrivé au chevet, il s'agenouilla doucement et, inclinant la tête sur la main qui s'offrait à lui, il y porta les lèvres.

A ce contact la malade tressaillit, puis elle ouvrit un œil hagard et se dressant sur son séant :

— Qui est là? que me veut-on? s'écria-t-elle d'une

voix stridente : vous savez bien que je suis ruinée, que je n'ai plus rien !

— Calme-toi, mon amie, suppliait pendant ce temps Durand, c'est moi, ne me reconnais-tu pas ?

— Qui, vous ? continua la pauvre femme s'affolant encore davantage. Que venez-vous faire ici ? Vous voulez de l'argent, ah ! — et la malheureuse éclatait d'un rire à fendre l'âme, — il y en a eu ici, mais il n'y en a plus ; mon mari a tout perdu, tout. Tenez, voilà ce qu'il y a, prenez-en, prenez-en, je vous le donne. Et en disant ces mots, elle arrachait d'une main brusque les rideaux de son lit et les jetait à terre.

Au bruit de la voix, Hubert et les femmes de service étaient accourus. Durand semblait, dans son désespoir, comme frappé d'hébétement.

— Elle ne me reconnaît pas, elle ne me reconnaît pas, répétait-il d'un ton machinal.

Et il se tenait inerte, la tête dans les mains, appuyé contre le lit.

Pendant que les femmes s'occupaient de Mᵐᵉ Durand, Hubert entraîna son père dans le petit salon, cherchant à le réconforter par de douces paroles. Le pauvre homme se laissait faire comme un enfant. Une fois là, il s'affaisa dans un fauteuil et éclata en sanglots.

A ce moment, on appela Hubert. C'était le médecin qui était déjà venu une première fois pendant la nuit, aussitôt la rentrée de Mᵐᵉ Durand du bal ; il revenait voir où en était la malade. Hubert le suivit auprès de sa mère. Pendant cette visite, la vicomtesse de Solesmes était arrivée à son tour et s'était immédiatement rendue anprès de sa mère. Quand le docteur une fois parti, Hubert voulut rejoindre son père pour lui rendre compte de la consultation, il ne le trouva plus dans son cabinet. Il le chercha alors dans les autres pièces de l'appartement, mais en vain. Durand avait disparu sans que personne ait pu s'apercevoir de son départ.

— Pauvre père, pensa Hubert, il n'aura pas voulu se trouver en face d'Alice. Il aura craint sa stupeur et ses larmes. C'est donc moi qui lui apprendrai toute la vérité.

Et profitant de ce que, sous l'influence du traitement du docteur, Mᵐᵉ Durand était redevenue calme et commençait à s'assoupir, il attira sa sœur dans le petit salon, et après en avoir soigneusement fermé la porte :

— Ma chère Alice, dit-il, j'ai à remplir auprès de toi un bien triste devoir. Mais il le faut, et je serais coupable à tes yeux même si je gardais plus longtemps le silence...

— Qu'y a-t-il, grand Dieu ! s'écria la jeune femme toute éperdue encore de l'état où elle avait trouvé sa mère. Qu'est-il encore arrivé ? Est-ce que le pauvre père ?...

— Notre père, ma bonne Alice, interrompit Hubert d'une voix grave, est ruiné. Il a déposé son bilan et n'a plus d'espérance, pour éviter la faillite, que dans la bonne volonté de ses créanciers à lui donner du temps pour s'acquitter. C'est cette nouvelle qui, apprise tout à coup au bal hier par notre mère, l'a mise dans la situation ou tu l'as vue.

— Ah! je m'explique tout maintenant, s'écria Alice, et le marquis n'avait que trop raison. Pauvre bon père, pourquoi ne m'a-t-il pas compté tout de suite ses embarras? Notre mère n'en serait pas là aujourd'hui!

— Ne lui en veux pas, ma chérie, riposta vivement Hubert. Tant que tout n'était pas désespéré, il ne voulait pas t'alarmer, ni toi, ni maman. Et puis, comprends tout, il a son amour-propre, sa dignité. Tu ne sais que trop sa situation à l'égard de ton mari; juge quel coup pour lui d'avouer à Roger où il en est arrivé?

— Ah! il ne le connaît pas, répliqua la vicomtesse. Si Roger savait ce qui se passe, il serait le premier à tout oublier et à se jeter dans les bras de notre père, en lui demandant la permission de le sauver.

— Voilà, malheureusement, ce que le pauvre père ne souffrira pas. Jamais il n'acceptera le salut au prix de ta propre ruine, de celle de tes enfants.

— Tu oublies, mon ami, que mon honneur, l'honneur de mes enfants est celui de la maison Durand. En sauvant mon père, c'est moi, c'est eux que sauve mon mari.

— Brave cœur! s'écria Hubert emporté par un élan irrésistible et en embrassant sa sœur.

— Je ne fais que mon devoir, mon cher ami; mais je te préviens que nul ne pourra m'empêcher de l'accomplir. Tu agirais de même à ma place. Maintenant il ne faut pas perdre de temps : j'ai hâte que nous sortions tous de ces angoisses. A combien se monte le passif?

— Trois millions au moins.

— Trois millions, dis-tu, fit Alice, comme se parlant à elle-même. J'ai ma dot, cinq cent mille francs ; mes diamants, à peu près cent mille autre francs, voilà déjà une somme assez respectable acquise.

— Maintenant, interrompit Hubert, il faut aussi compter les ressources qui nous restent. En dehors des fabriques et des métiers, il y a à Maisons-Laffitte, le mobilier, l'argenterie d'ici, les diamants de maman.

— C'est juste, fit Alice, mais tout cela n'est pas réalisable tout de suite, et c'est de l'argent, je le sens bien, à jeter immédiatement sur la table qu'il faut. Est-ce que les créanciers sont nombreux ?

— Oh ! non, quelques-uns seulement, mais terribles, impitoyables. Le plus fort c'est Bernard, et ce n'est pas le moins redoutable d'entre eux.

— Bernard !... toujours cet homme, murmura Alice entre ses dents. N'importe ! Hubert, ajouta-t-elle d'une voix résolue, je verrai moi-même les créanciers de la maison Durand.

— Tu oserais faire cela, toi ! s'écria Hubert stupéfait d'admiration.

— Et pourquoi non ?...

— Mais, chère sœur, sais-tu quelle mission cela est ? Je ne sais si moi-même j'en aurais le courage...

— Bah ! avec une femme on est obligé de mettre des gants, et ils en mettront, je te le promets, ajouta la vicomtesse, tandis que son œil lançait un éclair.

— Mais tu vas voir notre père...

— Non, pas encore, répliqua Alice. Je veux d'abord dresser mes batteries. C'est Gaudinard que je voudrais voir. Ce bon Gaudinard, si dévoué, si attaché à la maison, dans quel état il doit être?... Pendant que je vais rester auprès de maman, tu vas aller me le chercher. Je veux m'entendre avec lui. Ah! en même temps tu porteras au télégraphe la dépêche que je vais te donner.

Et pénétrant dans le cabinet de son père, Alice écrivit quelques lignes à la hâte sur la première feuille de papier qu'elle trouva.

Tout en les remettant à son frère :

— Allons, mon ami, bon courage! dit-elle. La maison Durand n'est pas encore croulée.

LX

Durand était pris de ce qu'on pourrait appeler la panique du malheur. Ceux-là qu'accablent à leur foyer les coups répétés du destin, éprouvent un invincible besoin de le fuir, d'aller au dehors, droit devant eux, sans autre but que d'échapper à l'atmosphère maudite de leur intérieur. Il leur semble qu'en quittant leur maison, ils y laissent les maux qui les frappent, et qu'en marchant ils se dérobent à eux-mêmes et à leurs angoisses. Sous les épreuves multipliées qui l'écrasaient, devant l'épouvantable spectacle qu'il avait trouvé à sa demeure, le pauvre fabricant n'avait plus été maître de lui : il s'était sauvé comme un voleur, poussé dans la rue par une force irrésistible.

Il allait sur les trottoirs, machinalement, insoucieux des passants, regardant sans voir et marchant sans but fixe. Un moment il se trouva au coin de la rue Saint-Fiacre et du boulevard. L'habitude l'avait poussé sans qu'il s'en doutât dans la direction de son magasin. Le « prenez donc garde, infirme ! » d'un commissionnaire

chargé de paquets dont il avait manqué, en le heur-
tant, de renverser l'échafaudage, lui fit relever la tête
et reconnaître où il se trouvait :

— Qu'irais-je faire là maintenant? dit-il avec un
soupir.

Et il rebroussa chemin comme s'il avait honte d'être
aperçu dans ce quartier où il était naguère si fier
de se montrer et de recueillir les saluts au passage.

En quelques minutes, il se trouva à l'angle du faubourg Montmartre et du boulevard. Il y avait un embarras de voiture. Un omnibus était arrêté; quelqu'un
y monta : Durand inconsciemment suivit son exemple
et grimpa sur l'impériale. C'était l'omnibus qui va à
Grenelle. Le long de la route, il contemplait d'un œil
béat le spectacle qui défilait devant lui, écoutant avec
componction les remarques banales de ses voisins,
prenant sa part des divers incidents du chemin. Chose
bizarre! il lui venait dans la tête une foule d'idées
disparates, étranges, dont aucune n'avait rapport avec
sa situation. Il semblait qu'il fut détaché de sa propre
personnalité.

Cependant l'omnibus avait accompli son parcours,
traversant les quartiers les plus divers, et passant des
hôtels aristocratiques du faubourg Saint-Germain aux
maisons ouvrières de Grenelle. La voiture s'arrêta au
bureau. Les quelques voyageurs restés jusqu'au bout
de l'itinéraire descendirent. Durand seul, absorbé en
des pensées vagues, était demeuré à sa place sans remarquer leur mouvement.

— Hé! là-haut! bonhomme, est-ce que vous dormez?

lui cria le conducteur. Descendez donc, nous sommes
arrivés...

— Pardon, pardon, murmura doucement Durand,
en se pressant de quitter la voiture.

Une fois sur le pavé, il s'arrêta un instant, regarda
de côté et d'autre comme pour s'orienter. La plaque
de l'omnibus lui révéla bien vite l'endroit où il se
trouvait.

— Tiens, Grenelle? fit-il à part lui ; c'est curieux,
comme on fait du chemin à Paris...

Et il se mit à marcher doucement devant lui. Au
fond il se souciait aussi peu d'être à Grenelle qu'à la
Villette ou à Belleville. Il était dehors, seul, libre de
celui-ci ou de celui-là, c'était tout. Ses affaires, sa
fabrique, sa femme même semblaient lui être sorties
de l'esprit. Sa pensée flottait, son âme était dans une
sorte de somnolence. L'automate remplaçait l'homme.

Il ne s'inquiétait ni des façades, ni des seuils, ni des
longs murs coupant parfois la monotonie des maisons
et que dépassaient, par place, des arbres maigres après
lesquels frissonnait un peu de verdure, — murs de
colléges ou d'hôpitaux. Il passait sans regarder devant
les ruelles sombres, puantes, qui dévalaient dans la
grande voie qu'il suivait, et coudoyait, indifférent, la
fourmilière humaine qui s'agitait autour de lui. Il
marchait !...

A un moment pourtant, un rassemblement le força
à s'arrêter.

Une foule bigarrée, militaires, gens en blouse, petits rentiers promenant leur digestion, fillettes les cheveux au vent et gamins humant avec délices un bout

de cigare ramassé sur le trottoir, faisait cercle autour d'un homme à nuque de taureau, le torse dans un maillot de coton jaune, qui jonglait avec des poids. Durand, enserré par les spectateurs, ne chercha pas à se dégager et se laissa aller à regarder la représentation. Lui, qui n'avait naguère assez de cris contre les badauds attroupés dans les rues autour du premier banquiste venu, qui ne cessait de réclamer l'expulsion des bateleurs — ces fainéants ! — de la voie publique, resta jusqu'à la fin de la séance, jusqu'à ce moment solennel où l'*artiste* demande à l'assistance de traduire sa satisfaction en gros sous tombant dans sa soucoupe. Ces plaisirs populaires qu'il conspuait autrefois ne lui apparaissaient plus si condamnables. Ses malheurs le rapprochaient des petits et des humbles, et les lui faisaient comprendre. Sentant la misère possible, il devenait indulgent aux misérables.

Le bateleur, sa recette faite, ramassa ses instruments de travail et passa chez le marchand de vin réparer ses forces pour une nouvelle séance. Les spectateurs se dispersèrent alors dans diverses directions, et Durand reprit sa route — cette route inconsciente qui devait être celle du Juif-Errant.

Quelles que soient les impressions morales qui s'emparent d'un homme, elles n'arrivent jamais à le dominer assez complètement pour anéantir tout à fait en lui les besoins de la bête. Même au milieu de ses douleurs les plus poignantes, au sortir de mettre au cercueil un être cher entre tous, il sentira la faim, la soif, et se laissera aller à manger, à boire.

L'humanité a ses misères qui lui rappellent, au milieu de tout son orgueil, le côté bestial de son origine.

En dépit des sentiments qui le possédaient, des
épreuves effroyables contre lesquelles il se débattait
depuis le matin, Durand, sous la fatigue de la marche,
sous la pression de l'atmosphère chargée d'orage, sentit le besoin de se rafraîchir et de prendre un peu de
nourriture. Il était parti à jeun de Maisons-Laffitte,
et la course qu'il avait faite, la poussière qu'il avait
avalée, avaient excité sans merci les exigences de
sa gorge et de son estomac. Il avisa une ginguette
qui se trouvait sur son chemin, et s'attabla à l'ombre
maigre que lui fournissait le treillage garni de plantes
grimpantes placé à son entrée.

Vous connaissez ces cabarets des boulevards exté-
rieurs de Paris où, pendant les beaux jours, l'ouvrier
y va faire le lundi, sous prétexte qu'il y a fait le dimanche — ne le quittant que pour aller se vautrer sur
le gazon desséché des fortifications, ou se livrer aux
émotions d'une partie de bouchon. Un réduit bâti à
la diable, moitié planches et moitié plâtras, et tenant
bien plus de la cabane que de la maison : un seul rez-
de-chaussée percé de fenêtres sans rideaux, mais mu-
nies de volets solides peints en vert, quand ce n'est
pas en rouge. Au devant, un petit espace dans lequel
s'élèvent deux ou trois arbres au feuillage poussiéreux et
étiolé, ce qui donne à l'établissement le droit d'annoncer
un jardin sur son enseigne et que sépare de la voie publique un mur bas en torchis, servant de base à un
treillis de bois, ou les capucines le disputent aux volu-

bilis et aux chèvrefeuilles, et qui figure les bosquets
et berceaux promis aux passants.

C'était à une table d'un endroit de ce genre que
l'ancien député, le maître du Cateau, le châtelain de
Maisons-Laffitte s'était attablé — comme le dernier
des ouvriers de sa fabrique. Du côté opposé à sa table,
sous le bosquet, festoyait une joyeuse compagnie,
criant, chantant, choquant les verres et, quand la
main leur en disait, cassant les assiettes, des ouvriers
en goguette, en un mot, dans toute l'expression de
cette joie à la fois naïve et brutale, qui mêle le refrain
bachique à la romance sentimentale et les gaillardises
de Thérésa aux sensibleries de Loïsa Puget.

— Pauvre gens, murmura Durand, qui huit jours
auparavant, eût appelé sur cette tablée les rigueurs
de la loi contre l'ivresse ; ils ont raison de s'amuser,
quand l'occasion leur en vient ; l'existence leur est si
dure et le lendemain si incertain...

Et le maître du cabaret s'étant approché pour
lui demander ce qu'il lui fallait servir, une friture, une
gibelotte, une omelette au lard, il se fit apporter à
déjeuner en pensant que s'il redevenait le maître de
ses affaires, s'il reprenait en main la direction de sa
fabrique, il aviserait de plus près à la condition des
ouvriers et tâcherait de les comprendre avant de les
blâmer.

Comme il commençait à manger, un des convives
de la table joyeuse se leva et, se trouvant face à face
avec lui, fit un brusque haut-le-corps. Puis s'avançant,
non sans hésitation :

— Pardon, excuse, fit-il d'une voix basse au fabricant, c'est bien à monsieur Durand, du Catcau, que j'ai l'honneur de parler?

— Oui, mon ami, répondit Durand quelque peu surpris de la rencontre, qu'y a-t-il pour votre service?

— Ah! monsieur, reprit alors l'ouvrier d'un ton riant et assuré, vous ne me reconnaissez pas, mais moi je ne vous ai pas oublié. Je suis Etienne Revergeon, le fils au père Revergeon, de la fabrique, vous savez bien, pour lequel vous avez eu tant de bontés, ainsi que Mme Durand. Oh! je me rappelle bien Mme Durand, et Mlle Alice, et M. Hubert, bien qu'il y ait un bout de temps de cela... J'espère au moins que tout le monde va bien dans la famille, continua-t-il vivement d'un air plein d'intérêt.

Sans oser répondre directement à cette question:

— Je vous remets très bien maintenant, dit Durand; et qu'êtes-vous devenu depuis que vous avez quitté la fabrique? vous en étiez parti, je me souviens, pour entrer au régiment.

— Parfaitement. J'ai fait un congé et puis après je suis revenu à Paris. Le père Revergeon était mort, vous savez, sur les entrefaites. J'ai boulotté par ci, par là. Un beau jour j'ai trouvé à me marier. Ma femme avait quelque petite chose. Nous nous sommes établis et ça marche!...

— Gaiement même, dit avec un sourire indulgent Durand, en désignant de l'œil à son interlocuteur la table qu'il avait quittée et dont les convives se tenaient bouche béante à écouter le colloque.

— Oh! monsieur Durand, ce n'est pas tous les jours

comme ça, reprit l'ouvrier. Aujourd'hui, nous disons adieu au frère de ma femme qui part rejoindre son corps... Vrai, je suis bien heureux de vous avoir rencontré, et si c'était un effet de votre bonté, je voudrais bien vous faire connaître ma femme.

— Très volontiers, mon ami, fit le fabricant en quittant son siége et en se dirigeant vers la table voisine.

A l'approche du fabricant un vif émoi se manifesta parmi la tablée :

— Marie, dit Etienne Revergeon en touchant du doigt l'épaule d'une petite femme brune à la mine avenante, c'est M. Durand, du Cateau, dont je t'ai si souvent parlé.

La jeune femme se leva toute rougissante, et saluant Durand :

— Monsieur, c'est bien de l'honneur, balbutia-t-elle.

Durand lui répliqua par quelques aimables paroles qui la remirent complètement à son aise non moins que la compagnie qui l'entourait, puis se tournant vers le patron de l'établissement :

— Donnez-moi de votre vin, le meilleur, commanda-t-il ; et prenant place à la table où l'on s'était empressé de lui apporter un siége : Je veux trinquer avec vous, dit-il, à votre bonne chance, à tous en général et à celle de notre militaire en particulier.

On choqua les verres avec mille remercîments à l'adresse du fabricant, et ce fut accompagné des effusions de toute la tablée qu'il quitta la guinguette sous prétexte d'affaires pressées dans le quartier.

Comme il s'éloignait :

— Voyez-vous, dit Etienne Revergcon à ses hôtes, des patrons comme ça on n'en fait plus, c'est pourquoi l'ouvrier se gâte. Les bons patrons font les braves ouvriers.

Pendant ce temps, Durand tout ému de l'accueil cordial qui venait de lui être fait, les larmes aux yeux et revoyant dans sa pensée cette fabrique où il avait vécu de si longues et si laborieuses années et qu'il allait peut-être lui falloir abandonner, avait repris sa route dans la direction de la Seine.

Comme il passait dans une rue de traverse, il avisa un rassemblement autour d'une boutiqne de mince apparence dont les volets à moitié fermés portaient une petite affiche blanche. A l'intérieur, bourdonnaient tout un monde d'hommes et de femmes, serrés les uns contre les autres, tandis qu'une voix retentissante jetait au vent les mots : *Adjugé! — A vous là-bas. — Personne n'en veut plus, etc.*

C'était la vente à l'encan, après faillite, d'un marchand mercier et d'articles de Paris. Cette vue bouleversa le cœur du pauvre fabricant, en lui présentant de la façon la plus poignante, toute la réalité de sa situation. Voilà donc la destinée dont il était menacé, le sort qui planait sur sa tête. La faillite et son sinistre cortége de tortures et d'humiliations! La faillite avec sa publicité déshonorante, son syndic impitoyable, sa dispersion aux enchères de tout ce qu'on a pu posséder de cher, d'aimé... Il se mit à fuir ce spectacle, mais ses pensées fuyaient avec lui l'obsédant, implacables, affolantes. Son cerveau n'avait plus son libre jeu; une impression unique le tenaillait sans merci : la néces-

sité d'échapper à n'importe quel prix à cette issue, la
fatalité!... La mort lui apparut alors comme une solution possible bien plus, juste et réhabilitante...

A ce moment, il était arrivé sur le quai, et la brume
du soir commençait à envelopper de son ombre mys-
térieuse les eaux lourdes de la Seine.

LXI

Hubert n'avait pas eu grand'peine à trouver Gaudinard, et à le ramener à la vicomtesse de Solesmes comme celle-ci le lui avait demandé. Il n'avait pas fait dix pas sur le boulevard Haussmann qu'il se croisait avec l'honnête caissier, venant prendre des nouvelles de Mᵐᵉ Durand. Gaudinard avait appris, en arrivant rue du Sentier, l'épouvantable scène qui s'était passée la nuit au bal de Martin-Landon, et aussitôt il s'était mis en marche pour le boulevard Haussmann.

— C'est une bonne étoile qui vous envoie au-devant de moi, Gaudinard, lui dit Hubert dès qu'il l'eut aperçu, je courais vous chercher.

— Mᵐᵉ Durand?... interrogea le caissier avec une hésitation anxieuse.

— Elle est un peu mieux, je vous remercie. C'est ma sœur qui m'envoyait vers vous.

— Mᵐᵉ de Solesmes...

— Oui, je lui ai tout avoué, et elle est décidée à sauver la maison coûte que coûte, fût-ce au prix de toute sa fortune. Elle veut se concerter avec vous à ce sujet. Ah! c'est une créature rare, je vous assure, continua Hubert avec exaltation. Il n'y a que les femmes capables de cette abnégation et de ce courage. Croyez-vous, Gaudinard, qu'elle veut voir elle-même les créanciers !...

— Cela ne m'étonne pas de la part de Mᵐᵉ la vicomtesse, répliqua Gaudinard tout ému à la perspective possible du salut de cette maison Durand, dont l'honneur lui était aussi cher que le sien. Les femmes valent mieux que nous, monsieur Hubert. Elles ont plus d'idées. Ainsi ma femme m'a fait honte toute la soirée, hier, — et elle avait bien raison, — de n'avoir pas encore offert nos petites économies à M. votre père. Egoïste que je suis, moi je n'y avais pas seulement songé! C'est peu de chose, certes, mais enfin les millions sont faits de gros sous, et il ne faut rien dédaigner dans certains moments. Je venais même au magasin pour parler de cela à M. Durand, quand on m'a raconté la scène de cette nuit...

Hubert, à ces paroles qui exprimaient avec tant de simplicité un sacrifice si sublime, ne put contenir son émotion, et prenant les mains du caissier :

— Mon bon ami, dit-il, si nous n'étions dans la rue, je crois que je vous sauterais au cou pour toute réponse à ce que vous me dites. Vraiment il y a encore de bons moments dans le malheur, puisqu'on lui doit de connaître des cœurs tels que le vôtre.

— Ne parlons pas de cela, monsieur Hubert, je vous en prie, balbutiait Gaudinard, ça n'en vaut pas la peine. Madame votre sœur nous attend. J'ai hâte de la voir.

Et pressant le pas, le caissier entraîna Hubert vers la maison du boulevard Haussmann.

Là, en quelques minutes de conversation, Gaudinard mit Alice au courant de toutes les affaires de la maison Durand. Après examen des divers moyens de salut à employer, il fut décidé que Gaudinard verrait les créanciers de la maison Durand, à l'exception toutefois de Bernard, le plus dangereux de tous, et sur lequel sa visite serait sans influence. Celui-là, la vicomtesse se le réservait à elle-même. Gaudinard avait mission de demander aux créanciers quelques jours de patience, leur promettant, au nom du vicomte et de la vicomtesse de Solesmes, qu'ils seraient désintéressés intégralement. En même temps des propositions dans le même sens devaient être faites aux banquiers porteurs du papier de Durand.

D'autre part, Hubert, muni d'un mot de la vicomtesse, était chargé d'aller chez le notaire et le banquier de Roger de Solesmes pour s'enquérir des sommes qu'ils pouvaient réaliser immédiatement au compte de leur client. D'autres dispositions de second ordre étaient prises, en outre, pour venir à l'appui du plan général, et Gaudinard avait ordre de s'entendre avec Peloux pour leur exécution :

— Voilà de la belle et bonne besogne, dit Alice quand tout fut arrêté avec Hubert et Gaudinard. C'est le pauvre père qui sera surpris en voyant de quelle façon nous nous mêlons de ses affaires.

A ce moment, la femme de chambre vint prévenir la vicomtesse que Mme Durand la demandait. Elle sortit aussitôt en priant Gaudinard de l'attendre.

Le transport cérébral qui s'était emparé de Mᵐᵉ Durand, avait fini par céder sous l'influence d'une médication énergique. Elle avait été prise d'une crise de larmes qui avait détendu ses nerfs en lui rendant l'usage de sa raison. La compagne du fabricant était sauvée.

Cependant, en reprenant la possession d'elle-même, la pensée lui était restée de la ruine de son mari, et elle avait gardé gravées dans l'esprit les paroles entendues au bal, la nuit passée.

— Mon enfant, dit-elle à Alice, tu vois combien je suis calme et en état de tout entendre. Je t'en supplie, dis-moi toute la vérité. Quelle qu'elle soit, j'y suis résignée. Les illusions sont trop dangereuses !...

— Ma bonne mère, lui répliqua vivement Alice, il y a quelqu'un ici qui est en état de te rassurer encore mieux que moi, M. Gaudinard, arrivé à l'instant pour prendre de tes nouvelles.

— Ah ! Gaudinard est là...

— Veux-tu le voir ?

— Certes, il est de la famille, ce brave serviteur, fais-le entrer.

La vicomtesse alla chercher le caissier.

— Eh bien ! mon pauvre Gaudinard, dit Mᵐᵉ Durand en s'efforçant de paraître résignée, voilà donc les mauvais jours arrivés pour nous...

— Oh ! un simple orage, madame, s'empressa de protester le caissier, et Dieu merci ! nous sommes encore debout...

— Et, cependant, ces terribles paroles que j'ai entendues cette nuit ?

— On a vu l'éclair et on a cru au coup de foudre.

Le monde est si bon!... Heureusement nous sommes prémunis.

— Voyons, Gaudinard, je fais appel à votre vieux dévouement, à cette invincible loyauté dont, depuis tant d'années, vous ne cessez de nous donner des preuves ; ne me dissimulez rien. Jurez-moi sur l'honneur que la maison Durand n'a pas déposé son bilan.

— Je vous le jure, madame, répondit le caissier d'une voix grave et solennelle, dont le ton frappa, malgré lui, Hubert entré dans la chambre sur ces entrefaites.

— Je vous crois, mon ami, reprit Mᵐᵉ Durand. En tout cas, puisqu'il y a péril, serrez-vous auprès de mon mari et de mon fils, aidez-les de vos conseils et de votre dévouement, et souvenez-vous que je fais bon marché de la fortune, mais qu'avant tout le vieil honneur commercial de notre famille doit rester sauf.

Et saisissant la main du caissier, elle la lui serra fortement.

Gaudinard sortit alors de la chambre accompagné d'Hubert.

— Mon pauvre ami, dit celui-ci, je vous demande pardon de tout le mal qu'a dû vous faire cet entretien, et je vous remercie d'avoir eu le courage de nous aider ainsi à tromper notre chère malade.

— Je ne l'ai pas trompée, répliqua le caissier.

— Que dites-vous?...

— Pardonnez-moi, fit alors Gaudinard tout tremblant d'émotion, mais je n'ai pas osé vous l'avouer plus tôt à vous, ni à Mᵐᵉ la vicomtesse. Je vous ai dé-

sobéi : le bilan de la maison Durand et Cᵉ n'est pas
déposé...

— Comment?

— Ce que vous n'avez pas eu la force de faire sur
l'ordre de votre père, je n'ai pas eu le courage de
l'accomplir sur le vôtre. Le dépôt du bilan, c'était la
faillite fatale. J'ai pensé qu'il fallait lutter jusqu'au
bout, gagner du temps, comptant sur la Providence
pour nous sauver. Vous voyez que je n'ai pas compté
sans mon hôte, puisqu'elle nous est apparue aujour-
d'hui avec Mᵐᵉ de Solesmes.

— Mais, mon père ?

— M. Durand m'approuvera, j'en suis sûr, quand
il saura tout, et comment Peloux et moi nous avons
agi depuis deux jours... Mais ce n'est point cela qui
importe pour le moment, les minutes sont précieuses.
Il nous faut remplir, tous deux, les instructions arrêtées avec Mᵐᵉ votre sœur. J'ai bon espoir que tout mar-
chera selon nos vœux... M. Durand est sans doute au
magasin ? reprit le caissier.

— Oui, je pense qu'il y aura passé, répondit Hubert.
Il est parti d'ici tout bouleversé par l'état où il avait
trouvé ma mère. Il avait probablement quelques
démarches à faire qui ne souffraient point de retard.
Si vous le voyez, Gaudinard, rassurez-le sur l'état de
notre malade. De ce côté, Dieu merci! tout va bien.

Et les deux hommes se séparèrent en convenant de
se retrouver au magasin de la rue du Sentier aussitôt
leur tâche terminée.

Pendant ce temps, Alice était restée auprès de sa
mère :

— Il n'y a pas de fumée sans feu, disait celle-ci, et j'étais bien sûre que tout n'était pas mensonge dans les paroles de cette nuit. Heureusement ce n'est qu'une alerte ! J'ai foi en la véracité de Gaudinard. D'ailleurs ton père est bien trop capable, bien trop prudent pour se laisser aller, comme tant d'autres, jusqu'au bout du fossé. Il peut éprouver des revers, qui n'en éprouve pas dans les affaires ? mais il est homme à savoir dominer une situation, à faire au besoin la part du feu pour éviter le désastre. Avec lui au gouvernail, je suis sans peur. Eh bien ! le crois-tu, ma chérie, malgré la terrible épreuve de cette nuit, je suis presque heureuse de ce qui arrive. Il ne faut pas s'élever trop haut dans la vie, c'est tenter Dieu. Les succès étaient venus trop nombreux, trop rapides dans cette maison. Ton mariage, l'élection de ton père, cette fortune augmentée de plusieurs millions en quelques années, et qui par son accroissement même poussait encore à l'agrandir, il y avait dans tout cela un excès de prospérités qui nous eût été fatal à tous. La leçon nous arrive, je l'accepte avec reconnaissance, car notre foyer ne peut qu'en être épuré et fortifié.

— Tu es la meilleure des femmes et la plus raisonnable, ma chère mère, lui répondit Alice en l'embrassant avec tendresse. Oui, tu le dis avec justice, cette épreuve resserrera les liens de notre famille, car j'espère bien qu'elle ramènera ici Roger à son tour, et qu'il ne manquera plus personne autour de notre père. Le malheur rapproche les cœurs, et comme toi je le bénis.

Ces deux nobles âmes s'épanchèrent quelque temps ainsi, se fortifiant mutuellement, puis comme le be~ soin d'un peu de repos se faisait sentir chez Mᵐᵉ Du- rand, Alice en profita pour prendre congé d'elle sous prétexte d'aller embrasser ses enfants à Maisons- Laffitte.

— Je reviendrai pour dîner, dit-elle à sa mère en la quittant.

— C'est cela, mon enfant, fit Mᵐᵉ Durand, d'ici là, ton père sera revenu, j'espère, de ses affaires. Quel bonheur j'aurai à l'embrasser, à lui dire que je sais toutes ses luttes et que j'en réclame ma part.

Alice sortit sur ces paroles, non sans recommander aux domestiques de ne laisser pénétrer personne en son absence auprès de sa mère.

C'était chez Bernard qu'elle se rendait.

LXII

Sur le boulevard, la vicomtesse de Solesmes appela un fiacre et jeta vivement au cocher l'adresse de Bernard comme si ces mots lui brûlaient les lèvres. Tant qu'elle avait été en présence d'Hubert, de sa mère ou de Gaudinard, Alice, par un effort surhumain, s'étai contenue et avait pu affronter, avec cette sérénité de visage, cette lucidité d'esprit qui avaient fait l'admiration de son frère et du caissier, les épreuves multipliées dont elle avait été frappée ; mais une fois seule dans la voiture elle ne fut plus maîtresse d'elle-même, ses nerfs se détendirent et une invincible émotion s'empara de tout son être. La fièvre, qui l'avait soutenue dans le premier moment, était tombée et elle envisagea à froid, dans toutes ses angoisses, la situation contre laquelle elle avait à lutter. Que de coups successifs en cette seule matinée ! Que d'écroulements soudains autour d'elle dans ce qu'elle croyait de plus sûr et de plus solide ! Sa mère, cette paisible et sainte créature, au moment de perdre la raison ; son

père, cet homme qui depuis le berceau lui apparaissait
si fort, si invincible, en les lumières infaillibles duquel
elle avait une foi aveugle, prêt à tomber tout à coup
dans l'abîme où ses propres fautes l'ont conduit ; la
fortune des siens, cette cause légitime d'orgueil dans
laquelle elle avait été élevée, anéantie en un seul jour ;
bien plus, l'honneur commercial de sa famille, son
blason à elle, ses parchemins dans le monde nouveau
où son mariage l'avait fait entrer, compromis, rabaissé,
à la veille de sombrer pour jamais, tout cela n'était-il
pas si imprévu, si foudroyant, que vraiment l'âme la
mieux trempée y devait succomber ?

Elle songeait encore à son mari, à ce Roger de Solesmes, qui avait si délicatement mis sa main de gentilhomme dans la sienne, roturière, qui avait accolé
avec un désintéressement si pur son vieil écu seigneu-
rial à son nom de négoce, — pensant que l'honneur
n'était ni noble, ni manant, qu'il était l'honneur, —
entraîné par contre-coup dans le désastre de son père,
et forcé, pour le conjurer, de jeter la fortune de ses
ancêtres, en proie aux créanciers de la maison. Certes,
elle était sûre que l'amour de son mari était au-dessus de ces épreuves et qu'il ne serait pas entamé par
ces revers, mais elle souffrait cruellement de ce que
cet amour même eût entraîné Roger à les essuyer et
se désespérait d'en être pour lui la cause. Marié dans
son milieu social, le vicomte eût été à l'abri de toutes
ces calamités, et jamais son nom n'eût couru le
risque d'être entaché par la tare qui — si l'on n'y portait prompt remède — menaçait de l'atteindre aujour-
d'hui.

Elle savait qu'il ne marchanderait pas les sacrifices qu'elle était obligée de lui demander, qu'il les
accomplirait sans arrière-pensée, de tout cœur, pourtant elle éprouvait une angoisse suprême à la pensée
de lui dire : les tiens t'ont fait riche, les miens te font
pauvre ; tu étais fier de léguer à tes enfants un patrimoine encore agrandi ; moi, leur mère, je le leur
prends, et elle se torturait l'esprit en scrupules et en
reproches. Au milieu de ces déchirements intimes,
elle était dominée par un sentiment qui la poignait
plus que tout : l'absence même de son mari.

Quand tant de maux lui arrivaient, quand il lui fallait faire face à tant de luttes, elle se voyait privée de
son appui le meilleur en ce monde, de l'être qui était
tout pour elle, sa consolation et sa force. Où prendre
un conseil ? Où demander un aide ? Quelle main
virile à mettre dans celle de son père si frappé, si accablé, pour le relever et le soutenir ? Hubert était
plein de bonne volonté, mais ses fautes mêmes — et
c'était là son châtiment — le rendaient sans autorité
devant le public. Il était condamné à agir dans l'ombre, tandis qu'il lui eût été si doux de combattre bravement aux côtés de son père, de le protéger et peut-
être de le sauver. Le vicomte de Solesmes, au contraire, apparaissant auprès de Durand et le couvrant
de son honneur, les choses changeaient de face :
l'opinion s'inclinait et l'estime revenait avec la confiance. Aussi tous les raisonnements de la pauvre et
charmante créature aboutissaient-ils à cette conclusion : « Ah ! si Roger était là !... »

Cependant la voiture s'était arrêtée. On était arrivé

au domicile de Bernard. Le cœur lui battant à rompre
la poitrine, la vicomtesse pénétra dans la maison du
financier. Elle eut un moment d'hésitation ; mais
aussitôt le sentiment du devoir sacré qu'elle remplissait lui revint à l'âme et triompha de ses répugnances.
Il s'agissait du salut de son père, de la considération
de sa famille, il n'y avait pas à hésiter, et ce fut l'esprit résolu, qu'elle fit passer sa carte à l'homme qu'elle
avait tour à tour, le plus estimé et le plus méprisé
dans son existence.

Bernard était arrivé au but qu'il avait poursuivi
avec tant de persévérance. Pas un des fils dans lesquels
il avait si haineusement enlacé le malheureux Durand
n'avait manqué, et il tenait à présent à discrétion le
fabricant et sa famille. Il n'avait qu'un mot à dire et
le beau-père du vicomte de Solesmes était déclaré
publiquement en faillite. Déjà la démission de Durand
de ses fonctions de député avait satisfait une partie de
sa vengeance. Le fabricant avait été obligé de déposer
lui-même ce titre de représentant du peuple, objet de
tant d'orgueil et à l'aide duquel il lui avait porté un
coup si terrible. Sa fortune était détruite, sa femme
folle. Restait à le frapper dans son honneur, et, du
même coup, à prouver à cette fière maison de Solesmes ce que peuvent les Bernard quand on encourt
leur colère. Ce lui était une gloire de montrer au vicomte Roger qu'à présent le pouvoir a changé de
mains, et que du noble il est passé au riche. C'est
l'argent, Sa Majesté l'argent, qui exerce à son tour le
droit de haute et basse justice, selon son bon plaisir,
et peut dire : Malheur à qui me gêne ou m'offense !

La vue de la carte de la vicomtesse troubla Bernard. Il ne s'attendait pas à cette visite si soudaine, si brusque. Il eut un instant l'idée de ne pas recevoir Alice, il se méfiait de lui ; mais l'homme l'emportant bien vite sur le politique, il donna l'ordre d'introduire la visiteuse. Quand Alice pénétra dans le cabinet de Bernard, elle ne se doutait pas que le plus tremblant, le plus ému était son interlocuteur. Le moment était arrivé de cet entretien, de cette démarche, que le financier, quittant Solesmes, avait appelés de ses menaces, et c'était lui qui avait peur.

Cherchant à dissimuler son émotion sous la froideur de son abord il se leva tout droit à l'arrivée de la vicomtesse, et sans faire un pas au-devant d'elle, d'un ton qu'il s'efforçait de rendre aussi indifférent que possible :

— A quoi dois-je attribuer, madame la vicomtesse, dit-il, l'honneur de votre visite.

— A bien des tristesses, monsieur, répliqua Alice avec un son de voix si digne qu'il trouva un écho immédiat auprès du cœur du financier.

Tout en s'efforçant de se raidir contre lui-même, Bernard s'avança vers la vicomtesse et lui présenta un fauteuil :

— Des tristesses, fit-il ; mais n'êtes-vous pas la plus heureuse des femmes ?...

— Oui, mais la plus malheureuse des filles, interrompit vivement Alice saisissant la perche que, sans le vouloir, le financier lui tendait.

— M. Durand ?... dit Bernard qui voulait jouer l'étonnement.

— Oh! monsieur, je vous en prie, riposta Alice avec
énergie, ne cherchez pas à employer une feinte qui serait indigne de vous et de moi. Vous devez comprendre que si je suis ici, c'est qu'il s'agit d'un grand devoir à remplir, d'un devoir filial. Je suis venue pour
mon père.

— Durand vous envoie à moi? interrogea le financier.

— Oh! cela non, se récria Alice. C'est à son insu,
de moi-même que je fais cette démarche. Mon père
ne sait même pas, à l'heure qu'il est, je vous le jure,
que je suis au courant de la situation.

— Je ne vois pas bien alors, madame à quel titre...

— Je vais vous l'apprendre.

— Monsieur reprit, Alice, mon père, entraîné à des
opérations malheureuses, victime de la fuite de son
dépositaire en Angleterre, accablé par les révolutions
qui dévorent l'Amérique, est à la veille de sombrer.
Les choses en sont à ce point qu'un mot suffit aujour-
d'hui pour faire un désastre épouvantable de ce qui
n'est que la crise d'un moment et pour, engloutir à
jamais tout le passé d'honneur d'une famille. Ce mot,
je viens vous demander de ne pas le dire.

— Moi, madame!...

— Oui, vous, riposta Alice avec force. Vous êtes
créancier de mon père pour des sommes considérables. On vous dit acharné à sa ruine, — pour quel
motif, je ne sais ; peut-être pour les torts que vous
avez eus envers moi : — on vous représente comme
décidé à ne reculer devant aucun moyen à son égard,
et tenant bien plus à perdre l'homme qu'à sauver vo-

tre argent. Eh bien! moi, je viens me jeter entre sa faiblesse et votre force et vous dire : Vous l'épargnerez parce qu'il est mon père et l'aïeul de mes enfants.

La vicomtesse, entraînée par ses propres paroles, les joues en feu sous l'effort qu'elle avait fait, s'était levée en prononçant ces mots et dardait ses yeux sur le visage du financier. Bernard se sentait faiblir sous la pression de ce regard et prêt à perdre contenance. Cependant parvenant à se dominer encore :

— Je vois, madame, que vous vous méprenez, dit-il d'un ton froid qui fit retomber Alice sur son siége en la glaçant ; vous vous exagérez ma puissance, et tout en respectant, en admirant même le sentiment qui vous anime, je suis obligé de vous déclarer que vous traitez les affaires en femme qui n'avez jamais quitté votre salon. Si M. Durand était là, il serait le premier à vous le dire.

Monsieur votre père a compromis sa situation, portant la ruine chez des gens qui ont eu foi en lui. — j'y suis, moi, pour plus de deux millions, — je n'ai le pouvoir d'engager ses autres créanciers ni dans un sens, ni dans un autre. Vous semblez craindre que je ne précipite la catastrophe : à Dieu ne plaise ! Elle me paraît seulement s'imposer d'elle-même. En résumé, j'ai des intérêts, et voilà tout : que M. Durand les satisfasse, et je serai le premier à me réjouir de le voir sortir d'embarras.

— Si donc ces intérêts étaient saufs, reprit Alice, tout serait terminé de vous à mon père?...

— Quelle question ? fit Bernard d'un ton qu'il affec-

tait de rendre léger. Je ne sais vraiment à quelles folies
vous voulez faire allusion.

— Eh bien ! monsieur, ces intérêts seront saufs ; je
viens vous offrir pour eux ma garantie...

— Et celle de M. de Solesmes, je suppose ?...

— M. de Solesmes est absent de Paris, mais ma
parole, c'est la sienne.

— Oh ! reprit Bernard qui sentait le terrain lui
manquer, quand il s'agit d'une parole qui représente
deux millions, un mari prudent a toujours le droit,
pour ne pas dire le devoir, d'en dégager sa femme...
Jusqu'à confirmation par M. de Solesmes de la garantie
que vous m'offrez, vous trouverez juste, madame,
que les choses en restent là.

— Vous haïssez donc bien mon père, monsieur Bernard, fit Alice en scandant ses paroles, que vous en
arrivez à insulter sa fille, lorsqu'elle est seule devant
vous et malheureuse...

— Vous insulter, moi, madame ! s'écria Bernard
que le ton de la vicomtesse avait remué jusqu'au
fond de l'âme; ah ! tenez, laissez-moi tout vous dire,
puisqu'aussi bien s'en offre une occasion qui ne se
retrouvera peut-être jamais ; vous insulter, vous, la
seule femme qui m'avez fait connaître que j'avais un
cœur ! Mais vous ne savez donc pas que je vous ai aimée
comme jamais je ne croyais qu'on pût aimer, que
vous avez été toute ma joie, toute mon ambition,
tout mon désespoir, que ce n'est pas seulement là
passion la plus folle que j'ai eue pour vous, mais le
culte jaloux, furieux du fanatique pour son idole !
Ah ! vous pouvez me maudire, me mépriser de tout

l'orgueil de votre vertu, mais s'il vous était donné de
lire en mon âme, vous me pardonneriez, car vous
seriez touchée, vous si bonne, de ce que j'éprouve et
de ce que je souffre. Que me parlez-vous des millions que me doit votre père, du prix que j'y attache ?
poursuivit Bernard, se laissant aller tout entier aux
sentiments qu'il éprouvait ; je donnerais tous ceux
que je possède pour une douce parole tombée de vos
lèvres, pour un regard attendri venu de vos yeux.
C'est ridicule, n'est-ce pas, de voir Bernard, le gros
Bernard, comme on dit, parler de son âme, se répandre en effluves amoureuses, comme un collégien ;
c'est risible de voir ce Falstaff jouer au Chérubin,
mais vous avez fait ce miracle, madame, de faire
naître un cœur chez Bernard et d'y placer un amour
qui ne finira qu'avec lui! Ne vous en prenez qu'à
vous.

Alice pâle, tremblante, émue malgré elle, l'écoutait sans trouver un mot à lui répondre. Elle sentait
que c'était là l'accent de la vérité, que cet homme
souffrait réellement et il lui apparaissait plus à plaindre qu'à blâmer.

Bernard, cependant, sans remarquer son silence,
agité, fiévreux, poursuivait ses aveux:

— Je l'avais cru mort cet amour à Solesmes, sous
vos inconscients dédains, sous le mépris impitoyable
de votre aïeule ; je m'imaginais pouvoir le chasser de
mon cœur comme la douairière de Solesmes m'avait
chassé moi-même de son château. Quelle folie!...
Comme je l'ai senti en vous voyant ici aujourd'hui, au
milieu de votre souffrance si noble, si pure ! Comme

je me suis vu à votre merci, vous qui veniez me demander la mienne !

Un pareil amour pour une femme telle que vous doit être une rédemption, continua Bernard s'exaltant de plus en plus ; il le sera, je vous le jure, il est fait pour ennoblir, pour purifier, pour changer une vie ; c'est le ciel qui me l'envoie, et je lui montrerai que je n'en suis pas indigne...

— Que veut-il dire, mon Dieu ! murmurait pendant ce temps Alice éperdue de tout ce qu'elle entendait.

— Vous demandiez tout à l'heure si je haïssais bien votre père, poursuivait pendant ce temps Bernard avec feu ; oui certes, je le haïssais de toutes les forces de mon âme, et je n'étais pas sans motif pour cela ; mais vous m'avez fait comprendre tout ce que cette haine a de misérable. Je m'en confesse devant vous et je m'en détache à jamais. Cette créance que me doit votre père et qui m'a fait vous revoir, je la donne à ce petit Henri de Solesmes que j'ai aidé à rappeler à la vie, et que « son gros papa Bernard » n'oubliera jamais, si lui l'a déjà oublié. C'est à lui que son grand-père la devra. Faisant un sacrifice sublime pour l'honneur de votre père, vous n'hésitiez pas à priver un jour cet enfant d'une partie du patrimoine de ses aïeux, je la lui rends.

— Mais c'est de la folie, s'écria Alice, se demandant si elle rêvait, je ne puis...

— Acceptez, je vous en supplie, madame, interrompit Bernard, vous ne savez pas le bien que vous me ferez. Je vous préviens, d'ailleurs, que c'est mon ultimatum de paix.

— J'accepte donc, répliqua la vicomtesse, tandis que son émotion se traduisait par une larme perlant à sa paupière. Il est des bienfaits qu'il y aurait indignité à refuser.

Et elle tendit sa main au financier.

— Quant à vous, madame, dit celui-ci en la saisissant avec respect, de cet amour dont je vous demande pardon de n'avoir pas été le maître de vous révéler la profondeur, rappelez-vous qu'il reste à jamais dans l'ombre une amitié infinie, un dévouement inaltérable pour vous et les vôtres. Au premier signal, vous les trouverez toujours prêts. Vivez heureuse avec le compagnon digne de vous, qui vous a choisie, exemple pour tous, objet d'envie pour quelques-uns.

Puis, s'apercevant que la vicomtesse se soutenait à peine sous le poids des impressions de cette scène :

— Voulez-vous me permettre, dit-il en s'inclinant, de vous accompagner jusqu'à votre voiture ?

Et lui offrant le bras, tête nue, le visage reflétant le contentement de son âme, il conduisit la vicomtesse de Solesmes jusqu'au coupé qui l'attendait dans la rue.

LXIII

Le matin de cette journée, si grosse d'événements pour la famille Durand, il y avait foule, à l'heure du déjeuner, au restaurant Bignon. Henri, invoqué à toutes les tables, se multipliait pour satisfaire aux caprices de ses habitués. De tous côtés ce n'étaient que visages connus, fidèles des fauteuils d'orchestre aux premières représentations ou du tour du lac au bois de Boulogne ; dans un coin, tout un lot d'anciens préfets à rosettes d'officier et à la redingote sacramentelle parlant politique et mouvement administratif — souvenirs et regrets.

A côté, des *clubmen* passés à la Bourse après la chute de l'Empire et demandant au courtage les ressources nécessaires pour continuer la grande vie, dansant le soir chez les gens de qui ils ont sollicité des ordres le matin, boursiers jusqu'à la fermeture des cours, gentilshommes au-delà, ils ont une existence mi-partie comme les culottes du moyen-âge.

Leurs titres leurs servent de firman auprès des mes-

sieurs Jourdain de la Banque, heureux d'acheter au
prix d'un ordre la familiarité d'un comte ou d'un
marquis et de peupler leurs salons de noms garantis
par l'armorial.

Fréneuse, qui avait ses habitudes chez Bignon, occu-
pait une petite table attitrée, dans le voisinage de ce
milieu où trônait Breton faisant des calembours et
dépeçant la pièce nouvelle. Le marquis avait pour
commensal un jeune officier de sa province, frais débarqué d'Afrique, et plus au courant de l'existence
des Arabes que de celle du boulevard, à qui il faisait
le feuilleton de la salle du restaurant :

— Et ce déjeuneur au teint pâle, à la forte moustache, disait l'officier, qui discute là-bas avec tant d'a-
nimation, est-ce aussi une personnalité du tout Paris ?...

— Je crois bien, riposta Fréneuse, du tout Paris
venu de Russie. C'est un prince pour de vrai, dûment
enregistré dans l'*Almanach de Gotha,* qui après avoir
semé le plus gaiement du monde sa fortune aux buis-
sons du chemin, est en train de la refaire la plume à
la main. Son arbre généalogique manquait d'un litté-
rateur, il complète cette lacune dans son illustration.
Ce ne sera pas la branche la moins bien lotie.

—Et son interlocuteur, ce jeune homme mince et dis-
tingué qui ne marche pas, qui ondule et a l'air, avec
son teint bistré, d'un grand d'Espagne de première
classe ?

— C'est un des trois ou quatre vrais poètes du moment ; un journaliste dont le cœur est à la hauteur du
talent ; au total un des hommes d'avenir de la France

nouvelle. Si elle en comptait beaucoup de ce calibre-là, sa régénération serait vite opérée.

— Je vois, remarqua le convive de Fréneuse, qu'il y a ici le coin des écrivains comme dans l'abbaye de Westminster. Ce personnage à mine d'ovipare mais si spirituelle, qui dévore ce bifteck tout en ne perdant pas de l'œil une seule des tables de la salle, l'édite-t-on aussi quelque part sous couverture bleue ou jaune.

— Non pas ; celui-là est un politique de l'école pratique, devenu conservateur après fortune faite dans l'opposition. Il prend son temps pour ce qu'il vaut et se hâte d'en rire, ayant trop d'esprit pour en pleurer.

— Voilà de la philosophie, au moins.

— La vraie philosophie de notre époque, mon cher ami. Le siècle ne mérite pas l'honneur d'une larme. On ne pleure pas sur le commissaire rossé par Polichinelle.

A ce moment, un grand beau garçon, brun, élégant et mince, s'approcha du marquis et lui serra la main.

— Comment tu es ici, Gontran, fit Fréneuse étonné, je te croyais aux Pontis, chez la duchesse?

— J'en suis revenu pour vingt-quatre heures avec le duc — voyage d'affaires. Je l'attends ici.

En effet, comme il parlait, le duc faisait son entrée, et, après quelques politesses échangées avec le marquis, alla s'asseoir avec son compagnon à une des tables du fond du restaurant.

— Voilà qui vaut la peine de t'être montré, dit Fréneuse à son hôte, dès qu'il se fut éloigné. Le duc

Hector est la tête d'une trinité dont sa femme, la duchesse Pulchrine, est la seconde personne, et Gontran le complément. A dix-huit ans, orgueilleuse, naïve et légèrement sentimentale, ne se doutant pas alors de tout l'esprit qu'elle devait avoir, la duchesse se laissa séduire par les moustaches blondes, la belle prestance, l'uniforme bleu et or du bel Hector, officier aux hussards, et elle en fit l'époux de son choix. On dit que l'esprit court les rues : hélas ! peu favorisé, le duc ne l'a pas croisé en chemin. Esclave d'un vanité folle, maladive ; victime de la mode dans ses plus enfantines minuties ; tyrannisé chaque jour par le qu'a-t-on dit ? et le qu'en dira-t-on ? le pauvre duc a la cervelle à l'envers. En conséquence, un soir qu'il regardait sa femme avec plus d'attention qu'à l'ordinaire, il trouva qu'elle n'était pas « son type » et le lendemain lui préféra Navarette, la fille incomparable que Trélan, ce casse-cœurs, que tu aperçois là-bas commandant son déjeuner avec une brusquerie toute militaire, proclamait la seule femme de Paris. La duchesse Pulchrine, de son côté, après son mariage, était devenue, elle, infiniment spirituelle ; aussi, ne tarda-t-elle pas à trouver son mari un peu, comment te dirai-je ? un peu par trop insignifiant. Et puis comme il avait laissé pousser sa barbe, qu'elle ne le voyait plus dans son uniforme bleu et or, elle le trouva moins beau et son amour s'envola comme il était venu, à tire d'ailes. Puis les vulgaires trahisons d'Hector lui ayant été révélées, le mépris remplaça l'amour et, bref, de tout cela, un beau matin, naquit Gontran.

— Avez-vous un fauteuil pour ce soir aux Bouffes,

11   12.

marquis? interrompit à ce moment un adolescent, rond comme une boule et sans un poil sur la face, réalisant à souhait le gandins gras, ce type de la jeune France actuelle, en arrivant tout essoufflé à la table du marquis.

— Oui, pourquoi cela?...

— Y tenez-vous beaucoup? Figurez-vous qu'il n'y a plus une seule place aux agences, et je suis dans un embarras!...

— Voilà le fauteuil, répliqua Fréneuse en sortant le coupon de sa poche et le passant à son interlocuteur.

— Ah! que vous êtes aimable, fit l'autre en saisissant le précieux billet. Je ne vous prive pas, au moins?...

— Au contraire, fit le marquis en souriant, tandis que le jeune homme, roulant sur lui-même, quittait le restaurant, la figure épanouie. Ce jeune poussah, continua-t-il en s'adressant à son hôte, est un monomane des premières, il se croirait perdu, déshonoré, s'il ne trouvait son nom demain dans la nomenclature du *Monsieur de l'orchestre* au *Figaro*.

— Et Gontran? reprit le commensal du marquis, je m'intéresse fort à lui et ne veux rien en perdre.

— Gontran, riposta Fréneuse, est très amoureux, tout naïvement amoureux, sans savoir pourquoi, sans même se demander pourquoi et comment il l'est devenu. Gontran est sous le charme, il s'y trouve bien, il y reste. Chaque jour il vient à la même heure, malgré lui, comme conduit par une puissance invisible, livrer son cœur, son esprit, sa volonté à cette char-

mante mais impitoyable tyrannie de l'amour, et quel
amour! le plus tyran, le plus féroce, le plus despote
des amours de tous les temps... car la duchesse n'est
ni faible, ni coupable, loin de là ; elle est une femme
de devoir avant tout. Orgueilleuse, fière, coquette, il
lui faut bien opposer à Navarette, la femme-type de
Trélan, Gontran, *le seul homme de Paris !* Elle l'appelle:
le Monsieur de cinq heures, et jusqu'à présent son con-
fesseur n'y trouve que très peu à dire...

Tandis que le marquis devisait de la sorte, feuille-
tonisant sur celui-ci et celui-là, les déjeuneurs se re-
nouvelaient aux tables du restaurant, amenant à chacune quelque personnalité connue.

C'était à l'une un gros bonhomme, à mine réjouie
et spirituelle, ressemblant beaucoup à Jules Janin et
qui figurait assez bien le tableau fameux qui sert d'enseigne à Corcellet. Tout en dévorant les plats qui se
succédaient devant son assiette, il tutoyait bruyamment les garçons, les appelant par leur petit nom et
accompagnant ses demandes de gaillardises au gros
sel. Eux, lui répondaient par « monsieur le marquis »
pleins de respect et accueillaient avec une placidité im-
perturbable ses interpellations les moins parlemen-
taires.

Ce déjeuneur, une des physionomies célèbres des
restaurants de Paris, s'est fait la providence des garçons de café de la capitale, comme autrefois M. Si-
pière se fit celle des sergents-de-ville. Il a largement
pensionné un garçon de café qui l'avait servi pendant
vingt ans et en a couché un autre sur son testament.
Tous aspirent aux mêmes faveurs, et vous jugez s'il

est l'objet de leurs petits soins et de leurs attentions les plus raffinées.

Tout à côté se tenaient les trois Février père et fils ; le père, la moustache en conquête, faisant de l'esprit comme un journaliste, tout en jouant de la prunelle à l'adresse des cotillons passant sur le boulevard ; les fils, sérieux et boutonnés comme il convient à des gens ayant deux millions de terre au soleil et qu'attendent les suffrages de leur département pour les envoyer à la Chambre. Plus loin, le plus spirituel des publicistes de Paris semblait faire déjeuner son lorgnon tant il l'approchait de son assiette, tout en causant avec une verve toute méridionale avec un buveur d'eau à l'allure d'une suprême élégance, écrivain ayant abandonné la presse, pour réaliser ce roman rare, l'amour dans le mariage. De ci, de là, des étrangers de Paris, nés à New-York, sur les bords de la Tamise ou de la Newa, mais plus Parisiens que s'ils étaient venus au monde Chaussée-d'Antin ou boulevard des Capucines : le secrétaire d'un lord anglais qui ne dédaigna pas, un beau soir, de s'essayer dans les Mario à *Covent Garden ;* un prince moscovite qui a sa stalle attitrée dans tous les théâtres de Paris et qui tutoie Dupuis et Gil-Pérès ; un Américain à qui il faut des fraises tout le long de l'année et qui dépense dix louis à son déjeuner ; que sais-je encore ? Puis des *ronstaquères,* fraîchement débarqués au Grand-Hôtel, de Lima ou de Calcutta, déjeunant là au vin de Champagne, en compagnie de leurs femmes ou de leurs filles, et exhibant toutes les variétés de teint connues, depuis le cuivre pâle jusqu'aux noirs bronzes ; enfin, quelques *bookmakers* à gros sacs en train de se refaire avant de décaver les naïfs au betting.

Cependant Fréneuse depuis un instant avait laissé tomber la conversation et ne prêtait qu'une oreille distraite aux propos de son hôte; son attention était visiblement attirée par une table voisine de la sienne. Là étaient assis des jeunes gens parlant haut, s'apostrophant d'une table à l'autre et riant à grands éclats. C'étaient des fils de banquiers et de négociants qui, s'efforçant de trancher du seigneur, accusaient encore davantage leur marque de fabrique. Parmi eux se trouvaient le fils d'Outrequin — notre ancienne connaissance du conseil d'escompte de la Banque — et son cousin Kisber, celui-là même que Fréneuse et Hubert avaient si bien exécuté au *Riding-Club* en le prenant la main dans le sac.

Tout d'abord, les filles et les courses avaient fait les frais des propos de ces messieurs, mais depuis l'arrivée d'Outrequin à la table, les choses avaient pris une autre tournure, et les noms de Durand, d'Hubert, de la vicomtesse de Solesmes revenaient presque à chaque phrase dans la conversation, accueillis par les gros rires de la réunion.

Fréneuse, malgré lui, avait été frappé de la répétition de ces noms : tout en s'efforçant de ne pas écouter, le verbe haut des causeurs l'obligeait à entendre. Il n'y avait pas à en douter la maison Durand était sur le tapis, et les désastres qu'elle subissait appréciés en des termes aussi injurieux que mensongers.

A un moment, Outrequin se mit à conter la scène si douloureuse qui s'était passée la nuit précédente au al des Martin-Landon, à haute voix et en termes si

offensants pour la sainte femme qui en avait été victime, que le rouge en monta au front de Fréneuse.
Puis ne trouvant pas son récit sans doute assez éloquent, tout d'un coup il se lève, et avec le sans-gêne
de gens qui se croient tout permis dans un lieu public
parce qu'ils paient, saisissant un chapeau, il commença
à contrefaire, aux applaudissements de son entourage,
la quête de la malheureuse créature :

— Pour mon pauvre mari qu'a fait banqueroute,
disait-il d'un ton minable, en tendant le chapeau aux
assistants, pour acheter une culotte à mon fils Hubert, continuait-il à un autre, pour payer la couronne de vicomtesse à ma fille, murmurait-il à un
troisième.

A ce moment, Fréneuse, emporté par son indignation, bondit de sa place et saisissant Outrequin d'une
main, tandis que de l'autre il envoyait le chapeau
rouler dans la salle :

— Taisez-vous, misérable ! taisez-vous, cria-t-il.

— Monsieur, je ne vous parle pas, laissez-moi, hur-
lait pendant ce temps Outrequin, pâle de peur et haletant.

Mais Fréneuse ne l'entendait pas.

Lâchant l'épaule qu'il avait empoignée :

— Tenez, fit-il en appliquant un soufflet vigoureux
sur les deux joues du jeune homme, voilà comme les
honnêtes gens traitent les drôles de votre espèce !

Outrequin, sous le coup, était allé buter chancelant
contre la table, d'où tous ses camarades s'étaient levés :

— Vous m'en rendrez raison ! glapissait-il écumant
de honte et de rage.

— Vous nous en rendrez à tous raison, répétaient en chœur ses amis, en se pressant contre le marquis.

Mais celui-ci les écartant d'un revers de main :

— Je suis à vos ordres à tous, dit-il. Toutefois j'exclus parmi vous les voleurs au jeu, accentua-t-il en regardant Kisber.

Et il jeta dédaigneusement sa carte sur la table où le service gisait bouleversé.

Puis, accompagné de son ami, il sortit à pas lents du restaurant mis tout en émoi par cette scène.

LXIV

La scène qui s'était passée au restaurant Bignon entre le marquis de Fréneuse et Outrequin avait eu un retentissement pour ainsi dire instantané dans le Paris qui s'étend de la Madeleine à la Bourse. En moins de temps qu'il n'a fallu pour l'écrire, on la connaissait dans les clubs, à la corbeille où Breton s'était empressé de la colporter, dans les autres restaurants où elle était l'objet de commentaires sans fin. Chacun y ajoutait un détail, y brodait quelque invention et, ainsi enjolivée, transformée, historiée, elle prenait des pro portions épiques.

Le bruit public, aidé par des langues plus ou moins bien intentionnées, en avait porté la nouvelle à Outrequin père comme il allait sortir du café du Mail. Le bilieux négociant, à cette annonce, avait failli avoir une congestion. Le procureur de la République, le préfet de police, tous les pouvoirs de l'État coalisés ensemble, lui semblaient à peine capables de donner satisfaction à son héritier de l'outrage qu'il avait reçu.

— Mais votre fils va se battre tout simplement, lui dit un commissionnaire en marchandises, pas fâché de trouver une occasion de le faire enrager.

— Se battre ! mon fils ! je le lui défends bien, riposta Outrequin, au comble de l'exaspération. C'est la police correctionnelle qu'il faut à ce marquis et pas autre chose. Ces gens-là se croient tout permis parcequ'ils sont titrés, je le leur apprendrai, moi, que tout le monde aujourd'hui est égal devant la loi — les marquis comme les autres !..

— Oh ! oh ! la police correctionnelle, comme vous y allez protesta le commissionnaire en marchandises.

— Oui, monsieur, la police correctionnelle ! accentua Outrequin ; mon fils a été victime d'une indigne agression de la part d'un homme qu'il n'avait provoqué en rien. La chose a été publique, il y a des témoins. C'est au parquet d'aviser et il avisera, je vous le garantis. Que deviendrait la société si les honnêtes citoyens étaient laissés à la merci de la brutalité du premier drôle venu ?...

— Le marquis de Fréneuse, le premier venu ! vous êtes difficile, mon cher, insinua Plichon, le marchand de soieries. Malepeste ! que vous faut-il donc ?... Il y en a plus d'un qui serait fier de croiser la lame avec lui.

— Pas mon fils, en tout cas, déclara Outrequin avec solennité. Il serait vraiment trop fort que ces spadassins de club, dont le temps se passe à tirer l'épée, puissent battre les gens suivant leur bon plaisir, quitte

à leur offrir après cela une réparation par les armes,
et qu'on aille se jeter au-devant de leur flamberge !
Le duel, ce restant de la barbarie d'un autre âge, est
incompatible avec notre civilisation : la justice le ré-
prouve, et c'est manquer à la loi que de se soumettre
à son préjugé absurde. Pour moi, je donnerai l'exemple de la révolte. Ce ne sont pas des témoins que mon
fils enverra à votre marquis de Fréneuse, ce seront
des agents de police. D'ailleurs, toute cette affaire
n'est pas naturelle : le marquis de Fréneuse est l'âme
damnée d'Hubert Durand, l'*alter ego* du vicomte de
Solesmes, il y a du Durand sous tout cela, et il est bon
que la justice fasse la lumière. C'est du père qu'on a
voulu se venger en frappant le fils.

— Et en quoi Durand aurait-il à se venger de vous ?
interrogea un des assistants, confectionneur en gros
dans la rue de Cléry.

— Que sais-je, moi ? répliqua Outrequin un peu embarrassé. Haine de concurrence, rivalité de métier.
Ma prospérité en regard de sa déconfiture l'aura exas-
péré...

— Mais la maison Durand n'est pas si en déconfiture que cela, reprit le confectionneur. Il y a eu, je
crois, panique d'une heure par suite du retour inat-
tendu d'une traite considérable de Londres, un rem-
boursement de près de 3,000 livres sterling, mais
mon banquier, que je voyais tout à l'heure avant de
venir déjeuner, et à qui je parlais des bruits qui courent, n'a pas du tout l'air inquiet sur le sort de la
maison Durand.

— J'en suis ravi pour elle, fit sèchement Outrequin ;

malheureusement, ce n'est pas l'impression générale de la place. Au reste, qui vivra verra ; je n'ai pas à m'occuper de ses affaires.

Et donnant, d'une main nerveuse, un coup de chapeau à l'adresse générale de la galerie, il sortit du café.

Il en avait à peine repoussé la porte derrière lui que les gorges chaudes de l'assistance éclataient à son endroit et se donnaient libre carrière. Outrequin n'était pas aimé de ses confrères : son égoïsme féroce, sa jalousie intraitable, ses agissements étroits en affaires les lui avaient aliénés. Aussi chacun à part lui n'était-il pas fâché de l'alerte qui lui arrivait : la façon dont il entendait rendre au marquis les soufflets décochés à son héritier, et qui décélait au grand jour sa couardise native, faisait la joie de la réunion.

On était ravi d'avoir vu Outrequin se mettre lui-même au pied du mur. Sans être à l'excès friand de la lame, le monde du café du Mail comprend certaines nécessités sociales : il n'estime pas que les soufflets doivent se régler par le commissaire de police, et il sait se soumettre au besoin à l'obligation du coup d'épée réparateur. Si les duels sont si rares dans le monde commercial, c'est que les froissements n'y dépassent pas le terrain des affaires et s'adressent rarement à la personnalité. On peut s'en vouloir là comme commerçants, on ne se hait pas comme hommes. En conséquence, on se venge à coups d'opérations heureuses, et un bon inventaire semble la meilleure satisfaction à se donner contre les rivalités des concurrents.

Tandis qu'Outrequin était bafoué à l'envi par ses

pairs, son héritier, entraîné par ses amis, hors du restaurant, théâtre de sa défaite, était la proie de sentiments divers, et qui se livraient en lui un rude combat. D'un côté, à l'exemple de son père, mais plus clément, il serait volontiers resté sur les soufflets du marquis, sans demander qu'il en fût davantage question ; d'autre part, son amour-propre en cause, la publicité de l'offense reçue, l'opinion de son entourage lui faisaient une loi de ne pas laisser les choses en demeurer là,

— Il n'y a pas une minute à perdre, lui disait Dostel, fils d'un riche marchand d'huiles de Marseille, qui écrivait son nom avec un *d* suivi d'une apostrophe, timbrait ses cartes de visite d'une couronne de noblesse et se laissait traiter de « M. le vicomte » dans les restaurants et par les fournisseurs, tu vas envoyer tes témoins au marquis de Fréneuse. Il faut pour ton honneur que la réparation suive presque immédiatement l'injure. Tu es l'offensé : ainsi tu as le choix des conditions du combat. Tu peux les faire aussi redoutables que tu voudras, car tu le sens, il s'agit là d'un duel sérieux.

— Dostel a raison, insinuait un autre, qui se donnait des allures militaires sous prétexte qu'il se préparait à son volontariat d'un an, il ne faut pas que cela traîne ; pour moi, je ne le souffrirai pas et si, pour une raison ou une autre, tu ne pensais pas devoir agir, c'est moi qui demanderais à M. de Fréneuse raison de sa conduite. Je n'aime pas qu'on marche sur le pied de mes amis devant moi.

— Comme tu y vas, Faron, s'exclama plein d'admi-

ration, le jeune Pellé, le fils frais émoulu du lycée, de
Pellé-Lefort de la grande maison de blanc de la rue
de Mulhouse.

— Voilà comment je suis, mon cher : carré et tout
d'une pièce.

— Est-ce que M. de Fréneuse tire bien? interrogea
avec une certaine anxiété l'héritier d'un avocat voué
lui-même à revêtir un jour la robe paternelle.

— En voilà une question, fit avec dédain le petit
baron Blin, qui s'était adjugé, sans plus de forme de
procès, le tortil donné à son grand-oncle, le colonel
baron Blin, par Napoléon Iᵉʳ, comme si la couronne du colonel n'avait pas été simplement via-
gère, à l'exemple de la plupart des titres octroyés
par l'empereur à ses officiers ou à ses fonctionnaires, en voilà une question! Tous les gentilshommes
savent tirer, sachez-le : c'est une tradition de famille.

— Parbleu! interrompit Dostel.

— Mais Outrequin ne tire pas, lui, avança Kisber.

— Comment, tu ne tires pas, fit avec étonnement
Faron, je te croyais élève de Pons...

— Oh! je l'ai été un peu au collége, riposta Outrequin rougissant, mais mon père qui déteste le
duel n'a pas voulu que je continuasse à faire de l'escrime...

— C'est bien là les commerçants! remarqua le baron avec mépris. Un tas de poules mouillées!

— Cela ne fait rien, continua Faron s'adressant à
Outrequin, nous allons passer à ma salle. Le prévôt
t'apprendra quelques passes et, aidé de mes conseils,

tu sauras défendre ta peau. Tu te bats à l'épée naturellement?...

— Si tu crois que cela vaut mieux, avança timidement Outrequin.

— Certainement, le duel à l'épée, il n'y a que cela, riposta Faron avec autorité. Au moins on se défend, il y a lutte, tandis qu'au pistolet, ou c'est une blague ou c'est un meurtre... Or, il ne nous faut ici ni l'un ni l'autre.

C'est entraîné ainsi par la conversation de ses amis, qu'Outrequin choisit Faron et le baron Blin pour aller demander en son nom au marquis réparation par les armes de l'outrage qu'il en avait reçu. Il donna ses pleins pouvoirs à ses témoins pour régler les conditions du combat, confiant dans les paroles de Faron :

— Le devoir d'un bon témoin est de ramener son homme sain et sauf, sois tranquille, je te ramènerai.

Puis, conduit à la salle où Faron prenait ses leçons, il se livra aux mains du prévôt et se mit à faire des armes comme un enragé, — cette faute habituelle à tous ceux qui, ne connaissant pas l'escrime, ont un duel sur les bras.

Pendant ce temps, le marquis, après une promenade agitée, nerveuse, où il avait cherché à cuver au grand air sa surexcitation, était rentré chez lui décidé à n'aller ni au club, ni au bois, afin d'éviter toutes les interrogations sur l'aventure de la matinée. Sans regretter en aucune façon sa conduite envers Outrequin, il souffrait pour la famille Durand du bruit qu'allait

soulever encore autour d'elle cette affaire et souhaitait
vivement, au fond de lui, que la poltronnerie du fils
du négociant n'y donnât pas suite. Malheureusement,
devant la correction administrée, il n'y avait pas trop
à y compter, et il entrevoyait avec un ennui marqué
la perspective de descendre sur le pré avec ce jouven-
ceau, aussi insignifiant que probablement inexpéri-
menté aux armes. Rien n'est plus désagréable pour
les hommes braves et ayant fait leurs preuves, que ces
duels avec des adversaires novices et dont la seule
personnalité semble demander grâce. Le seul espoir
de Fréneuse était qu'Outrequin, sous l'influence des
idées de militarisme qui se sont emparées de la France
au lendemain de la guerre, ne fût pas aussi étranger
aux armes qu'il pouvait le supposer d'après ses traditions de famille, et de trouver en lui sur le terrain
un autre homme que le triste sire qui lui était apparu
au restaurant.

Il était dans ses dispositions d'esprit, allant, venant
dans son appartement, tout en fumant des cigarettes
qu'il rejetait à moitié consumées, quand la portière
de la pièce où il se trouvait se leva brusquement, livrant
passage à Hubert, pâle, agité, fiévreux.

— Comment, c'est toi? fit le marquis affectant le
calme. Mon Dieu! dans quel état!... que t'arrive-
t-il?...

— Tu te bats avec Outrequin pour nous? répliqua
Hubert haletant d'émotion et en lui saisissant les
mains.

— Qui t'a dit cela? répondit Fréneuse jouant l'indif-
férence.

— Je l'ai appris tout à l'heure sur le boulevard,
comme on apprend ces choses-là, d'un passant, par
hasard, et je suis accouru ici... Ah ! c'est bien, vois-tu,
de ne pas abandonner les gens quand tout semble les
accabler et de nous avoir défendus.

Et en prononçant ces paroles, Hubert avait les yeux
pleins de larmes.

— Eh bien ! qu'est-ce qui te prends, riposta vivement le marquis, ému malgré lui, voilà que tu t'at-
tendris sur mon compte. Rassure-toi, la flamberge
d'Outrequin ne m'a pas encore transpercé.

— Et elle ne te touchera pas, interrompit avec feu
Hubert. Je ne veux pas que tu te battes. Ce sont les
miens qui ont été insultés par Outrequin, c'est moi
qui me battrai avec lui...

— Mon pauvre ami, dit Fréneuse doucement, je
vois décidément que ta cervelle déménage; je n'ai
pas reçu le moindre cartel de l'Outrequin en question,
ensuite j'ai l'habitude de régler certains comptes moi-
même, — j'ai assez emprunté pour les autres. Tu vas
donc me faire le plaisir de rentrer ta figure de mélo-
drame et de ne me plus parler d'Outrequin, de son
passé et de son avenir...

— Mais !... insista Hubert.

— Il n'y a pas de mais, accentua le marquis. Il en
sera ainsi où je me fâcherai à mon tour. Tu as d'autres devoirs à remplir en ce moment qu'à t'occuper
de potins de restaurant et de cancans de boulevard.
Ton père a besoin de toi. Songe d'abord à lui, au lieu
de vouloir brûler ton courage aux moineaux de la
route. Où en sont les affaires de la maison ?

— Elles prennent une tournure plus favorable, répondit Hubert avec empressement. Ma sœur s'engage envers les créanciers. Gaudinard, Peloux, se multiplient et font des miracles de dévouement et d'abnégation. Je recommence à espérer.

— A la bonne heure ! Et ta pauvre mère ?

— La crise a été terrible, mais elle est sauvée. Dieu nous revient ! comme dit Alice.

— Parce que vous l'aidez, riposta vivement le marquis.

En ce moment le valet de chambre du marquis lui présenta une carte.

— On est au salon ? interrogea Fréneuse.

— Oui, monsieur le marquis, répliqua le domestique.

— Je te demande pardon, mon cher Hubert, dit Fréneuse, d'un ton léger, mais on me réclame. Pas un mot chez toi, n'est-ce pas, de cette sotte affaire de ce matin et viens me demander à déjeuner demain. Nous causerons. En attendant, bon courage et bonne chance !...

Et serrant la main à Hubert, il passa dans le salon où il était attendu.

LXV

La visite qui avait si brusquements interrompu l'entretien d'Hubert avec le marquis de Fréneuse, était celle des témoins d'Outrequin. Le baron Blin et Faron venaient demander au marquis des excuses envers leur ami ou, à leur défaut, une réparation par les armes. Ils s'étaient munis du brouillon de la lettre d'excuse dont ils réclamaient la rédaction à Fréneuse et le lui présentèrent. Celui-ci, sans même daigner le lire, déchira froidement le papier en petits morceaux et les jeta dans la cheminée, puis déclara aux envoyés d'Outrequin qu'il se tenait complétement à la disposition de leur client, et que, dès le soir même, ses témoins s'aboucheraient avec eux.

L'entrevue terminée et à peine sur l'escalier :

— Voilà un gentilhomme au moins, dit Faron, tout gonflé du rôle qu'il venait de jouer. A-t-il été assez *chic* en déchirant la lettre ?...

— Ah ! ça oui, répliqua le petit baron Blin, subjugué lui-même. Vraiment, Outrequin a de la veine d'avoir une affaire avec le marquis. Le voilà posé du coup...

Cependant Fréneuse, sans perdre une minute, se rendit au club où il était sûr, vu le moment de la partie de cinq heures, de trouver à la fois réunis ses deux témoins attitrés, le comte de Préville et Maurice d'Aubiac. Il les avait éprouvés en plusieurs rencontres et ils étaient au fait de ses habitudes sur la matière. Il leur dit d'accepter sans discussion les conditions qui leur seraient proposées pour le choix des armes, la place sur le terrain, les détails de la rencontre ; mais d'exiger seulement que la chose se passât vite et hors frontière. Le marquis ne se souciait nullement d'essuyer les poursuites du parquet, qui ne plaisante plus maintenant en France envers le duel.

Ces instructions données, il s'empressa de quitter le club, voulant que le silence se fît autour cette affaire et éviter à tout prix les commérages. Il avait été convenu que ses témoins viendraient lui rendre compte chez lui de leur entrevue avec ceux d'Outrequin, très-tard dans la soirée. Il avait donc quelques heures devant lui. Le temps était beau, l'atmosphère engageante, il résolut d'aller dîner à la campagne et prit le chemin de fer de Versailles à la gare de Montparnasse, afin d'esquiver les fâcheux et les importuns.

Pendant ce temps, Outrequin lassé de ferrailler à la salle d'armes, la tête farcie des conseils que lui avait donnés le prévôt, mais l'imagination chauffée à blanc par ses témoins, que toute cette affaire surexcitait à un point extrême, était rentré pour dîner chez son père. Il se flattait que celui-ci ignorait la scène qui s'était passée au restaurant et comptait bien ne l'en pas instruire — surtout en présence des conséquences qu'elle avait eues. Aussi quel ne fut pas son effarement quand, abordant son père de l'air le plus dégagé qu'il pouvait, il le trouva marchant à grands pas dans l'appartement, les yeux furibonds et la mine crispée :

— Ah ! vous voilà enfin, vous, lui cria-t-il dès qu'il l'aperçut (Outrequin disait vous à son fils, il trouvait cela plus digne) ; que se passe-t-il et que signifie cette sotte histoire qu'on ma contée?...

— Mais, mon père, balbutia Outrequin, c'est une simple plaisanterie, sans conséquences, je vous assure...

— Vous appelez cela une plaisanterie, vous, des soufflets reçus, une bataille dans un lieu public... que vous faut-il donc alors? Au reste, vous récoltez ce que vous avez semé : cela devait arriver un jour ou l'autre avec le milieu de viveurs et d'écervelés où vous vous complaisez. Il est bien regrettable pour moi en vérité de voir mon nom, jusqu'ici un modèle de considération, traîné par vous dans des rixes de restaurant...

— Je vous proteste, mon père, qu'on vous a exagéré les choses, murmura Outrequin bouleversé par cette sortie ; d'ailleurs l'offense qui m'a été faite ne restera pas sans réparation, et je l'aurai complète. J'ai envoyé des témoins au marquis de Fréneuse...

— Vous avez envoyé des témoins? riposta Outrequin père d'une voix outrée; c'est du joli, il ne manquait plus que cela!...

— Mais tout à l'heure vous me reprochiez...

— Alors vous allez vous battre, continua Outrequin sans l'entendre et s'exaspérant de plus en plus. Vous ne trouvez pas que c'est assez de coups, il faut encore que ce marquis vous embroche... Eh bien! je vous préviens qu'il n'en sera rien ; et puisque vous ne savez que faire des sottises, j'agirai, moi, et rira bien alors qui rira le dernier!

— Je ne puis cependant pas rester sur l'outrage que j'ai reçu, insinua Outrequin fils. Vous ne le voudriez pas vous-même, mon père?

— Certes, non.

— Eh bien! alors, pourquoi me blâmer de défendre mon honneur?

— Parce que ce n'est pas défendre votre honneur, accentua Outrequin père, que de vous faire enfoncer trois pouces de fer dans la poitrine par le premier spadassin venu, à qui il plaît de vous chercher querelle..... Savez-vous faire des armes, vous? Passez-vous votre vie dans les salles d'escrime?... Je ne vous ai pas élevé jusqu'à l'âge où vous êtes, pour qu'un beau matin l'épée d'un marquis vous envoie *ad patres*. Le duel est un préjugé et pas autre chose... Que vous y croyiez, vous, passe, c'est de votre âge; mais moi, père de famille, je me place au dessus et je le sape, la loi à la main.

Le malheureux Outrequin fils, abasourdi, gardait le silence.

— Et qu'a-t-il dit à vos témoins, ce marquis de Fréneuse? reprit le terrible marchand de tissus.

A ce moment un éclair de génie traversa la cervelle du jeune homme :

— Il ne les a pas encore vus, mon père, répliqua-
t-il; c'est seulement demain qu'ils se présenteront chez
lui. Aujourd'hui, vous comprenez, ce n'était pas possible.

— C'est juste, fit le négociant se radoucissant un
peu.

— Ils doivent demander de ma part des excuses au
marquis, continua l'adversaire de Fréneuse encouragé
par ce succès. Si le marquis refuse, alors je verrai, ce
qui me restera à faire, et c'est à ce moment que, ne
voulant pas vous tourmenter aujourd'hui de tous ces
préliminaires, je comptais vous consulter...

— A la bonne heure, dit Outrequin d'un air satisfait. Voilà qui est plus raisonnable. Si votre marquis
refuse de faire des excuses, c'est moi qui irai le
trouver, et je lui rappellerai qu'il existe un article du
code qui défend, même aux gentilshommes, de frapper les gens qui ne les provoquent point. Vous verrez
comme il filera doux devant cela. Nous aurons les
excuses, j'en suis le garant. Allons! tout n'est pas
aussi mal que je le pensais, conclut Outrequin presque souriant, et le café du Mail verra de quel bois je
me chauffe.

A ce moment on vint avertir le négociant que son
dîner était servi.

— A table, dit-il à son fils, et pas un mot de
toute cette affaire à votre mère, cela nous regarde
seuls.

— Oui! fit à part Outrequin fils en passant dans la
salle à manger, mon père a peut-être raison. Mais que
dirait Faron, si je l'écoutais?...

Toute la phiosophie du duel, sans qu'il s'en doutât, était dans ce mot.

La table à peine desservie, le jeune homme serra la main de son père avec un signe d'intelligence, embrassa sa mère peut-être un peu plus tendrement qu'à l'ordinaire et s'empressa d'aller chez Blin où il avait été convenu qu'il se retrouverait avec Faron. Le petit baron habitait seul un appartement de garçon, rue d'Aumale, tandis que Faron logeait encore en famille et c'est ce qui avait fait choisir son domicile comme lieu de rendez-vous entre les trois amis.

Comme Outrequin arrivait chez le baron, celui-ci et Faron venaient de régler avec les témoins du marquis les conditions du combat. La conférence n'avait pas été longue et MM. de Préville et d'Aubiac n'avaient eu qu'à se louer des bonnes dispositions du baron et de son ami, ravis de se trouver en rapport avec des *clubmen* d'une aussi grande notoriété.

— Eh bien ? fit Outrequin à ses amis.

— Tu te bats demain sur la frontière belge, à l'épée, répondit Faron. Tout a très-bien marché. Nous avons obtenu satisfaction sur tous les points. Les témoins du marquis de Fréneuse sont de parfaits gentilshommes.

— De parfaits gentilshommss, fit en écho le petit baron.

— Ce sont les témoins du marquis qui ont demandé au nom de leur client que la rencontre eût lieu dès demain, et nous n'avons pas cru devoir nous refuser à leur désir.

— Vous avez très-bien fait, répliqua vivement

Outrequin ; cela m'arrange moi-même à merveille.

Et il leur conta la scène qui avait eu lieu entre lui et son père.

Il fut convenu qu'on se retrouverait le lendemain matin à la gare du Nord pour prendre l'express de 7 heures 20. Faron se chargeait des épées, le petit baron du médecin. Ces dipositions prises, les deux amis accompagnèrent Outrequin jusqu'à sa demeure en lui prodiguant force encouragements et force conseils. Le jeune homme avait la fièvre : surexcité par les paroles de ses seconds, par le sentiment du péril qu'il allait courir, il marchait allègrement en regardant autour de lui avec un air presque vainqueur. Il lui semblait que tout le monde devait lire dans ses yeux qu'il se battait le lendemain.

Rentré à la maison paternelle, il trouva sa mère en train de faire des patiences pour distraire une vieille parente qui était venue passer la soirée. Il se mit près de la table de jeu, parlant bruyamment de tout, affectant de rire et de ne penser à rien. Puis, prétextant un peu de fatigue, il embrassa sa mère à deux ou trois reprises doucement, avec effusion, en lui disant : à demain ! et se retira dans sa chambre.

Là, une fois seul, il sentit l'émotion l'envahir et son cœur se serrer. Il écrivit plusieurs lettres comme on en écrit à vingt ans, à la veille d'une première affaire, et rédigea une sorte de petit testament dans lequel il léguait de menus souvenirs à quelques amis. Cependant la nuit s'avançait, et ses yeux papillotaient aux lumières vacillantes de ses bougies aux trois quarts consumées. Il se décida à se coucher, et essaya de lire, mais en vain. Le sommeil l'envahissait quand même. Il s'endormit et rêva qu'il arrivait en retard à la gare et manquait le train.

Heureusement ce n'était qu'un rêve. Décampé du logis paternel sans que personne s'en aperçût, il trouva à la gare ses seconds flanqués d'un jeune chirurgien que Blin était parvenu à arracher à l'amphithéâtre en faveur de la circonstance. Tous quatre montèrent dans le même wagon, tandis que le marquis de Fréneuse et ses témoins en occupaient un autre. Le marquis, rentré chez lui très tard dans la nuit à la suite d'un incident que nous aurons à raconter, car il tient au fond même de cette histoire, avait trouvé un mot de d'Aubiac l'informant de ce qui avait été décidé avec les témoins d'Outrequin, et s'était rendu fidèlement au rendez-vous.

A la frontière, nos voyageurs descendirent et se dispersèrent, cherchant dans la campagne un endroit où de s'entr'égorger à l'abri du gendarme on eut la liberté. On était au cœur de la journée et il faisait un temps charmant : soleil clair et chaud, brise douce parfumée, poétique. Cela sentait bon le foin et dans les fourrés des chemins s'éparpillaient des fleurettes engageant à buissonner près d'elles. Une clairière s'offrit à point pour le but qu'on poursuivait. Un terrain plat, au sol élastique, sans pierre qui put faire trébucher; de plus à l'ombre, et pas de soleil dans les yeux. Le marquis et Outrequin mirent habit bas. Le comte de Préville joignit les épées, puis : « Allez, messieurs ! » commanda-t-il.

Outrequin engagea en tierce, pas trop mal pour un

novice et attaqua par un battement d'épée. Le marquis se contenta de parer, laissant son adversaire redoubler, s'impatienter et enfin se découvrir. A ce moment, il l'attaqua par une feinte et un dégagé dessous, et toucha Outrequin au côté, légèrement et en retenant l'épée, sans quoi le coup allait en pleine poitrine.

Le jeune homme pâlit et chancela, Blin, Faron, le chirurgien, s'empressèrent autour de lui.

— Ce ne sera rien, dit le chirurgien, et il se mit en devoir de poser un bandage.

Le combat était fini et l'honneur satisfait.

— Monsieur le marquis, voulez-vous me donner la main, fit alors Outrequin d'une voix tremblante d'émotion? Vous m'avez rappelé à respecter le malheur des autres et je vous promets que la leçon ne sera pas perdue.

— A tout oubli miséricorde, mon cher garçon, dit le marquis en serrant amicalement la main à Outrequin et guérissez-vous vite.

Une heure après, il était sur la route de Paris.

LXVI

On s'imagine aisément à quelle émotion Alice était
en proie en sortant de chez Bernard. L'entrevue avait
pris une tournure si inattendue, si différente de
celle qu'elle pouvait espérer, que la douce créature
se demandait si tout cela ne tenait pas du rêve et de
la fantasmagorie. Le succès qu'elle avait obtenu ne
laissait pas pourtant que de lui causer un certain embarras : au milieu de la joie qu'elle en éprouvait, elle
se demandait de quelle façon son père, son mari
accueilleraient la générosité du financier et le don
qu'il avait fait, avec une délicatesse si habile, à
son fils. Elle eût cent fois préféré, au prix même de la
fortune qu'elle représentait, ne pas être l'objet de
cette donation, et que Bernard eût accepté pour sa
créance sur Durand la substitution pure et simple de
Roger. Elle sentait toute la noblesse du rôle que se
donnait ainsi le financier, et craignait que son père ne
s'en montrât par trop écrasé. Mais le moyen de refuser
la libéralité de Bernard, surtout avec l'expression

qu'elle revêtait, et sous le coup des circonstances si pressantes où se trouvait la maison de son père ! Il y avait cas de force majeure, nécessité implacable.

D'autre part, elle ne pouvait se défendre d'un sentiment de satisfaction à l'idée de la rédemption de Bernard ; il lui semblait doux de rendre son estime à l'homme à qui elle devait l'existence de son fils et d'avoir le droit de se livrer envers lui, sans arrière-pensée, à toute sa gratitude. Après avoir sauvé l'enfant, il sauvait le père : c'étaient là des titres sans réplique à l'oubli de son erreur d'un moment. Cette erreur, d'autant mieux, était de celles qui se pardonnent aisément. Quelle femme, en effet, fût-ce la plus chaste, en veut au fond d'elle-même à un homme de l'amour qu'elle lui a inspiré et des folies auxquelles il a pu se laisser entraîner sous son influence !...

En rentrant à l'appartement du boulevard Haussmann, elle trouva, à son grand étonnement, sa mère debout et l'accueillant, dès le seuil, avec un bon sourire. Quoique encore affaiblie par la crise qu'elle avait éprouvée, la pauvre femme avait tenu à se lever, voulant faire une surprise à son mari lorsqu'il reviendrait et le rassurer tout à fait sur son état. Elle se faisait une fête de la stupéfaction qu'il éprouverait, et le sentiment de la joie à lui causer la rendait forte et vaillante.

Tout en accablant Alice de questions sur la santé de ses petits enfants — la vicomtesse, on se le rappelle, avait dit à sa mère qu'elle allait à Maisons-Laffitte — elle lui remit une dépêche qui venait d'arriver à son adresse. C'était un télégramme de Roger en réponse à

celui qu'Alice lui avait expédié le matin même. Il con-
tenait ces seuls mots plus éloquents en leur simplicité que de longues phrases : « Oublie-nous pour ne
penser qu'à eux. Je pars immédiatement pour Paris. »

— Bon Roger ! fit la vicomtesse attendrie et en portant la dépêche à ses lèvres, comme j'avais raison de
compter sur lui !

Puis se tournant vers Mᵐᵉ Durand :

— Voici de bonnes nouvelles, chère mère, dit-elle
joyeusement, Roger nous revient. Décidément la fin
de la journée compense son commencement... Que je
voudrais donc que papa fût là pour l'embrasser et nous
en réjouir avec lui !...

— Il ne peut tarder à rentrer maintenant, fit Mᵐᵉ Durand. Ses affaires ne lui auront sans doute pas laissé
un moment de répit dans la journée ; mais j'espère
qu'Hubert l'aura vu et aura pu le rassurer sur mon
compte. Au milieu de tous les tracas qui lui incombent
il n'a pas besoin de ce surcroît de tourment.

— Madame, intervint en ce moment un domestique,
M. Gaudinard demande si Mᵐᵉ la vicomtesse peut le
recevoir.

— Ce brave Gaudinard, fit Mᵐᵉ Durand, il ne veut
pas rentrer chez lui sans être complètement tranquil-
lisé à mon sujet. Je suis un peu fatiguée, reçois le
pour moi, ma chérie, ajouta-t-elle en se tournant vers
Alice, et remercie-le bien de ma part. Peut-être aussi
est-il chargé de quelque commission par ton père. Dès
que tu l'auras vu, tu viendras me rejoindre.

Alice s'empressa de passer dans le salon où le caissier avait été introduit.

— Eh bien ! Gaudinard, dit-elle en entrant, quelles nouvelles ?...

— Bonnes, madame, sur toute la ligne, répondit le caissier le visage rayonnant. J'ai partout trouvé sympathie et bienveillance. On ne demande qu'à aider la maison à sortir du mauvais pas où elle se trouve, et votre garantie a été acceptée avec empressement.

Et tirant une liasse de papier de sa poche, il se mit à expliquer en détail à Alice le résultat de ses démarches, la teneur des arrangements pris en principe avec celui-ci ou celui-là.

Quand il eut fini ses explications.

— Et vous, madame, murmura-t-il d'une voix timide, avez-vous vu M. Bernard? Sans son concours, tout cela sert à bien peu de chose.

— Rassurez-vous, mon ami, dit Alice, je l'ai vu et tout est arrangé de ce côté. Rien ne viendra de là entraver la solution que nous poursuivons.

— Mais c'est magnifique, alors, s'écria le caissier battant des mains, et la maison est sauvée !... C'est M. Durand qui va être surpris et heureux !...

— Mon père ! exclama Alice. Vous l'avez vu au magasin ?...

— Non, madame, répliqua le caissier, il n'a point paru aujourd'hui ; il aura craint sans doute d'y trouver un spectacle trop pénible : s'il se doutait pourtant !...

— Comment ! il n'est point allé au magasin ! s'écria Alice. Mais alors où a-t-il pu passer toute cette journée ?... On ne l'a pas vu ici non plus depuis ce matin !...

— Peut-être, avança le caissier dont le front s'as-

sombrit tout à coup, est-il allé faire quelques démarches, quelques dernières tentatives... Ah! je me repro-
che maintenant de ne pas l'avoir mis au courant de ce
que nous avions pu faire, Peloux et moi, depuis l'autre jour pour la maison, mais je craignais qu'il n'en-
travât notre action, qu'il ne s'opposât à notre plan....
Ne serait-il pas retourné, par hasard, à Maisons-Laffitte, affolé, désespéré par la crise à laquelle il avait
trouvé madame votre mère en proie, et n'osant pas en
affronter ici le dénouement?...

— C'est possible, fit Alice, mais comment a-t-il pu
tenir si longtemps là-bas sans nouvelles d'ici, après ce
qu'il savait, ce qu'il avait vu !...

A cet instant la pendule se mit à sonner.

— Tenez, sept heures déjà, reprit Alice, et depuis
dix heures il est parti. Ah! c'est mal de nous laisser
ainsi !...

— Il faut lui pardonner, madame, intervint doucement le caissier. Votre pauvre père a essuyé tant de
malheurs, tant de souffrances tous ces derniers jours,
qu'il y a vraiment de quoi en perdre courage...

— Hélas! je ne le sais que trop, dit douloureusement Alice, et c'est bien là ce qui m'inquiète et me
désole... Je suis folle, sans doute, et il va rentrer d'une
minute à l'autre. Mais vous savez, mon bon Gaudinard,
quand on a passé par les transes où je m'agite depuis
ce matin, tout vous devient sujet d'alarme et
d'anxiété... On a peur de son ombre.

Comme elle parlait, Hubert entr'ouvrait la porte du
salon. Elle se retourna au bruit et sans lui laisser dire
une parole :

— As-tu vu notre père? dit-elle vivement.

— Non, répondit Hubert surpris, je le croyais ici !...

— Je disais à madame, fit le caissier, voyant le visage d'Alice tout bouleversé, que M. Durand était peut-être à Maisons-Laffitte...

— Il n'y est point retourné, interrompit Hubert. J'ai rencontré à l'instant l'homme d'écurie que j'avais envoyé ce matin qui en revenait et je le lui ai demandé.

— Mon Dieu ! soupira Alice dont l'émotion croissait, qu'est-ce que cela signifie et que se passe-t-il encore ?...

— Ne vous tourmentez pas ainsi, madame, fit Gaudinard lui-même fort ému. — M. Durand n'aura pas été maître de son temps; il se sera probablement mis à la recherche de quelqu'un dont il avait besoin, et cette poursuite l'aura entraîné au-delà de ce qu'il pensait. Cela arrive journellement dans les affaires, à plus fortes raison au milieu des circonstances actuelles...

— Le ciel vous entende, mon ami ! répliqua Alice ; mais malgré moi j'ai le cœur serré... Tout allait trop bien, je redoute quelque malheur !... Et que faire, que faire ? continua-t-elle comme en se parlant à elle-même et en marchant à grands pas dans l'appartement.

— Attendre avec plus de calme, petite sœur, intervint Hubert, et ne pas laisser son imagination battre la campagne comme cela... Il faut surtout rassurer maman et ne pas lui montrer une figure renversée ainsi...

— Tu as raison, Hubert, dit Alice s'efforçant de dominer ses angoisses, il faut penser à elle; mais comment lui expliquer cette absence de notre père, lui faire prendre patience?

— Qu'est-ce que vous complotez donc là tous trois fit à cet instant Mᵐᵉ Durand en pénétrant dans le salon. Il paraît que M. Gaudinard en a long à te conter, Alice, que tu vas lui faire manquer l'heure de son dîner. Mais rassure-toi: j'ai fait prévenir chez lui que je le garderais ici pour boire à mon rétablissement. C'est dit, Gaudinard, vous voilà notre convive.

Et, comme pour sceller son invitation, elle tendit aimablement sa main au caissier, tandis que celui-ci, tout confus, balbutiait des excuses et des remercîments.

Hubert se remit le premier de l'émoi causé parmi les trois interlocuteurs par l'arrivée subite de Mᵐᵉ Durand.

— Ma bonne mère, dit-il en affectant le ton le plus dégagé qu'il put, en invitant Gaudinard à dîner, tu as compté sans l'amphitrion. Voyant que tu allais mieux, notre père a cru pouvoir se rendre à Saint-Denis, chez les Pluchard, tu sais, pour des affaires pressantes, et il m'a chargé de te dire, ainsi qu'à Alice, de ne pas vous inquiéter s'il ne revenait que tard dans la soirée. Probablement il dînera en route.

— Ton père a bien fait de ne point déranger ses affaires pour moi, répliqua la bonne et sainte compagne du fabricant, la maison avant tout, en ce moment plus qu'en tout autre, puisqu'elle a une tourmente à essuyer. Privé de sa présence, le dîner sera

un peu moins gai que je ne l'espérais, mais M. Gaudinard nous excusera.

Et prenant le bras du caissier, tandis que la pendule sonnait huit heures :

— A table, mes enfants! ajouta-t-elle, il ne faut pas
faire jeûner plus longtemps notre hôte.

Ce que fut ce dîner, vous vous l'imaginez sans peine.
Gaudinard, Hubert étaient sur des épines, s'efforçant,
à force de paroles, d'étourdir Mᵐᵉ Durand sur leurs
véritables sentiments, affectant une liberté d'allures
d'autant plus grande que plus poignante était la contrainte morale qu'ils éprouvaient. Alice, surexcitée,
nerveuse, refoulant les larmes qui montaient quand
même à ses yeux, ne pouvait manger et se multipliait
en efforts surhumains pour faire bonne contenance et
tromper le regard de sa mère. A un moment, on entendit résonner le timbre de la porte. Hubert se précipita dans l'antichambre, tandis que tout le sang
d'Alice lui affluait au cœur. C'était une amie de Mᵐᵉ
Durand qui envoyait savoir de ses nouvelles.

Alice avait cru au retour de son père. Sous le coup
de cette déception, elle pâlit à tel point, et son
visage refléta un tel trouble que sa mère s'en aperçut:

— Qu'as-tu, ma chérie, lui dit-elle; tu es souffrante?

— Moi, ma chère mère, je n'ai rien, je t'assure,
répondit la jeune femme en essayant un sourire, tout
au plus un peu de fatigue de mon voyage de la journée.

— Et ajouté, reprit Mᵐᵉ Durand, un peu de chagrin
de n'avoir pas tes enfants à table à côté de toi comme

d'habitude ; je te comprends, va, car ils me manquent
bien à moi aussi. S'ils étaient là vous verriez, monsieur
Gaudinard, comme le dîner prendrait une autre mine !
Mais patience, ma mignonne, tu les auras demain, car
je me sens tout à fait vaillante, et j'ai hâte de repartir
pour Maisons.

Cependant le repas s'était achevé sans que Mme Durand eût pu rien supposer des préoccupations réelles
qui assiégeaient ceux qui l'entouraient. Les aiguilles
de la pendule continuaient à marcher et Durand ne
rentrait pas. Alice ne vivait plus, elle allait, venait en-
fiévrée, l'oreille tendue au moindre bruit, l'âme en
proie aux plus sombres pressentiments. Elle aurait
voulu être dans la rue, s'enquérir auprès de tous les
passants, courir çà et là. Profitant d'un moment d'absence de Mme Durand :

— Hubert, Gaudinard, dit-elle haletante, je vous en
prie, partez à la recherche de mon père : j'ai peur de
quelque malheur. Son attitude au chevet de ma mère,
la façon dont il s'est enfui de l'appartement ce matin,
les coups successifs qui l'accablent, tout m'effraie à
son sujet. Un moment de désespoir peut être si fatal
et le pauvre cher être avait tant de raison de s'y laisser abandonner !... Je vous en supplie, allez, interro-
gez, mettez tout le monde en campagne, mais trouvez-
le, trouvez-le, où j'en deviendrai folle !...

Tout en cherchant à la rassurer, bien qu'en eux-
mêmes dévorés d'inquiétudes, Hubert et Gaudinard
quittèrent la maison en lui promettant de ne rien
épargner pour avoir de promptes nouvelles. Elle resta
auprès de sa mère, rassemblant toute sa volonté, toute

son énergie, pour continuer à jouer son rôle. Mais à mesure que la nuit avançait, son courage s'épuisait et elle ne se sentait plus maîtresse de ses angoisses. Son attitude haletante, son parler à bâtons rompus, son impossibilité à rester une minute à la même place, tout, malgré ses efforts, décélait en elle l'état de son âme.

— Ce n'est pas possible, ma chère enfant, dit Mme Durand, tu as quelque chose. Il se passe quelque événement qui te torture le cœur et que tu veux me cacher.

Alice voulut encore protester, mais en vain, cette fois. Il existe entre l'enfant et la mère qui l'a porté neuf mois dans son sein, il existe des liens invisibles qui ont survécu aux liens matériels et qui rattachent entre elles les deux âmes, celle qui a créé et celui qui est la chair et le sang de sa créatrice : sa mère ne pouvait plus être trompée.

Incapable de lutter davantage, ne résistant plus à l'émotion qui l'étouffait, la jeune femme se laissa tomber dans les bras de Mme Durand, et tout en sanglotant :

— Mon père, murmura-t-elle...

En ce moment, le timbre de la porte d'entrée retentit et un bruit de pas et de voix confuses se fit entendre dans l'antichambre.

LXVII

Le même soir où se passaient ces scènes dans l'intérieur de la famille Durand, il y avait fête chez la générale Jimenez. Pour s'étourdir du coup que lui avait porté son échec auprès de Roger de Solesmes — le seul amour vrai qu'elle eût jamais éprouvé — la générale s'était lancée depuis quelques jours, avec une ardeur nouvelle, dans le mouvement de la vie parisienne. Théâtres, bals, soupers au restaurant, tout le catalogue, en un mot, des plaisirs à Paris pour une femme à la mode, avait été épuisé par elle sans parvenir à arracher de son cœur l'amertune qu'y avait laissée sa passion déçue pour Roger.

Ce soir-là, elle avait organisé chez elle un grand dîner en l'honneur de Mᵐᵉ de Chantenay, qui allait partir pour faire un voyage en Orient. Hubert ruiné, Angèle n'avait pas mis longtemps à lui donner un successeur. Elle avait trouvé à point un pseudo-Egyptien, fournisseur du khédive, à qui sa couronne perlée et son élégance de bon ton avaient tourné la tête, et

qui s'estimait trop heureux de mettre ses millions au
service de son amour pour une « femme du faubourg
Saint-Germain ». Il avait proposé à Angèle de venir
passer avec lui une saison au Caire, et la veuve du
capitaine, qui ne détestait pas de voir du pays, surtout
en si fortunée compagnie, avait accepté avec empressement. C'était pour boire le coup de l'étrier à son
départ, qu'en bonne et attentive amie, la générale
avait convié, à l'hôtel de la rue Lord-Byron, les plus
élégantes parmi les femmes du monde — à côté, —
qu'elle fréquentait, et le dessus du panier des relations
masculines qu'elle possédait. Il y avait là, entre autres,
Trélan, l'un des casse-cœurs les mieux cotés de Paris;
Chevincourt, l'irrésistible aide de camp du général
Bois-Robert ; Horace de Brévannes, l'oracle du *club*
et la terreur du corps de ballet ; Amaury des Réaux,
le plus homme du monde des chroniqueurs et le plus
chroniqueur des hommes du monde ; un ambas-
sadeur issu de l'*Union* et un duc de l'*Agricole ;* un
baron biblique aimant à danser devant l'arche — lisez
sa caisse — à l'exemple du grand roi David ; l'*Effendi*
de Mᵐᵉ de Chantenay, bien entendu, le héros de la
fête, et Dussac, qui en faisait les frais, Dussac, attelé
à tel point au char de la générale, qu'il en poussait les
roues.

Du côté des femmes on trouvait notre vieille connaissance Esther Debray, se moquant des sots et
raillant les méchants, à la façon de Figaro ; la baronne
de Livadia, un pendant russe à Mᵐᵉ de Chantenay, avec
piano forte en plus à la clef et concert au besoin au
profit des pauvres ; lady Mac-Lean, une ex-actrice

de petit théâtre, passée d'un refrain d'opérette à
une couronne de princesse d'Angleterre, mais ne pouvant se décider à quitter les rives du lac du bois de
Boulogne pour les bords de la Tamise ; mistress Deckson, une Américaine, édition libre, menant l'humanité à grandes guides comme son attelage de poneys,
et deux ou trois autres plus ou moins veuves, plus ou
moins titrées, plus ou moins artistes, mais également
impitoyables pour la toison du mouton qui s'aventu-
rait sur leurs terres.

Le dîner était à sa fin. Sous les feux de diamants
qui étincelaient au cou, aux oreilles, dans les cheveux
des femmes, l'éclat des bougies qui éclairaient la salle
à manger, réflété par les cristaux et les pièces d'argenterie mêlées aux fleurs qui décoraient la table,
semblait pâle. L'atmosphère, chargée du fumet des
plats et des parfums des convives, était lourde et ca-
piteuse. Après avoir passé tout Paris au fil de la langue, ne faisant grâce ni à celle-ci, ni à celle-là, nar-
rant les aventures scandaleuses, soulevant le voile
des mystères les mieux gardés, amenant des tempêtes
de rire avec un seul mot, la conversation se faisait plus
intime, et du chorus arrivait au duo. On causait moins
pour la table et plus pour son voisin. Les connaissances se liaient : l'heure des chuchotements était venue.

La générale, superbement vêtue d'une robe de bro-
catelle noire avec le corsage taillé en carré décou-
vrant hardiment la poitrine et les bras, ses beaux cheveux tombant bas, à moitié dénoués sur les chairs mates
du dos, avait l'air d'une de ces Vénitiennes *di amore* —

au temps où Venise savait aimer et rire — dont les
maîtres de la Renaissance nous ont gardé l'image. Un
solitaire brillant comme l'étoile du berger, figurait la
goutte de rosée dans une pivoine rouge placée sous
l'oreille gauche.

Pas un bijou, sinon, haut sur le bras, le serpent envoyé par Roger de Solesmes, et que Fréneuse était parvenu à faire revenir à sa place naturelle.

— Vous avez là, ma chère, fit à voix basse Trélan en
désignant le bracelet, un petit animal qui tire diantrement l'œil à cette excellente mistress Deckson. C'est
vraiment l'enseigne des mines de Golconde.

— C'est, en tout cas, riposta vivement la générale,
un souvenir et un apologue. A ce double titre, il ne me
quittera plus désormais.

— Il a donc une histoire, le petit animal? reprit
Trélan. Contez-moi donc ça, entre nous. Je suis comme
les enfants, j'adore les histoires.

— Cette histoire-là est venimeuse, mon cher, fit la
Jimenez d'un ton de bravade.

— A vrai dire, je m'en doutais un peu, étant donné
l'objet, riposta Trélan, et c'est même pour cela qu'elle
m'attire...

— Eh bien ! si vous êtes sage et ne tourmentez pas
trop cette pauvre baronne qui vous regarde là-bas avec
des yeux suppliants, je vous la conterai tout à l'heure
après le café. Maintenant il est trop tard, le rideau est
baissé.

Et jetant sa serviette sur la table, pour marquer la
fin du repas, la générale se leva et prit le bras de son
voisin de droite, le diplomate de l'*Union*, pour passer

au salon. Tous les convives imitèrent son exemple et
la suivirent.

Le salon de l'hôtel de la rue Lord-Byron, assurément
la pièce la plus remarquable de l'habitation, était une
sorte de serre toute pleine de fleurs et de plantes des
tropiques, autour de laquelle courait une galerie à la
mode mauresque, ciselée et fouillée comme de la dentelle, et dont le centre était occupé par un bassin de
marbre au jet d'eau retombant en mille gerbes.

Des divans surchargés de coussins brodés d'or et
garnis d'étoffes chatoyantes se succédaient tout autour
de la pièce, encadrés dans les feuillages, tandis que
des fauteuils bas et de gros pouffs, tous différents
entre eux, s'offraient çà et là au milieu. Le café servi,
chacun possesseur de sa tasse ou de son verre à liqueur,
les convives s'étendirent, au gré de leur fantaisie, sur
les divans pour fumer des cigarettes ou s'agenouillèrent
auprès des fauteuils pour causer avec les femmes qui
composaient la réunion. La baronne de Livadia, pendant ce temps, s'était mise au piano et, tout en répondant à ceux qui l'entouraient, jouait des mé-
lodies hongroises ou des valses allemandes en sourdine.

La Jimenez, son office de maîtresse de maison terminé, était allée s'asseoir sur un des divans du fond
de la serre, causant avec Mᵐᵉ de Chantenay, lady
Mac-Lean et Chevincourt, tandis que, tout auprès,
Esther Debray soufflait des *racontars* à des Réaux pour
ses chroniques. Dussac, qui s'était montré rêveur et
préoccupé pendant le dîner, ne la perdait pas de l'œil,
tout en répondant par monosyllabes au membre de

l'*Agricole*, l'homme grave de l'assistance, qui l'avait accaparé.

Cependant, Trélan n'avait pas oublié la promesse qui lui avait été faite. L'histoire annoncée émous-tillait sa curiosité. Fendant le flot des jupes éployées sur le tapis, il s'avança vers la générale, et à haute voix :

— Générale, dit-il, je viens chercher ma récompense et vous réclamer mon histoire.

— Comment, son histoire ! firent en chœur les femmes et avec elles aussi quelques hommes ; il y a donc une histoire ?

— Oui, mesdames et messieurs, il y a une histoire, reprit Trélan. La générale m'avait promis de me la conter à moi seul ; mais, comme je ne suis pas égoïste, je veux vous en faire tous profiter. Générale, vous avez la parole...

— Mais, voulut protester la Jimenez...

— Notre histoire ! notre histoire ! éclata toute l'assistance sur l'air des *Lampions*.

Il n'y avait pas moyen de résister à une pareille revendication. La générale capitula avec l'émeute.

— Puisque vous le voulez, dit-elle, je commence ; mais ne vous en prenez qu'à ce fou de Trélan si mon histoire vous ennuie. L'aventure est vieille comme le monde. Elle est renouvelée, d'ailleurs, de Joseph et de Mᵐᵉ Putiphar, seulement, cette fois, Joseph, au lieu d'abandonner son manteau, a laissé un bracelet, ce qui était moins primitif. C'est ce bracelet, symbole ingénieux non moins qu'enrichi de diamants de la tentation, ou, si vous aimez mieux, de la tentative en

question, qui est arrivé en ma possession et que je
porte à mon bras. Il y restera toujours désormais,
comme un apologue bon à consulter. Vous voyez que
mon histoire n'a rien de très piquant, et que Trélan
vous a induit en fausse joie.

— Pas le moins du monde, fit Mᵐᵉ de Chantenay,
c'est très amusant et fort instructif.

— Seulement, reprit Esther Debray, moi qui n'entends rien aux petits jeux, — ce n'est plus de mon âge,
— ni aux devinettes, j'aurais aimé connaître l'état
civil du Joseph. Pensez donc! un personnage de cette
trempe, c'est si rare par le temps qui court!

— Esther a raison, appuya Chevincourt, je réclame
l'acte de naissance du monsieur.

— Peste! comme vous y allez! s'écria la générale.
Sachez donc que son acte de naissance vaut les meilleurs...

— Parbleu! interrompit des Réaux, puisqu'il re-
monte à Pharaon!

— Qu'il est vicomte pour de bon, continua la Jimenez, et du *Jockey* tout comme Brévannes.

— Ah! le *Jockey* travaillant dans les Josephs, elle est
bien bonne! fit Trélan en éclatant de rire et pas fâché
de « s'amuser un brin » aux dépens du club où il avait
été blackboulé.

— Maintenant, conclut Esther, le tout est de savoir
si Mᵐᵉ Putiphar était jolie, car enfin la Bible se tait
sur ce point, et cependant il importe diantrement à
l'affaire!...

— La madame Putiphar dont je parle est très jolie,
riposta d'un ton vainqueur la Mexicaine. Tout le

monde le lui dit, et, ce qui vaut mieux, elle en est sûre... Mais je vous ai raconté tout ce que je pouvais narrer. Maintenant, cherchez et vous trouverez, comme dit l'Evangile.

— Moi, j'ai trouvé, s'écria Mᵐᵉ de Chantenay, et, ma foi ! c'est très drôle.

Et elle se mit à rire bruyamment tout en agitant son éventail.

Dussac, qu'impatientait visiblement tout ce verbiage, s'approcha d'elle à ce moment. Tout en continuant de rire, la perfide Angèle lui glissa quelques mots à l'oreille. Le vieux garçon pâlit, ses lèvres se contractèrent et ce fut d'une voix sifflante qu'il riposta à son interlocutrice :

— Je m'en doutais !

— Ah bah ! fit impertinemment Mᵐᵉ de Chantenay.

LXVIII

— Angèle, Angèle, venez à mon aide, cria à cet instant mistress Deckson en se débattant contre des Réaux qui cherchait à lui arracher un papier qu'elle tenait à la main, Amaury me pille !

— Me voilà, me voilà, fit Mᵐᵉ de Chantenay, en se levant vivement de son siége pour aller au secours de son amie.

— Mais c'est le vol à l'américaine que vous pratiquez-là, mistress, clamait des Réaux, tout en s'efforçant d'enlever le papier d'une main, tandis que de l'autre il serrait la nerveuse Yankee au poignet, je vais appeler à moi la force armée. Chevincourt, à la rescousse !...

— Chevincourt, ne l'écoutez pas, défendez-moi, criait pendant ce temps l'Américaine.

Avant que le brillant aide de camp du général Bois-Robert eût opté de quel côté il devait se porter, mistress Deckson dégageant son bras, tendit par derrière le papier à Angèle qui le happa d'un tour de main.

— Victoire ! cria Mᵐᵉ de Chantenay, le champ de bataille est à nous !

Et son trophée à la main, elle s'enfuit au bout du salon, pendant que des Réaux, voyant le coup, lâchait son adversaire rayonnante.

Aux cris, au bruit de la lutte, toute l'assistance, la générale en tête, s'était approchée du groupe qui en était venu aux prises et empêchait des Réaux de courir sus à Angèle.

— Qu'y a-t-il ? interrogea la générale, en sa qualité de maîtresse de céans.

— C'est une lettre qu'on vient à l'instant d'apporter pour moi, répliqua des Réaux d'un ton agacé, et dont mistress Deckson s'est emparée au passage sans crier gare.

— J'ai établi le blocus contre la correspondance d'Amaury, répondit l'Américaine sans le moindre embarras. Sous prétexte qu'il est journaliste, il donne beaucoup trop d'occupations, selon moi, à la poste. Cette lettre n'avait qu'à ne pas venir dans mes eaux. Tant pis pour lui !...

— C'est de bonne guerre, fit la générale, et je vous approuve, ma chère. Il faut nous défendre contre ces monstres d'hommes, comme nous pouvons. Ils ne chicanent pas sur les moyens, eux, avec nous !...

Et en prononçant ces mots, la Jimenez lançait de côté un regard qui avait la prétention d'être éloquent à l'adresse de Dussac.

— Je crois bien, appuya la baronne de Livadia, en frôlant de son éventail, sans en avoir l'air, le gardénia qui ornait le revers d'habit de Trélan ; où en serions-

nous si nous avions des scrupules à leur endroit? Ils
n'ont déjà que trop d'atouts dans leurs mains.

— Savez-vous, baronne, que vous êtes terrible, intervint Chevincourt. Ainsi, vous avouez comme cela
que vous faites la carte.

— Au jeu de l'amour et du hasard, oui, mon cher,
riposta vivement la Moscovite, parce que, à ce jeu-là,
c'est la *dame* qui doit l'emporter sur le roi.

— Tu as de la chance, toi, Amaury, disait pendant
ce temps Brévannes, en soupirant, à des Réaux. Ce
n'est pas moi qu'on bloquerait ainsi !...

— Bah ! reprit le journaliste, il ne faut pas s'y fier.
L'amour à l'américaine, c'est beaucoup l'histoire du
chien du jardinier. Il ne veut pas de l'os, mais il s'op-
pose à ce que les autres y touchent... et, en attendant,
ses aboiements sont parfois bien insupportables.

Pendant que s'échangeaient ces propos, Mᵐᵉ de
Chantenay avait — oh! bien par mégarde — déplié le
papier.

Comme elle faisait mine de le rendre à mistress
Deckson :

— Lisez, ma chère amie, dit celle-ci, je vous en
prie.

Angèle dévora la lettre d'un coup-d'œil.

— C'est d'une femme, n'est-ce pas ? interrogea
impétueusement l'Américaine ; je ne m'étais pas
trompée !...

— Ah bien ! oui, répliqua Angèle secouant la tête
et tout en achevant sa lecture ; il s'agit bien de telle
affaire !...

Puis après une pause :

—Le marquis de Fréneuse se bat en duel, continuat-elle à haute voix en s'adressant au cercle qui l'entourait.

— Le marquis de Fréneuse?... s'écria la générale en se précipitant vers elle.

— Oui, tenez plutôt, fit Angèle en passant la lettre à la Jimenez.

La générale saisit le papier avidement, tandis que toutes les oreilles se tendaient vers elle, et que tous les yeux semblaient implorer communication de la missive.

— C'est une lettre du baron Blin à des Réaux, dit-elle.

Et se reprenant :

— Mon cher Amaury, voulez-vous permettre que je lise tout haut ?

— Comment donc ! répondit celui-ci en faisant un geste d'acquiescement de la main, tout en murmurant à Brévannes : il est bien temps maintenant.

— Je lis donc, reprit la générale en assujettissant solennellement le papier devant ses yeux :

« Mon cher des Réaux,

» A l'issue de l'affaire de ce matin, Outrequin nous a dépêché, Faron et moi, auprès du marquis de Fréneuse pour lui demander réparation. On se bat au lever de l'aurore, à l'épée. Les témoins du marquis sont le comte de Préville et M. Maurice d'Aubiac, que vous connaissez. Tout a marché à merveille. Je vous envoie cette nouvelle en primeur pour votre chronique. Si vous en parlez, dites, à propos de moi, un

mot sur mon oncle, le colonel baron Blin, et rappelez
son duel avec un officier des gardes du corps, le comte
de Saint-Sosthènes, qu'il tua sous la Restauration au
bois de Boulogne, après une discussion politique au
café Lemblin. Ce sont là des souvenirs de famille auxquels je tiens.

» Vous serez, bien entendu, le premier auquel j'en-
verrai le compte-rendu de l'affaire de demain.

» Merci d'avance et bien à vous.

» Baron BLIN. »

— A la bonne heure, il ne s'oublie pas le petit baron,
fit Chevincourt en riant; au milieu de ses fonctions de
témoin, il soigne sa gloire. Ce duel devient le plus
beau jour de sa vie !

— Il se fera un parchemin avec le procès-verbal,
remarqua Trélan.

— On en prend où l'on peut, répliqua Esther : les
uns aux croisades, les autres chez l'épicier du coin à
cinq sous la rame.

— Et dire, fit quelqu'un, que les trois quarts des
duels à Paris n'ont pas d'autre but qu'une réclame
devant la galerie. On ne se bat pas pour soi, mais
pour les autres. On est témoin, non pas par dévouement pour son ami, par solidarité pour sa cause,
mais pour avoir son nom au bas du procès-verbal
qu'enregistrent les journaux. Le meilleur moyen de
proscrire le duel serait d'en défendre la publicité. Le
duel *incognito*, personne n'en voudrait plus, sauf ceux-
là seuls qui en font vraiment une affaire d'honneur
et non pas simplement une promenade à main armée.

— C'est égal, des Réaux, insinua Esther Debray, si
vous recevez beaucoup de lettres comme celles-là,
vous devez être ferré sur les petites faiblesses de vos
contemporains.

— Je te crois, répliqua des Réaux; la boîte aux
lettres du chroniqueur, vois-tu, c'est le confessionnal
de la vanité humaine.

— Mais vous êtes un vrai La Rochefaucauld, des
Réaux, répliqua Esther, je ne vous savais pas ce
talent-là.

— Des Réaux, interpella, à cet instant, Mᵐᵉ de
Chantenay, qu'est-ce que ce duel du marquis de Fréneuse? Contez-nous cela vite. Ce doit être palpi-
tant.

— Demandez à Trélan, madame, il vous narrera
l'affaire bien mieux que moi, répondit le journaliste.
Il la connaît à fond. Elle vous intéressera d'ailleurs,
je n'en doute pas, car vos amis, les Durand, y sont
mêlés.

— Comment cela? fit Angèle commençant à se
mordre les lèvres de sa question, ces pauvres gens!...

— Elle est admirable avec ces pauvres gens, remarqua Esther à l'oreille de Dussac, quand on pense que
c'est elle qui les a mis au moins pour un brin sur la
paille!...

— Ah! les Durand sont de l'affaire, intervint la
générale, dont l'œil brillait de plaisir à l'idée de l'émoi
qu'éprouvait sa bonne amie Angèle, feu Hubert aussi?

— Oui, générale, feu Hubert, comme vous dites,
et toute la famille, répliqua des Réaux en appuyant
sur ces derniers mots.

Ce fut au tour de la Mexicaine à se pincer la bouche. Toutefois, voulant faire bonne contenance :

— Trélan, s'écria-t-elle d'un ton nerveux, à vous la pose. Il paraît que vous savez l'histoire du duel de Fréneuse. Nous vous écoutons.

— Mon histoire ne sera pas plus longue que la vôtre, générale, dit Trélan... Un certain Outrequin...

— Outrequin, est-ce qu'on s'appelle Outrequin ? interrompit la Mexicaine, bien décidée à jeter des bâtons dans les rouages du récit de Trélan. C'est un nom à coucher à la porte, cela !...

— Il ne couche pas à toutes, cependant, riposta vivement Trélan, car celui qui le porte a la clef d'or, qui est un fameux passe-partout.

— Ah ! il est riche, votre Outrequin ? fit la générale.

— Je ne sais s'il l'est pour le moment, répliqua Trélan ; mais il le sera à coup sûr, car son père est un millionnaire du tissu.—Au reste, vous connaissez l'article, ma chère Angèle, et M. Dussac, ici présent, peut vous garantir son crédit à la Banque.

— Outrequin ! Outrequin ! murmura à part elle la baronne de Livadia, comme pour se graver ce nom dans la mémoire.

— Donc, le dit Outrequin, continua Trélan, en sa qualité de fils d'un confrère de M. Durand...

— Maison Durand et Cie, mérinos et tissus en gros, scanda la générale.

— Ma bonne Pepa, ne faites donc pas concurrence à l'*Almanach Bottin*, interrompit Mme de Chantenay.

— ... Est fort jaloux des lauriers cueillis par Hubert

Durand, poursuivit Trélan sans avoir l'air d'entendre
les interruptions.

— Les lauriers d'Hubert, ils sont bons à mettre dans
la sauce, s'exclama la générale. N'est-ce pas, Angèle ?

— Vous savez bien, Pepa, que je m'intéresse fort
peu aux affaires du petit Durand, répliqua la Chantenay avec cette férocité qui caractérise les femmes
à l'égard de leurs amants dès qu'elles ont rompu avec
eux. J'ai pu me montrer bienveillante envers lui...

— Elle appelle cela bienveillante, fit à *mezza voce*
Esther ; retenez le mot, des Réaux, c'est un trésor.

— ...A cause de mes anciennes relations avec sa
famille, continuait pendant ce temps Mᵐᵉ de Chantenay
en minaudant ; mais j'en ai été bien mal récompensée.
Il m'a affichée, presque compromise...

— Ne te gêne donc pas, Angèle, interrompit à haute
voix Esther dont ce langage agaçait les vieux nerfs, dis
tout à fait et ajoute encore qu'il t'a violentée, le misérable ! pour te passer aux oreilles les diamants qui
s'y trouvent et que, de plus, il a eu l'effronterie de
payer l'hôtel dont tu es propriétaire...

— Esther ! exclama la Chantenay, pâle de rage et
frémissante.

— Laissez-moi donc tranquille, riposta Esther en
haussant les épaules et en s'exaltant à ses propres paroles. Cela fait pitié vraiment de voir à présent comment vous faites, vous autres, vos liquidations. Vous
ruinez l'actionnaire, et c'est vous qui hurlez : « Au
voleur ! » Un peu plus de logique, que diable ! Plumez
le pigeon, puisque cela lui agrée, mais ne criez pas
pour son compte.

A cette apostrophe de la terrible Esther, toutes les femmes s'étaient levées blêmissantes, crispées, la menace à la bouche :

— De mon temps, poursuivait la Debray sans s'émouvoir, la facture acquittée, on n'insultait pas le client, loin de là ; on avait toujours un sourire pour lui, et venait-il à n'être plus solvable, ma foi ! on lui ouvrait encore crédit — sur son passé. Nous valions mieux que vous, mes très-chères !...

— Es-tu folle, Esther, interrompit la Jimenez, et que signifie cette sortie ?

— Non, ma tête est encore solide et je vous le prouve, mes bonnes, reprit en souriant l'implacable Debray. Ce sont les mères de familles dont vous ruinez les fils, dont vous vous faites un jeu de déshonorer les maris, qui deviennent folles, comme cette pauvre Mᵐᵉ Durand, perdant la tête, en plein bal, en apprenant l'écroulement de sa vieille maison de commerce... Heureusement ces femmes-là trouvent d'honnêtes bras pour les défendre quand on les outrage et des marquis de Fréneuse pour souffleter les Outrequin, lorsque ceux-là les offensent. Je vous demande pardon, Trélan, j'ai conté votre histoire.

— Bien, Esther, fit à voix basse Dussac en lui serrant énergiquement la main...

L'apostrophe d'Esther, d'autant plus sanglante qu'elle partait d'une telle bouche, avait cinglé Angèle de Chantenay et la générale comme un coup de cravache. La rage au cœur, les lèvres contractées, se cramponnant au divan sur lequel elle était assise pour ne pas bondir sur la terrible Debray, Angèle endu-

rait le plus cruel supplice qu'elle eût pu imaginer.
Elle eût préféré un franc coup de poignard à ces pi-
qûres d'épingle mille fois répétées. Sous les paroles
implacables d'Esther elle se tordait comme sous les
brûlures du tortionnaire, rendue moins frémissante
encore par ce qu'elle entendait que par la contenance
qu'elle était obligée de faire. Elle se mordait les lèvres au sang pour ne pas éclater en menaces et en
imprécations, pour ne pas se répandre en fureurs et
en injures. La colère l'étouffait, et ses yeux, ardents
comme des charbons, dardaient sur la Debray des regards qui eussent fait reculer la vieille courtisane si
sa surexcitation lui eût permis de les apercevoir.

Et cependant que dire? que répondre? Il lui fallait
subir en silence et d'un air indifférent l'affront qui lui
était fait, entendre avec une douce sérénité les vérités
cuisantes qui lui cravachaient l'oreille. Si elle bron-
chait, si elle laissait percevoir sa rage, elle était perdue. La galerie qui l'entourait ne perdait pas un des
froncements de son sourcil, une des contractions de
sa bouche. Au moindre oubli d'elle-même, au moindre signe d'impatience, c'eut été un *hallali* général.
Malgré les coups qui pleuvaient sur elle, il ne lui était
pas permis de s'avouer touchée. Elle savait que c'est
surtout dans le milieu où elle se trouvait que se pratique la maxime : malheur aux vaincus! et que là,
une fois à terre, on ne vous fait pas grâce, on vous
foule aux pieds. Elle était obligée de rester debout au
pilori.

Agitant son éventail d'une main frémissante, le
pliant un instant pour le déployer d'un coup sec une

minute après, elle affectait d'accueillir par des ricane-
ments à l'adresse de l'assistance chacune des paroles
de la Debray, ou par de petits hochements de tête
d'approbation ironique.

A ses côtés, la générale, pour être en proie à d'autres sentiments, n'offrait pas un spectacle moins caractéristique. Si elle se savait moins désignée qu'Angèle aux yeux de l'auditoire par la parole vengeresse
d'Esther, elle ne se sentait pas au fond d'elle-même
moins coupable que la maîtresse d'Hubert. Elle
voyait son jeu deviné par la Debray, et souffrait
singulièrement dans son orgueil de lui être livrée
ainsi liée. De temps à autre elle lançait à la dérobée
un regard sur Dussac, et chaque fois son cœur bondis-
sait plus fort dans sa poitrine en voyant de quelle façon méprisante le vieux garçon, pâle, l'air défait, la
dévisageait.

C'est que lui savait quel rôle elle avait joué dans
cette ruine de la famille Durand et dans les conséquences épouvantables qui en étaient résultées. Elle
l'avait fait son complice, sans qu'il connût alors le
mobile qui la poussait dans cette mauvaise action, et
elle percevait les remords qui lui déchiraient l'âme,
sa haine contre elle de l'égarement d'un moment où
elle avait pu amener sa droiture jusque-là invincible.

Au-dessus de tout cela, elle se demandait quelle
femme elle était pour n'avoir pas craint de déchaîner
toutes ces misères sur des êtres innocents et respec-
tables, par ce seul fait qu'ils étaient chers au seul
homme qu'elle eût aimé et pour le punir, lui, de
n'avoir pas compris cet amour, et, se trouvant aussi

misérable que la Chantenay, elle éprouvait un dégoût
d'elle-même qui la terrassait. « Ne suis-je donc qu'une
fille, moi aussi, se disait-elle, capable d'encourir jusqu'au mépris d'une Esther, et suis-je donc tombée à
ce point ? » et cette pensée la mettait à la torture.

Anxieuse de savoir jusqu'où pouvait s'étendre le
mal qu'elle avait entraîné, elle attendit à peine la dernière parole d'Esther pour apostropher Trélan, et d'une
voix haletante d'émotion :

— Est-ce vrai, Trélan, s'écria-t-elle, tout ce que
nous conte là Esther ?

— Mais oui, ma chère amie, répliqua Trélan se mé-
prenant à son émoi. Ghislain se bat avec cet Outrequin, qu'il a corrigé comme il le méritait, en plein
restaurant, pour lui apprendre à ne point insulter à
des malheurs qui ont droit aux respects de tous ; mais
il n'y a point à vous inquiéter, Fréneuse tire admirablement...

— Il s'agit bien du marquis ! interrompit avec feu
la Mexicaine, il a fait son devoir d'honnête homme et
j'en suis heureuse pour lui ; mais ce qui m'émeut et
me trouble, c'est cette famille Durand...

— Et que peuvent vous faire ces Durand, ma chère ?
intervint Mᵐᵉ de Chantenay, avec un rire forcé ; laissez-
leur donc laver leur linge sale entre eux. S'ils ont
besoin de savon, ils en demanderont à Esther !

— Il paraît que vous le trouvez bon, ma mignonne,
mon savon, riposta la Debray de sa voix sifflante, puisque vous le recommandez aux autres. Merci de la réclame. Ne vous gênez pas, vous savez, j'en ai toujours
à votre service !...

Et sans s'inquiéter du sort de sa réplique, elle continua de causer avec Dussac et Chevincourt, qui se trouvaient près d'elle.

— Attrape, Angèle ! murmura Brévannes.

— Ce n'est point volé, fit sur le même ton a baronne de Livadia.

— Je ne vous savais pas le cœur si compatissant, générale, reprenait pendant ce temps Trélan. Le petit animal de votre bras serait-il donc un signe trompeur ?...

— Oh ! trêve de plaisanterie, Trélan, je vous en prie, répliqua la Jimenez, j'ai eu l'occasion d'éprouver les bons offices de M. Durand...

— Comme député ?... interrompit insolemment Angèle.

— Oui, ma chère, comme député — la place comme trésorier était prise — pour mes réclamations au gouvernement...

— Ah ! ses réclamations, je l'attendais là ! fit Angèle à des Réaux qui n'eut pas l'air de l'entendre.

— .... Il s'est montré fort bienveillant, continua la Jimenez s'adressant à Trélan, et je lui en garderai toujours de la gratitude. De plus, Mᵐᵉ Cortez, une de vos amies, Angèle, et le marquis de Fréneuse, m'ont souvent parlé de l'intérieur de la maison Durand. Hubert enfin est un charmant garçon que j'aime beaucoup; il est donc tout naturel que je m'intéressse à ce qui arrive à cette famille. Elle est donc vraiment ruinée ?

— Dame ! on le dit, répliqua Trélan. Breton, qui déjeunait près de moi ce matin, me racontait que le papier de M. Durand avait été refusé à la Banque et qu'il n'avait pu faire face à ses échéances... C'est la faillite, ajoutait-il, certaine, fatale.

— La faillite!... se récria la Mexicaine.

— Oui, et ce qu'il y a de plus terrible, me disait Breton, c'est qu'étant donné le caractère de M. Durand, il y a lieu de craindre qu'il n'affronte pas un pareil coup et qu'il se tue...

— Ce vieillard se tuer! mais c'est horrible ce que vous me dites-là, Trélan, s'écria la Jimenez.

— Que voulez-vous, ma chère amie? Je vous répète ce que m'a raconté Breton, bien plus au courant que moi de toutes ces affaires.

— Entendez-vous, Angèle, reprit la Mexicaine en se tournant toute pâle vers Mᵐᵉ de Chantenay, on craint que le père d'Hubert ne se tue?...

— Ce sont probablement des bruits qu'on fait courir pour attendrir les créanciers, répondit Angèle en jouant de l'éventail, le père Durand est fort malin!... Vous en serez pour vos larmes, vous verrez.

— Vous avez tort de parler ainsi, intervint gravement Dussac; vous ne connaissez pas nos commerçants de vieille roche. Ils sont comme les capitaines de navire : quand ils se voient forcés de se rendre, ils se font sauter la cervelle. C'est leur réhabilitation à eux aussi.

— Tout cela est affreux, s'écria la générale? Et Mᵐᵉ Durand?...

— La pauvre femme, répartit tristement Trélan, en apprenant tout à coup, au bal, hier, la ruine de son mari, est devenue folle; on l'a emportée après une scène de délire déchirante.

— Ah! mon Dieu, les pauvres gens! s'écria la Mexicaïne, le visage bouleversé et avec cette mobilité d'impressions qui caractérise sa race. Vous saviez cela, Dussac ?...

— Je le savais, répliqua celui-ci d'un ton glacial qui frappa au cœur la Jimenez.

Mme de Chantenay, que cette conversation mettait sur la roue et qui craignait que ses échos auprès de l'Effendi ne vinssent à obscurcir le ciel bleu qu'elle rêvait en Egypte, profita de ce que le pseudo-Egyptien s'était approché de son divan pour quitter la place.

— Voudriez-vous voir, murmura-t-elle à l'oreille de l'Effendi, si ma voiture est arrivée ?

L'Egyptien s'empressa d'exécuter la commission. Au bout d'un instant, il revint, rapportant une réponse affirmative à Angèle. Lui prenant alors le bras :

— Adieu, ma chère, dit-elle à la générale en lui tendant le bout des doigts. Je me sens fatiguée et je vous demande la permission de me retirer. Vous savez, je pars demain, ajouta-t-elle en manière d'excuse pour sa retraite prématurée.

La générale se leva et l'accompagna quelques pas dans le salon, puis revint s'asseoir à sa place :

— Où va-t-elle donc ? interrogea Brévannes.

— En Egypte, répliqua la Jimenez.

— Le pays des crocodiles, conclut Chevincourt. Elle va retrouver sa patrie.

Cependant le départ d'Angèle avait donné le signal de la retraite. Peu à peu, en quelques instants, le salon s'était vidé et la générale se trouva seule avec Dussac.

Comme il faisait mine de se retirer à son tour :

— Vous devez bien me mépriser, n'est-ce pas? interrogea anxieuse la Mexicaine.

— Moins que moi-même, répliqua douloureusement Dussac, qui ai eu la faiblesse de servir vos manœuvres.

— Que voulez-vous? j'avais la tête perdue...

— Vous l'aimiez donc bien, ce Roger de Solesmes?

— Quoi! vous saviez?... fit la Mexicaine interdite.

Dussac garda le silence.

— Eh bien! oui, reprit la Jimenez, je l'ai aimé follement, sans bornes..... Vous pouvez en juger à l'abomination de ma vengeance. Mais je me rachèterai, vous verrez, je me ferai pardonner... vous-même...

— Oh! moi, je n'ai pas à vous pardonner, fit Dussac, je n'ai qu'à vous plaindre.

Et saisissant son chapeau, il sortit brusquement du salon comme un homme qui étouffe.

LXIX

Nous avons laissé Durand arrivé, dans sa course inconsciente, jusqu'aux bords de la Seine, l'âme désem-
parée, en proie aux plus sinistres pensées. La nuit
tombait. Les parapets du quai s'enveloppaient d'ombre, tandis que les eaux grises du fleuve se couvraient
de brouillard. Le ciel, d'un bleuissement blanchâtre,
était lourd, sans étoiles, et, au loin, l'horizon s'étei-
gnait dans la brume, piqué et sillonné çà et là par
la lueur des réverbères ou la lumière des voitures.
C'était cette heure mélancolique et funèbre qui pré-
cède les ténèbres de la nuit et où la nature semble
prise de spleen. Le cœur de Durand était bien à l'unisson de cette heure morne et désolée. Le malheureux
fabricant se sentait vaincu, désarmé, sans possibilité
d'aide au monde et il se rendait au destin ; il ne l'accusait pas, il ne lui demandait pas grâce, il s'abimait dans
sa défaite et c'était tout. Accoudé sur le parapet du
quai, il regardait d'un œil fixe, atone, la ville dispa-
raître dans les ténèbres, les ponts se perdre peu à peu

dans la nuit, l'eau couler au-dessous de lui, sourde et opaque. L'ombre le tentait et il s'y enfonçait avec une volupté âcre.

Deux soldats qui l'accostèrent lui demandant l'heure pour rentrer à la caserne, le tirèrent de sa torpeur. Il quitta sa place et se mit à marcher plus avant vers le fleuve tournant le dos à Paris. Ses jambes allaient devant lui et le conduisaient. Une volonté confuse le poussait vers la nuit et il y allait comme sous une influence magnétique. Il descendit ainsi sur la berge. Son pas entrait dans des flaques d'eau, glissait sur les écorces humides des bois de flottage débarqués sur la rive, se heurtait à des pierres sorties du sol çà et là, il n'en prenait point souci et avançait toujours, le regard vague et tâtonnant.

Tantôt, il sentait sa tête vide et comme endormie ; tantôt un éclair lui traversait la cervelle, et là réalité de sa situation lui apparaissait déchirante, désespérée. Il murmurait alors d'une voix mécanique : « C'est fini ! c'est fini !... » tout en continuant à marcher. Il semblait que se rompît petit à petit en lui la chaîne des sensations dans leurs rapports avec les organes, et que son existence se décomplétât. Rien de lui, par instant, ne paraissait plus agir en lui ; son âme, ses sens étaient comme pétrifiés. Les condamnés à mort, au moment du supplice, doivent être ainsi.

Et, au demeurant, qu'était-il, sinon un condamné à mort ? Au fond, il se sentait perdu : la fatalité de la mort l'étreignait de tous côtés, et, sous cette extrémité qu'il percevait inévitable, accablante, contre laquelle même il se trouvait sans forces pour lutter, il éprouvait l'effroyable état d'atonie, de démission de lui-même que nous analysions tout à l'heure.

Cependant, dans une de ces lueurs qui réveillaient son cerveau anéanti, il ramassa toute son énergie et parvint à se reconquérir lui-même ; envisageant son état avec le calme d'un désespoir implacable : « A quoi bon, se dit-il, continuer cette course sans but, sans issue ? A quoi bon prolonger davantage cette agonie morale avant l'autre ? Ce n'est qu'une faiblesse de plus ajoutée à toutes mes faiblesses passées. Il s'agit maintenant de finir et de bien finir, en homme qui mesure la portée de ses fautes et les rachète, en se châtiant lui-même. Si j'en suis arrivé à ce point, c'est moi seul que je dois accuser. Le ciel m'avait comblé de toutes les prospérités : félicités de la famille, joies de la fortune, il m'avait tout donné. Mes entraînements, mes folies, mon orgueil, ont anéanti ses bienfaits. J'ai englouti le patrimoine que je devais laisser aux miens, agrandi et respecté, comme mon père m'avait laissé le sien à moi-même ; j'ai amené à perdre la raison la douce et sainte compagne de ma vie, tant a été surprise la confiance qu'elle avait placée en moi ; par mes ambitions ridicules, par ma vanité stupide, j'ai amené la division à mon foyer, je me suis séparé de l'honnête homme qui avait si noblement pris la main de ma fille dans la sienne. J'ai fait de mon fils un dissipateur et un inutile, alors que je devais l'armer contre la vie et le mettre en état de se protéger lui-même par le travail. Que va-t-il devenir à présent ? Je n'ai semé autour de moi qu'effondrement, désastre, malheur ; ah ! je suis bien coupable, et j'ai mérité mon sort!... Si je lègue la ruine à mes enfants, du moins je ne leur léguerai pas le déshonneur. Non ! non ! ils ne verront pas sur la porte de la maison de leur père une odieuse affiche comme celle de tantôt : *Vente après faillite*... Ma mort sauvera mon nom de cette tache. Et puis on devient clément devant un cercueil. Bien des haines, bien des colères qui me poursuivent impitoyables, moi vivant, se changeront en pitié sur ma tombe, et les mêmes mains qui se dressent pour m'accabler à présent, se tendront secourables à ceux que je laisserai après moi. En les plaignant, on me pardonnera... »

A ce moment le malheureux négociant ne put se défendre contre son émotion, et des larmes montèrent à ses paupières : « Pauvres chers êtres, reprit-il à part lui, quelle douleur je vais leur causer, et combien je souffre autant de la peine à leur faire que de la pensée de les quitter ! Ah ! ceux-là qui, dans la fièvre de leurs ambitions, dans l'entraînement de leurs passions risquent fortune, nom, honneur en se disant que, si le sort tourne, il est bien facile de s'affranchir de la vie, ne songent pas assez qu'ils ne s'appartiennent pas seulement à eux-mêmes, qu'ils appartiennent encore aux affections qu'ils inspirent. La mort pour soi, c'est très simple ; mais la vie de ceux qui restent, qu'en fait-on ?... »

Et tout entier à la tristesse de ses regrets, sans force pour maîtriser son attendrissement, il se laissa aller à ses larmes. Une grosse pierre faisait saillie en forme de borne sur la berge, il s'y affaissa et, la tête plongée entre les mains, il se mit à se souvenir et à

songer. Qui dira les étreintes, les souffrances, le dé-
bat épouvantable de ce calvaire, ce duel désespéré de
l'homme qui se sent plein de vie, entouré de mille liens
qui le rattachent à l'existence et à qui son honneur
fait une loi de mourir? Qui dira les luttes atroces de
son instinct qui le pousse à la vie et de sa raison qui
le condamne à la mort, ses révoltes terribles, les sou-
bresauts de son souvenir? Durand endura ce supplice et but jusqu'à la lie ce calice. Il revécut en pensée toutes les phases heureuses de son existence ; sa
jeunesse dans la fabrique de son père, son mariage
avec celle que son cœur avait choisie, qui avait été
pendant plus de vingt-cinq ans sa compagne fidèle et
dévouée, et qu'il allait faire veuve après l'avoir faite
folle, alors qu'il se promettait à ses côtés une vieil-
lesse si douce et si paisible. Il évoqua dans sa mémoire
l'enfance d'Hubert et d'Alice, ses joies paternelles en
les voyant grandir en intelligence et en grâce. Mille
et un petits incidents de cette enfance qu'il croyait à
jamais enfouis dans l'oubli, lui revenaient à l'esprit,
lui amenant aux yeux autant de larmes. « Penser que
je les aime tant, se disait-il, que j'étais si fier de les
faire riches, enviés et que je les quitte en leur laissant
la ruine et l'humiliation... » Et son âme se tordait de
remords désespérés. Puis il songeait à l'avenir qu'il
avait rêvé au sein de sa famille agrandie et prospère ;
il se rappelait la mort de son père dans sa maison,
entouré de tous les siens, considéré, regretté par tous
et il la comparait à la fin sinistre qui l'attendait, seul,
la nuit, roulé par les flots fangeux de la rivière, sans
un dernier baiser de ceux qui l'aimaient, sans un der-

nier regard sur ceux qui avaient été son bonheur et sa consolation ici-bas. « Voilà donc où l'on en peut arriver, se répétait-il, où j'en suis venu, moi qui me croyais si fort et si invulnérable! On se dit que ces choses-là ne se voient que dans les drames et dans les romans, et l'on va toujours de l'avant, fermant les yeux à la raison et à la vérité, s'étourdissant, se grisant. — Un soir, on se trouve au bord de l'abîme et quand on s'aperçoit que le sol manque, il n'est plus temps de se retenir, et l'on roule jusqu'au fond. Du moins, je ne veux pas mourir sans que ces chers êtres que je quitte sachent qu'ils ont eu ma suprême pensée et que le sentiment de sauver leur honneur, — bien plus que de m'épargner à moi-même la misère et la honte, — me donne la force de déserter la vie... » Et tirant de son portefeuille une feuille de papier et un crayon, il se tourna du côté de la lueur que lui envoyait un réverbère placé sur le quai et se mit à écrire :

« Mes chers enfants,

» Je n'ai pas le courage de survivre à mon désastre, et puisque je n'ai pas su garder ma maison debout, je m'ensevelis sous ses décombres. Au moins si tout est perdu, mon nom restera sauf. On aura pitié de mon cercueil et on ne frappera pas ma mémoire d'un opprobre posthume. Je compte d'ailleurs sur vous, mes enfants, pour que, le temps aidant, vos efforts et vos sacrifices satisfassent à tous les intérêts que je laisse en souffrance.

» Hubert a une grande tâche à remplir : retrempé

par le malheur, instruit par mon exemple, j'espère
qu'il n'y faillira pas et qu'il se montrera à la hauteur
de la mission qui lui incombe. Quant à toi, ma bonne
Alice, pardonne-moi, fais-moi pardonner par ton mari,
à qui cette lettre prouvera que, malgré des dissenti-
ments que je regrette, il a une de mes pensées et des
plus chères à l'heure de ma mort, le coup que je te
porte, et apprends à tes enfants, que j'aime tant, à ne
pas trop chasser de leur souvenir leur vieux papa
Durand.

» Je te lègue ta digne et sainte mère à qui je remercie presque le ciel d'avoir ôté la raison, si en même
temps elle ne doit plus sentir le chagrin de ma perte.
Aime-la pour nous deux, ma chérie; ne la quitte plus
jamais, sois pour elle ce qu'elle fut pour toi dans ton
enfance, la compagne attentive, infatigable de toutes
les heures, de toutes les minutes. Si jamais le souvenir lui revient, — hélas ! j'ai presque peur de le souhaiter ! — dis-lui qu'elle est toute ma pensée dans la
mort, comme elle le fut dans la vie, et que son nom
est le dernier mot que prononceront mes lèvres... »

Le malheureux fabricant était en train de tracer ces
lignes d'une main tremblante, quand il se sentit frapper sur l'épaule :

— Que faites-vous donc là, monsieur Durand ? lui
dit en même temps une voix qui le fit retourner, ef-
faré.

— Comment, c'est vous, Monsieur de Fréneuse ?
balbutia Durand en se levant, tout honteux, comme
s'il avait été pris en faute.

— Comme vous voyez, riposta le marquis qui avait deviné d'un coup d'œil la situation et jouait la jovialité pour mieux tromper le négociant. Est-ce que je vous dérange? Que diable pouviez-vous griffonner-là, en pareil lieu et à pareille heure?...

— Oh! rien, rien, fit Durand hésitant et en cherchant à dissimuler le papier qu'il écrivait derrière son dos, à la façon d'un écolier que son maître surprend en possession de quelque caricature, quelques notes que je prenais pour mes affaires, de peur qu'elles ne m'échappent à l'esprit demain...

— Vous avez une drôle de façon de choisir vos tables à écrire, riposta Fréneuse; enfin, des goûts et des écritoires il ne faut pas discuter!... Mais savez-vous bien, mon cher monsieur Durand, que vous êtes un original de première force, et quel noctambule!... La berge de Grenelle à cette heure, il n'y a que les poètes et les fous pour en faire un lieu de promenade!...

— Mais vous-même, monsieur le marquis?... avança le fabricant d'une voix tremblante.

— Moi, d'abord je suis un fou, riposta Ghislain, et la preuve c'est que pouvant admirablement dîner à Paris, chez Bignon, je suis allé manger du chat sauté dans une gargotte à Meudon; de plus, au lieu de revenir tranquillement par le chemin de fer, j'ai pris le bateau mouche rempli d'une société qui sentait si bon, qu'au Point-du-Jour je n'y ai plus tenu et je me suis mis à descendre à pied le quai pour me purifier à l'air pur de la Seine... Au fond, je ne regrette ni mon gargottinage ni mon bateau, puisque je leur dois de vous rencontrer et de rentrer à Paris en votre compagnie.

Et tout en parlant, le marquis prit le bras du fabricant, le passa sous le sien et se mit à entraîner son compagnon du côté de la ville. Durand se laissait faire avec la docilité mécanique de ces malades si détachés de l'existence qu'ils n'ont même plus le sentiment de la volonté. Le marquis sentait bien que son arrivée avait empêché quelque épouvantable catastrophe, mais il ignorait si depuis la visite que lui avait faite Hubert dans l'après-midi, il n'était point survenu dans la famille Durand un événement qui avait pu amener le malheureux fabricant à cette extrémité, et il résolut de s'en enquérir de la façon la plus détournée possible.

— J'ai vu Hubert dans la journée, se hasarda-t-il à dire en toute occurence.

— Ah! vous avez vu Hubert? interrompit vivement le fabricant.

— Oui, fit le marquis, pour qui cette interruption fut un trait de lumière, il est venu m'apporter les bonnes nouvelles de chez vous. Il sait combien je m'intéresse à tout ce qui le touche, lui et les siens.

— Quelles bonnes nouvelles? interrogea Durand en serrant malgré lui dans son émotion le bras de Ghislain.

— Mais, dame! le rétablissement de Mme Durand de la crise où elle était tombée cette nuit au bal, et qui pouvait avoir des conséquences si funestes...

— Que dites-vous là, monsieur le marquis. Ma femme rétablie!... mais je l'ai quittée ce matin et son état semblait sans espoir...

— J'ai vu Hubert à quatre heures, concluez, répli-

qua Ghislain : entre votre départ de chez vous et sa
visite chez moi, il y avait le temps pour vingt résur-
rections. Ces crises-là disparaissent d'ailleurs le plus
souvent avec la même rapidité qu'elles se produisent.

— Ah! mon Dieu! s'écria le fabricant quittant le
bras du marquis et se mettant à précipiter le pas
comme s'il retrouvait soudain une vigueur nouvelle.
Au moins, vous ne me trompez pas? fit-il à Ghislain
d'un air inquiet et en s'arrêtant au bout d'une seconde.

— Pourquoi vous tromperais-je, mon bon monsieur
Durand? répliqua d'un ton calme le marquis.

— Excusez-moi, fit Durand. Mais, voyez-vous, depuis quelques jours, j'éprouve tant de malheurs, je
suis frappé de tels coups qu'il ne me semble plus
qu'aucune joie puisse être faite pour moi.

— Et pourquoi donc? riposta le marquis avec résolution. Le ciel peut éprouver parfois de braves gens
comme vous, mais il ne les abandonne jamais tout à
fait. Au moment où ils s'y attendent le moins, crac!
tout change! Regardez, par exemple, ce qui arrive
pour votre maison...

— Pour ma maison?...

— Oh! je suis sans doute indiscret et j'ai l'air de me
mêler de ce qui ne me regarde pas, mais puisque le
mot est parti, tant pis, j'achève la phrase... Il est certain, dis-je, que votre maison a subi un instant une
alerte qui a pu vous alarmer au dernier point, peut-
être même vous faire croire tout perdu. Eh bien! aujourd'hui voilà l'horizon dégagé et l'avenir qui se re-
montre souriant pour elle...

— Ah! c'est mal, monsieur le marquis, fit douloureusement le fabricant, de vous railler ainsi d'un vieillard malheureux... Vous savez bien que la maison Durand est perdue et qu'il n'y a plus d'espoir pour elle.

Et un tel accablement se peignit sur le visage du fabricant, tandis qu'il prononçait ces paroles, que Ghislain en eut l'âme saisie.

— Regardez-moi bien, fit-il en saisissant les deux mains du vieillard et en se plaçant en face de lui. Ai-je la mine d'un homme qui raille?

— Monsieur le marquis, voulut protester le fabricant.

— Eh bien! continua Fréneuse, sans avoir l'air de l'entendre, je vous engage ma foi de gentilhomme que la maison Durand est sauvée...

— Mais comment est-ce possible? balbutia le fabricant, troublé malgré lui par l'assurance de Ghislain, vous vous abusez, on vous aura trompé...

— Je ne m'abuse point et je sais, reprit le marquis avec le même ton d'autorité. La maison Durand a été sauvée, vous dis-je, sauvée à votre insu, comme je viens de vous sauver moi-même, malgré votre intention bien arrêtée, des flots noirs de la Seine. Il y a une Providence, mon bon ami, ailleurs qu'au cinquième acte des drames de l'Ambigu.

Et hélant un fiacre qui passait en ce moment sur le quai, le marquis y poussa M. Durand. Tout en montant à ses côtés, il jeta au cocher l'adresse de la maison du fabricant au boulevard Haussmann. Durand, l'âme bouleversée, la tête traversée par mille pensées contraires, laissait le marquis agir à sa guise et semblait ne rien voir, ne rien entendre.

Cependant la voiture s'était ébranlée et roulait cahotée sur le pavé du quai. Rompant tout d'un coup le silence qu'il gardait depuis un instant, et comme reprenant le cours d'une idée :

— Vous avez raison, monsieur le marquis, dit Durand, il y a une Providence. Sans elle, sans vous, où serais-je maintenant?... Car vous l'avez bien jugé, j'allais me tuer, las, dégoûté, désespéré. Cette lettre que vous m'avez trouvé en train d'écrire était un mot d'adieu à mes enfants. Tenez, ajouta le fabricant en tirant le morceau de papier tout chiffonné de sa poche, comme sous le coup d'une inspiration soudaine, prenez-la, cette lettre, je vous la donne; quelque jour, plus tard, vous la montrerez à Hubert, elle lui sera une leçon puissante. Il verra avec elle jusqu'où on peut arriver lorsqu'on faiblit, lorsqu'on s'abandonne en chemin. Mais jusque-là pas un mot sur ce dont vous avez été témoin, sur le lieu sinistre de notre rencontre, je vous en prie sur l'honneur. J'ai ma vanité de chef de famille, vous comprenez, je ne veux pas qu'on me soupçonne d'avoir voulu déserter la lutte.

— Dites plutôt, mon bon ami, répliqua le marquis, en prenant la lettre, que votre brave cœur ne veut pas qu'on pleure autour de vous sur les souffrances que vous avez dû endurer pour songer à cette extrémité. Le suicide en lui-même est peu de chose, en effet: ce sont les mille morts qui le précèdent qui sont terribles, et celles-là, vous les avez éprouvées !... Mais ne parlons pas de ces tristes heures, vous voilà debout, Dieu merci! le passé à la hotte; — à l'avenir, maintenant!...

Tout en causant ainsi, Durand s'épanchant auprès du marquis et Ghislain cherchant à le réconforter, les deux hommes étaient arrivés au boulevard Haussmann. Son compagnon descendu de voiture, le marquis par discrétion voulut faire mine de continuer sa route et de le laisser seul monter chez lui.

— Non pas! non pas! fit doucement Durand en l'entraînant. Je vous emmène à mon tour. On doit être inquiet là haut, vous plaiderez ma cause.

Et tous deux arrivèrent ainsi à l'appartement, amenant ces bruits confus de pas et de voix qui avaient interrompu Alice au moment où elle allait confier ses inquiétudes à sa mère. Au mouvement produit dans l'antichambre, la vicomtesse s'était élancée hors de la chambre comme une folle. A la vue de son père debout, sain et sauf, — alors qu'elle s'imaginait qu'on le rapportait peut-être blessé, mort, — elle s'élança dans ses bras, et le tenant étroitement enlacé :

— Ah! mon père! mon père! murmura-t-elle en éclatant en sanglots et sans pouvoir proférer d'autres paroles.

Durand, non moins ému, mêlait ses larmes aux siennes tout en lui rendant ses caresses.

— Et moi? fit alors Mme Durand en apparaissant sur le seuil de la porte, est-ce qu'on m'oublie?...

Durand, attirant d'un bras sa femme contre sa poitrine, tandis que de l'autre il soutenait sa fille chancelante, embrassa longuement la compagne de sa vie en murmurant :

— Mon Dieu! je vous bénis!...

LXX

Tout Parisien endurci qu'il était, le marquis de Fréneuse se sentit remué au fond de l'âme par cette scène touchante :

— Décidément, se dit-il, j'ai bien fait d'aller dîner à Meudon : voilà qui compense joliment mon gibier de gouttière! mais quelle étrange chose que la destinée! Un wagon de chemin de fer au lieu du bateau-mouche, et dire que c'en était fait de ce brave homme!...

Tout entières à Durand, Alice et sa mère, pendant les premiers épanchements, n'avaient point fait attention au marquis, mais une fois un peu revenues de leur émotion, elles se tournèrent vers lui, et la vicomtesse prenant la parole :

— Ah! mon cher marquis, dit-elle en lui tendant la main et avec un sourire à travers ses larmes, que vous devez nous trouver oublieuses, vous qui nous apportez un si grand bonheur; mais le spectacle que vous avez sous les yeux doit vous dire bien mieux que de longues phrases l'étendue de notre reconnaissance !

Et s'approchant plus près de Ghislain, tandis que Mᵐᵉ Durand s'empressait encore auprès de son mari :

— Où l'avez-vous trouvé? murmura-t-elle à voix basse, et que s'est-il passé ?...

— Je vous conterai cela plus tard, répondit le marquis en lui pressant affectueusement les mains. Pour le moment il est à vous, bien à vous, et ne fera plus l'école buissonnière, je vous le promets.

— Mais, ma chère enfant, intervint à ce moment Mᵐᵉ Durand, moins saisie que sa fille par le retour du fabricant, car elle ignorait les raisons qui rendaient son absence si redoutable et avait ajouté complétement foi à la fable contée par Hubert, fais donc entrer monsieur le marquis au salon. Il voudra bien accepter, j'espère, une tasse de thé avec nous. Je crois vraiment qu'aujourd'hui nous avons tous perdu la tête ici !

— Oui, oui, une tasse de thé, appuya Durand, ouvrant devant Ghislain la porte du salon, monsieur le marquis, cela fera couler votre gibelotte !

— Ma foi ! j'accepte de bon cœur, fit Ghislain en passant avec la vicomtesse et le fabricant dans le salon, pendant que Mᵐᵉ Durand allait donner des ordres.

— Mon bon père, dit Alice en s'asseyant sur un canapé, venez vous asseoir là près de moi, que je vous gronde tout à mon aise pour nous avoir inquiétés ainsi...

Et tandis que Durand prenait place à côté d'elle :

— Pourquoi, méchant que tu es, continua-t-elle en

le câlinant à la façon de l'enfant qui veut avoir une
friandise, m'avoir caché tes embarras, tes peines, n'a-
voir pas eu confiance en moi, qui t'aime tant... Ah !
que c'est mal!... Heureusement Hubert, Gaudinard
m'ont tout appris...

— Comment, mon enfant, interrompit Durand dont
le visage redevint tout à coup songeur, tu es au courant...

— De tout, de tout, accentua Alice, et grâce à Dieu !
le mal est réparé. La raison sociale Durand et Cᵉ n'a
pas cessé de faire figure sur la place.

— Ah ! maintenant je comprends, monsieur le marquis, fit Durand, ce que vous me disiez il y a une
heure. Tu t'es sacrifiée pour moi, mon enfant, mais en
l'absence de ton mari, ce que tu as pu faire n'est pas
légal...

— Tu te trompes, mon père, s'écria vivement la
vicomtesse, je suis fille de négociant, moi, je connais
les affaires ! J'étais munie de la procuration de mon
seigneur et maître. Voici la pièce !...

Et tirant de son corsage le télégramme expédié par
le vicomte, elle le présenta à son père.

Durand le lut d'un coup d'œil :

— Ton mari est digne de toi, ma chérie, dit-il en
rendant à sa fille la précieuse dépêche, mais je n'ac-
cepterai pas votre sacrifice à tous deux. Ce serait votre ruine, celle de vos enfants. Je ne consentirai jamais à me racheter à ce prix...

— Tu t'égares, reprit vivement la vicomtesse ; ce
n'est pas toi seulement qu'il s'agit de racheter, mais
nous tous. N'y eût-il plus qu'un louis dans la poche du

vicomte de Solesmes qu'il appartiendrait aux créanciers du grand-père de son fils. Ce sont nos propres comptes que nous acquittons.

— Vous l'entendez, monsieur le marquis, s'écria Durand.

— Et je l'approuve, riposta avec vivacité Fréneuse. Je suis pour la solidarité de la famille, moi. L'illustration de l'un rejaillissant sur les autres, pourquoi la fortune de celui-ci ne viendrait-elle pas au secours de ceux-là ? La famille ne doit pas être autre chose qu'une société d'aide mutuelle : aide de l'influence, aide de l'argent, chacun prêtant la perche à sa portée aux autres.

— Mais vous oubliez qu'il s'agit de millions, s'exclama Durand.

— S'il s'agissait de vingt-cinq sous, répliqua le marquis avec sa gaieté ordinaire, je pense bien que nous ne discuterions pas la facture !...

— Rien qu'avec Bernard, poursuivit le fabricant, il y a plus de deux millions engagés.

— Oh! s'empressa de protester Alice, tu n'es plus le débiteur de Bernard ; il y a eu substitution et tu peux être tranquille, ton créancier actuel ne te poursuivra pas.

— Qu'est-ce que cela signifie ?... interrogea Durand. Je ne dois plus rien à Bernard ?

— Plus un traître sol, mais tu lui dois ton amitié, car il s'est conduit en homme plein de cœur, répondit la vicomtesse.

— Le cœur de Bernard ! ne put s'empêcher de dire Fréneuse. Décidément Talleyrand a raison, tout arrive !...

La vicomtesse feignit de n'avoir pas entendu l'exclamation, car elle trouvait inutile d'initier le marquis à
la combinaison trouvée par Bernard.

Elle craignait que son père ne prît ombrage de la
générosité du financier et ne s'en trouvât par trop hu-
milié devant Ghislain ; et puis, par des raisons qui s'ex-
pliquent aisément pour ceux qui connaissent les motifs auxquels Bernard avait obéi, elle ne désirait pas
s'étendre davantage sur ce terrain. Il y avait là des
dessous qu'elle entendait conserver à jamais par de-
vers elle.

— Et quel est ce créancier modèle en place de
Bernard? interrogea Durand avec un sourire con-
traint.

— Ceci est mon secret. En affaires, tu le sais, il
faut de la discrétion. Ah! monsieur mon père, continua la vicomtesse en lui faisant un petit geste de re-
proche avec le doigt, vous avez oublié le proverbe :
« Bon chien chasse de race. » Nourrie dans le doit et
avoir, j'en connais les détours. Je me suis fait votre
liquidateur et bon gré mal gré il faudra bien que vous
acceptiez mes additions.

— Sous bénéfice d'inventaire, avança Durand, en
dépit de lui-même et de ses arrière-pensées sous le
charme de la vicomtesse et commençant à reprendre
confiance.

— Non pas, non pas, fit Alice. Il me faut le pouvoir
absolu et sans contrôle.

— Un vraie régence, alors.

— C'est cela, monsieur Durand, abdiquez, intervint Fréneuse. L'abdication est de tradition dans les

moments de révolution, et puisque l'émeute gronde votre porte, écoutez sa voix...

Sous la forme badine qui caractérisait son esprit et qui lui permettait en ce moment de ménager les susceptibilités de Durand, Fréneuse donnait là un conseil qu'il devinait être le fond de la pensée d'Alice.

— Je verrai, répondit Durand, que la bonne humeur du marquis finissait par gagner, et passant, par un de ces contrastes si fréquents dans la vie, de son désespoir d'il y a quelques heures à une sorte de contentement intérieur, j'en conférerai avec Peloux et Gaudinard, mes conseillers intimes, et selon leur avis...

— Oh ! pas de conditions, interrompit Alice.

— Ambitieuse, va ! fit le fabricant en embrassant sa fille.

— Voilà le thé, annonça en ce moment la bonne Mᵐᵉ Durand en précédant un domestique qui portait un plateau. La vicomtesse, Fréneuse s'empressèrent autour d'elle pour disposer le service sur la table. Tandis qu'elle versait le thé, le marquis murmura à voix basse à Alice :

— Vous êtes plus tranquille, maintenant ?

— Oui, oui, lui répondit celle-ci sur le même ton. Je redoutais beaucoup ces premières explications avec mon père. J'avais peur qu'elles ne tournassent encore au drame, et il y en a eu déjà bien assez dans cette maison. Grâce à vous, elles ont pris la tournure que je souhaitais, et je ne saurais vous dire combien je vous en suis reconnaissante.

Pendant ce temps Durand dévorait un morceau de baba qu'il arrosait de temps à autre d'une gorgée de thé :

— Prenez-donc du gâteau, monsieur le marquis, dit-il à Fréneuse entre deux bouchées, il est excellent et nous avons si mal dîné!

— Le fait est que Saint-Denis, intervint Mᵐᵉ Durand, n'est guère un endroit favorable.

— Il paraît, murmura Fréneuse, que j'ai dû aller à Saint-Denis, ce sera bon à retenir.

— Je vous suis bien obligée, monsieur le marquis, dit alors Mᵐᵉ Durand en s'approchant de Ghislain, d'avoir tenu à accompagner mon mari jusqu'ici pour prendre de mes nouvelles. Dieu merci! il y a eu plus de peur que de mal, mais ma pauvre Alice a été si bouleversée qu'elle ne pouvait pas se remettre de toute la soirée. Elle était nerveuse, agitée au point de m'inquiéter à son tour. De là, l'explosion de larmes à l'arrivée de son père dont vous avez été témoin. Vous nous excuserez, n'est-ce pas, nous nous aimons tous tant ici! Votre bonne présence a ramené un peu de gaieté dans la maison et j'en suis bien charmée pour ma chère fille; elle est déjà toute transformée.

Tandis que le marquis, en réponse à ces paroles de Mᵐᵉ Durand, se confondait en amabilités et en compliments, la porte du salon s'ouvrit brusquement, livrant passage à Hubert et à Gaudinard revenant pâles, fatigués, le visage défait, de leur course vaine à la recherche de Durand.

— Il est là, il est là, fit vivement Alice à voix basse en s'empressant au-devant d'eux, M. de Fréneuse l'a ramené ici. Il paraît qu'il s'est passé quelque chose de terrible. Ma mère ne sait rien : l'histoire de Saint-Denis a fait merveille. Pas un mot donc sur nos inquiétudes.

Et en leur faisant cette recommandation, elle se posait un doigt sur la bouche pour l'appuyer encore davantage.

Au bruit de leur entrée Durand avait lâché sa tasse de thé et s'était retourné.

— Ah ! monsieur, s'écria Gaudinard incapable de maîtriser son émotion et en se précipitant vers lui, vous voilà donc enfin !... Quelle soirée, mon Dieu ! quelle soirée !... J'étais plus mort que vif !... Mais vous voilà, je respire !

— Remettez-vous, mon bon Gaudinard, lui répondit doucement Durand en lui tendant la main, remettez-vous. Je suis bien heureux moi-même de vous revoir...

— Une tasse de thé, monsieur Gaudinard ? intervint en ce moment Alice, qui craignait que l'expansion du caissier ne vint à donner l'éveil à sa mère.

— De grand cœur, madame, répondit Gaudinard sans trop faire attention à la demande de la vicomtesse et continuant à tourner tout joyeux autour de Durand. Monsieur le marquis, continua-t-il en s'avançant vers Ghislain, voulez-vous me faire un grand plaisir ?

— Quoi donc, mon brave monsieur Gaudinard, dit Fréneuse.

— Laissez-moi vous serrer la main ?...

— Bien volontiers, fit le marquis en riant et en tendant la main au caissier.

— Ah ! c'est que voyez-vous, une main qui paie mes échéances et qui sauve mon patron, il n'y en a pas une au monde que je sois fier de presser comme elle !...

— Gaudinard ! fit entre ses dents le marquis en regardant sévèrement le caissier.

Mais celui-ci, grisé par sa joie, était hors d'état de comprendre ce que le marquis lui voulait. Il était lancé, et nul n'avait plus le pouvoir d'arrêter sa langue.

— Que voulez-vous dire, Gaudinard ? interrogeait pendant ce temps Durand d'un ton de commandement.

— Ma foi ! monsieur ! je dis que vous devez une double chandelle à M. le marquis, car sans son aide nous aurions eu beau faire, Peloux et moi, tout serait flambé aujourd'hui. C'est lui qui nous a mis à même de solder à temps chez le banquier cette diable d'échéance qui a manqué de tout faire chavirer...

— Comment, monsieur le marquis, vous avez fait cela, interrompit Durand, et vous ne m'en disiez rien.

— Gaudinard est un bavard, dit avec vivacité Fréneuse, qui ferait bien mieux de ne pas vous fatiguer, ce soir, de toutes ces confidences !

— Ah ! Ghislain ! s'empressa alors Hubert en se jetant sur les mains du marquis ; tiens, il faut que je t'embrasse !

Et emporté par son mouvement, le jeune homme le fit comme il le disait.

— Grand fou ! disait pendant ce temps-là le marquis.

— Et moi, monsieur, dit alors Durand ému jusqu'aux larmes, comment pourrai-je jamais reconnaître tant de générosité et de délicatesse.

— En obéissant de point en point à la bonne petite fée qui est là-bas, répondit le marquis en désignant du regard Alice très affairée auprès de sa mère, en train d'empêcher Mᵐᵉ Durand d'entendre tous nos bavardages.

— Je vous le promets, fit Durand avec un élan qui partait du cœur.

— Quant à vous, monsieur Gaudinard, continua le marquis, je vous emmène avec moi. Je veux vou gronder à l'aise en chemin.

— Quand donc vous verrai-je? interrogea Durand, pendant que Fréneuse prenait congé de Mᵐᵉ Durand.

— J'irai demain à votre magasin, si vous le permettez, dit Ghislain.

— Nous y serons, mon cher marquis, nous y serons, lui répondit Alice de sa voix douce. Et elle lui ajouta presque à l'oreille : j'ai tout entendu; vous n'êtes pas encore quitte avec moi.

LXXI

Cependant, vaincue par la fatigue, Mᵐᵉ Durand s'é-
tait retirée dans sa chambre. Resté seul avec ses enfants, Durand se fit expliquer en détail par Alice les
arrangements préliminaires pris avec ses créanciers,
et les moyens pour sauver une situation qu'il croyait
à jamais perdue.

Si rien n'est éloquent comme les chiffres, rien n'est
aussi plus fastidieux. Nous ne suivrons donc pas le fabricant dans cette conversation de doit et avoir avec la
vicomtesse et Hubert. Ce sont les sentiments que nous
nous efforçons de peindre sous l'influence de certaines
phases de la vie contemporaine. Le tableau tracé à
grands traits, notre cadre est rempli et nous n'aurions
que faire de le surcharger de détails.

Pendant cet entretien Durand était partagé entre deux
impressions : la satisfaction du salut de sa maison et de
son honneur d'une part, de l'autre l'amertume d'avoir
été vaincu dans la lutte et d'être obligé de s'en remettre à ses lieutenants du soin d'assurer sa retraite. Le

cœur humain est ainsi fait que l'honneur, la vie même rachetés au prix d'un froissement d'amour-propre semblént durement payés. Le fabricant qui, au moment d'être englouti dans l'abîme, se trouvait, comme par un miracle, replacé sur ses pieds, ne se sentait pas complétement heureux. Il en voulait presque aux broussailles qui s'étaient élevées par enchantement pour l'empêcher de rouler au fond. Il aurait voulu se sauver lui-même et que rien ne vînt attester sa chute.

Au demeurant, Durand était puni par où il avait péché, dans cette vanité folle et caractéristique, d'ailleurs, chez la plupart des gens de son milieu — qui l'avait entraîné à toutes ses fautes et à tous ses désastres. Lui qui écrasait autrefois de ses millions « fruits de sa capacité » les parchemins de cet inutile Roger de Solesmes, il était obligé de lui confesser à présent son incurie et d'en accepter de ses mains la réparation. C'était le vicomte qui faisait les frais de ces millions dont il était si fier et qui payait d'une partie de sa fortune ses ambitions. Le coup était rude pour son orgueil et la leçon cuisante.

Aussi ce ne fut pas sans révolte, sans protestation, sans retours amers sur lui-même que Durand se rendit aux raisons que lui exposait Alice chaudement appuyée par Hubert, pour ne pas entraver l'œuvre si bien commencée par la vicomtesse aidée de Gaudinard et de Peloux. Il ne fallut rien moins que l'admiration dont il était saisi pour le dévouement de sa fille, l'affection profonde qu'il portait aux siens, le sentiment qui flattait sa vieille probité commerciale « de ne point faire perdre un sou sur la place » pour triom-

pher de ses répugnances. Le fond excellent, en somme,
de sa nature finit par l'emporter sur les travers de son
esprit. Il fut convenu que profitant de la bonne volonté
de ses créanciers, débarrassé de la créance de Bernard
et surtout de l'hostilité si redoutable qu'elle comportait, il ferait, lui-même, à l'aide des fonds mis à sa
disposition par Roger de Solesmes, la liquidation de sa
maison. Son expérience des affaires devait en faciliter
la solution et amener dans un délai bien plus bref et
avec bien moins de peines un résultat favorable.

Son navire remis à flots, pour parler le langage
même du fabricant, Durand marquait l'intention d'en
reprendre le gouvernail, promettant bien cette fois
d'éviter les écueils contre lesquels il était venu échouer.
Grâce au crédit nouveau qu'il ne manquerait pas de
trouver, il se remettrait aux affaires et ne tarderait pas
à acquitter les obligations contractées envers son gendre. Alice n'eut garde de s'opposer à ces projets d'a-
venir, qui, tout en offrant pour le moment une fiche
de consolation à l'amour-propre du fabricant, le pous-
saient encore à se prêter au but qu'elle souhaitait.

Cette perspective ravissait d'ailleurs Durand en lui
emplissant le cœur d'espérance, et ce fut le visage fort
ragaillardi qu'il leva la séance en disant à la vicomtesse :

— Il n'y a rien de bon comme une tempête pour
retremper l'activité d'un équipage. Tu verras, fillette,
quelle belle campagne je vais faire ! Voilà Hubert
maintenant garé des voitures et devenu homme : il va
m'être un second précieux. Peloux, Gaudinard, éprouvés au feu feront merveille. Sur ma foi ! je suis bien

capable de laisser un plus gras héritage encore qu'avant.

C'est l'imagination caressée par ces rêves dorés, que Durand dormit cette nuit-là qu'il avait manqué de bien peu de passer englouti dans les eaux de la Seine.

Le lendemain matin, de bonne heure, Mme Durand manifesta l'intention de repartir pour Maisons-Laffitte où elle avait hâte de retrouver ses petits-enfants et se remettrait tout à fait de la crise qu'elle avait essuyée. Alice s'empressa d'appuyer ce projet, qui lui laissait le champ libre auprès de son père. Elle prétexta pour rester à Paris diverses courses à faire, des achats à effectuer et pria sa mère de la remplacer auprès de ses enfants. Toute la famille devait, d'ailleurs, se retrouver à dîner à Maisons.

Mme Durand partie :

— On nous attend au magasin, dit Alice à son père ; il faut nous dépêcher ; j'ai hâte de te voir réinstallé dans ton bureau comme devant.

— Comment, tu nous accompagnes, Hubert et moi, rue du Sentier ? interrogea Durand.

— Parfaitement. Ne suis-je pas dans les affaires, moi aussi ?

Et nouant à la hâte les brides de son chapeau, elle prit le bras de son père en lui disant gaiement :

— A la boutique, monsieur mon patron, à la boutique !...

Ce ne fût pas sans une sourde émotion que Durand aborda le seuil de cette vieille maison du quartier du Sentier, qu'il croyait bien ne jamais plus franchir. Son cœur battait à lui rompre la poitrine en montant l'escalier qui conduisait aux magasins. Il s'attendait à les

trouver déserts, les comptoirs abandonnés et recou-
verts de leur housse de serge verte ; Peloux et Gaudinard tristement assis dans le bureau. Qu'elle ne fut
pas sa surprise, en voyant à leur poste, occupés, affairés, ces mêmes employés qu'il avait congédiés avec
tant de noblesse, pendant que les garçons de magasin
allaient, venaient, emportant les pièces d'étoffes, recevant les ordres d'emballage des commis ! Peloux,
Gaudinard, occupaient chacun leur place habituelle,
attentifs à leur besogne respective. Rien n'était changé
dans l'aspect de la maison : c'était le même mouvement qu'à ses heures les plus prospères. Il semblait
que rien ne se fût passé depuis la veille de ce fameux
jour où le malheureux fabricant avait donné l'ordre à
son fils d'aller déposer son bilan au tribunal de commerce.

Durand en éprouva un tel saisissement qu'il faillit
chanceler sur lui-même. Sa surprise l'étouffait, le serrait à la gorge. Ce fut avec peine et suffoqué par l'é-
motion qu'il put murmurer entre ses dents :

— Ah ! messieurs... ah ! messieurs... et ses yeux
mouillés de larmes, il étreignit avec effusion les mains
de Gaudinard et de Peloux venus au-devant de lui.

Ces deux fidèles serviteurs n'étaient pas moins émus
que leur patron, leur chef vénéré. Ils semblaient se
demander tous s'ils étaient bien dans la réalité et s'ils
n'allaient pas tout d'un coup se réveiller de leur rêve.
Ils avaient éprouvé une telle alerte que, malgré eux,
leur cœur était toujours sur le qui-vive.

Cette première impression un peu passée, grâce à
l'intervention délicate d'Alice, Durand apprit que Pe-

loux et Gaudinard, réunissant leurs ressources et celles de quelques amis, s'étaient entendus pour prolonger jusqu'à la dernière extrémité l'existence de la maison, comptant sur quelque secours providentiel, — la Providence, disons-le, s'appelait quelque peu dans leur pensée Roger de Solesmes, — pour la tirer de la passe qu'elle traversait. Considérant Durand comme malade où en voyage, ils avaient pris toute la direction de la maison, et fait appel au zèle des employés pour qu'ils restassent jusqu'à nouvel informé à leur poste malgré le congé qui leur avait été signifié. Tous, avec un chaleureux empressement, avaient adhéré à cette proposition, reportant même à la caisse le mois de traitement que le fabricant leur avait fait compter comme indemnité. On s'était donc remis à la besogne avec entrain et courage comme si rien ne s'était passé.

Cependant les échéances marchaient menaçantes. Une circonstance vint sur ce point aider Gaudinard et Peloux à se tirer d'affaires, au moins le temps voulu pour laisser se produire l'intervention qu'ils espéraient.

On se rappelle le jour néfaste où le pauvre Gaudinard avait dû déclarer sa caisse vide au garçon de la Banque venu en recette. Comme il sortait de la maison Durand, ce garçon se croisa sur le trottoir avec le marquis de Fréneuse. Il avait été autrefois au service du marquis, et c'était lui qui par ses relations avec Dussac l'avait fait entrer à la Banque. Ghislain, depuis la rencontre de Durand chez Ducornet, n'avait plus de doute sur la triste situation du fabricant. Des bruits recueillis çà et là auprès de Bernard chez la Jimenez lui avaient appris qu'une catastrophe était imminente, et il venait justement trouver Hubert au magasin, ne l'ayant pas rencontré depuis quelques jours au club, à leurs endroits de réunion habituelle pour lui offrir non-seulement sa bourse, mais encore son intervention auprès de Roger de Solesmes en faveur de Durand.

— Est-ce que vous venez de toucher à la maison Durand ? dit Fréneuse mû par un secret pressentiment en abordant le garçon de recette qui l'avait salué.

— Hélas ! monsieur le marquis, répondit cet homme, vous me voyez encore tout bouleversé... C'est à ne pas croire, une si bonne maison !... On ne m'a pas payé !...

— Et l'échéance se monte ? interrogea Fréneuse.

— Voilà la fiche, monsieur le marquis, fit le garçon de recette en présentant les effets à Ghislain.

— C'est bien, dit celui-ci après s'être rendu compte du chiffre total, donnez-moi votre bulletin, je ferai payer à la Banque. Surtout, pas un mot, n'est-ce pas, à personne de ce qui s'est passé... Il y aura eu absence imprévue du caissier, un accident.

— Monsieur le marquis peut être tranquille, riposta le garçon de recette, j'ai tout compris.

Le marquis avait réalisé dans les opérations de Bourse préconisées par Bernard, des bénéfices considérables. Il avait en ce moment en caisse une grosse somme disponible. Son premier soin fut de dégager à la Banque les effets de Durand, puis il fit prévenir Gaudinard, qu'il connaissait un peu pour l'avoir rencontré deux ou trois fois avec Hubert, de passer immédiatement chez lui. Là il informa le caissier de ce qu'il avait fait et lui remit en main les valeurs payées.

On juge l'étonnement et la joie de Gaudinard. Puis, après informations minutieuses données par le caissier de l'état de la maison et des ressources que l'avenir pouvait lui apporter, il l'encouragea dans son dessein arrêtée avec Peloux, de prolonger la lutte, et mit à sa disposition une certaine somme pour faire face aux premiers besoins. Seulement il lui recommanda le plus grand secret auprès de Durand sur son intervention.

— Dans l'état d'accablement où il est, conclut-il, Durand est un homme fini. Il faut le sauver malgré lui et à son insu : au total, éviter la faillite pour arriver à une simple liquidation.

C'est ce programme ponctuellement suivi dont Durand goûtait tout le fruit à sa rentrée dans ses magasins.

— Qui m'eût dit, fit-il en apprenant les services rendus par Ghislain, lorsque je vis pour la première fois à l'Opéra-Comique, tu te rappelles, Alice, le marquis de Fréneuse, que ce personnage qui m'agaçait tant me sauverait un jour l'honneur et, ajouta-t-il tout bas, la vie. Allez donc parler après cela des pressentiments!..

. . . .

Cependant dans la journée Durand avait reçu à son bureau la plupart de ses créanciers, convoqués sans perdre de temps par Gaudinard. La vicomtesse avait tenu à assister son père dans ses entrevues et sa présence n'avait pas peu contribué à aplanir les difficultés et à ramener à Durand les bonnes volontés. Chacun était touché de voir cette jeune femme, à qui son mariage avait donné une des plus vieilles couronnes de la noblesse de France, se rappeler son origine au moment où le malheur frappait la maison de son père et ne pas dédaigner de payer de sa personne à ses côtés.

Certes, on trouvait beau qu'elle sacrifiât sans compter, une fortune pour acquitter le passif de son père dont directement elle n'était en rien solidaire, mais ce qui frappait encore davantage et suscitait au plus haut point l'admiration, c'était de la rencontrer dans ces bureaux de la rue du Sentier, parlant affaires comme si elle eût tenu les livres toute sa vie, accueillante, énergique, ayant la réplique à tout et se montrant infatigable de dévouement et de générosité.

— Décidément c'est une rude femme cette petite vicomtesse de Solesmes, fit au cercle du Pont-de-Fer un des plus forts créanciers de Durand, sortant d'une entrevue avec le fabricant et Alice, et, ma foi! la rue du Sentier peut être fière d'en avoir doté le faubourg Saint-Germain. Une fille pareille vaut toutes les fortunes!...

C'était absolument l'avis de Durand, radieux et réconforté.

LXXII

Quand, au sortir des bureaux de la rue du Sentier, la vicomtesse revint à l'appartement du boulevard Haussmann, avant d'aller retrouver sa mère à Maisons-Laffitte, on lui apprit qu'une dame, venue déjà à deux reprises dans la journée pour la voir, l'attendait depuis près d'une heure dans le salon.

La vicomtesse s'empressa d'aller rejoindre sa visiteuse. Elle trouva assise sur l'un des coins de feu, auprès de la cheminée, une femme de taille élégante entièrement vêtue de noir et dont une sorte de mantille de dentelle noire très épaisse, à moitié rabattue sur la figure, dissimulait les traits. A son entrée dans le salon, la visiteuse se leva vivement et, rejetant de côté son voile, laissa voir un visage d'une beauté sculpturale, mais pâli et comme contracté par le chagrin :

— C'est à la vicomtesse de Solesmes que j'ai l'honneur de parler, demanda-t-elle aussitôt, sans donner le temps à Alice de dire un mot et avec un léger accent qui semblait un charme de plus dans sa personne.

— Oui, madame, répondit Alice en l'invitant d'un signe obligeant à se rasseoir tout en prenant elle-même un siége, on m'a dit que vous étiez ici déjà depuis longtemps et j'ai mille regrets...

— Oh! je sais combien vous avez de soucis et de soins à remplir en ce moment, interrompit la visiteuse et il faut toute la puissance du motif qui m'amène pour m'avoir décidée à vous importuner... Je suis la générale Jimenez.

— Ah! fit Alice, un peu émue au souvenir de la lettre qu'elle avait reçue signée de ce nom et de l'alerte qu'il lui rappelait.

— Mon nom n'est point fait pour m'attirer votre sympathie, je le sais, reprit immédiatement la Mexicaine, mais tel qu'il vous paraisse, je ne suis pas femme à m'approcher de vous sous un masque, et j'ai préféré vous affronter ici ma honte au front...

— Madame, que dites-vous?... protesta Alice toute troublée de l'étrange début de cet entretien.

— Oui, ma honte au front, continua la générale accentuant le mot, tandis qu'une légère rougeur montait à sa peau mate... Je suis une misérable, madame, car c'est moi qui suis cause de l'état où se trouve votre père...

Alice comprenait de moins en moins et se demandait si elle n'avait pas affaire à quelque cervelle égarée, à quelque malheureuse sous le coup d'une idée fixe.

— Si votre père s'était tué, poursuivait pendant ce temps la Jimenez, comme j'en ai eu l'épouvante atroce toute la nuit, je ne lui aurais pas survécu. Je me serais

tiré un coup de revolver et tout eût été dit... Dieu
merci ! il vit et le mal peut encore se réparer. Que
voulez-vous ? J'avais la tête perdue d'amour, de haine,
de jalousie ! Dans mon pays on ne raisonne pas ; on
va où la passion vous mène, et ma passion à moi c'é-
tait de frapper tout ce que vous aimiez, tout ce qui
vous aimait.

— Je ne vous comprends pas, madame, fit Alice
dont le cœur se serra malgré elle devant le ton enfié-
vré, sauvage, que la Mexicaine mettait dans ses paroles.

— Parce que vous ne savez pas que j'ai aimé, comme
une damnée doit aimer en enfer, le même homme que
vous...

— Que moi ! fit Alice, en se reculant sur son siége
comme si elle avait reçu un coup en pleine poitrine.

— Oui, reprit la générale. Seulement, vous l'aimez
bien, vous, tandis que moi... moi, continua-t-elle en
se touchant le front, je l'aimais mal. Ah ! il m'a bien
punie, et vous pouvez être fière de votre empire sur
lui : il est entier, invincible ! J'ai été dédaignée, ou-
tragée, traitée comme celles dont le cœur s'offre pour
qu'on le paie !... Alors, ivre de vengeance et de rage,
j'ai saisi le premier moyen d'assouvir ma colère qui se
présentait à moi, et pour vous atteindre, pour l'atteindre lui aussi, j'ai donné le coup de sape décisif dans la
maison de votre père. Comprenez-vous, maintenant ?...

Alice, toute troublée de cet aveu et de la façon entrecoupée, étrange, avec laquelle il était fait, ne trouvait pas un mot pour répondre. Cependant, faisant un
effort sur elle-même :

— Oui, madame, je comprends, dit-elle ; mais pourquoi revenir sur ce triste passé et...

— Vous en entretenir, n'est-ce pas ? continua la générale coupant la parole à Alice et achevant sa pensée. Parce que, madame, je me suis juré de racheter le mal que j'ai fait et que vous seule pouvez m'y aider, vous seule assez généreuse, assez clémente pour accueillir ma prière et peut-être m'absoudre.

— Oh ! je ne vous en veux pas, dit Alice de cette voix angélique qui lui gagnait tous les cœurs.

— Daignez donc m'écouter, reprit la Jimenez. Le salut de votre père n'est aujourd'hui qu'une question d'argent. J'ai causé sa ruine. Je vous supplie d'accepter pour lui toute ma fortune, — je la lui dois...

Et comme Alice interdite par cette offre gardait le silence ;

— Ah ! oui, je vois, fit la Mexicaine en hochant la tête, vous m'estimez de ces femmes dont l'argent même fait peur...

— Je vous assure, madame, protesta Alice émue malgré elle du ton de la Mexicaine.

— ... Mon offre vous semble une offense et l'accepter vous paraîtrait une souillure. Hélas ! je devais m'y attendre, et voilà le châtiment. Le bien même fait par certaines mains devient suspect. Mais les créanciers de votre père auront moins de scrupules, continua avec emportement la générale, j'irai les trouver, je leur avouerai ma faute, je leur jetterai en échange mes billets de banque, et nous verrons s'ils les repousseront, eux !...

— Vous vous méprenez, je vous jure, madame, répliqua la vicomtesse. Je suis sensible comme il convient à votre proposition, mais mon père n'a plus de créanciers. L'aide de ses enfants a suffi à le libérer...

— Alors, c'est vous, c'est vos enfants, interrompit la Jimenez, que mon criminel égarement a ruinés... Malheureuse que je suis !...

Et en prononçant ces paroles, la générale se plongeait la tête entre les mains.

Alice eut pitié de ce désespoir que dans sa brutalité elle sentait sincère. Se levant de son siége et s'approchant de la Mexicaine, elle lui saisit doucement la main :

— Calmez-vous, madame, lui murmura-t-elle, vous ne savez pas le mal que me font vos larmes... Personne ne pleure et n'a plus à pleurer ici, je vous l'assure. Où vous supposez la ruine, il n'y a qu'affermissement et espérance. L'avenir se lève sur notre maison plus pur, plus rayonnant, plus enviable que jamais. L'orage qui a passé dessus doit plutôt être béni, car sous les menaces de la foudre, il a rassemblé tous les membres de la famille autour de leur chef et resserré des liens prêts à être brisés. En tremblant les uns pour les autres, les cœurs se sont rapprochés et les mains se sont ressaisies. Aujourd'hui nous sommes forts car nous sommes tous unis. Quel que soit le mal que vous ayez cru nous faire, à moi, aux miens, je l'oublie pour ne me souvenir que de votre élan généreux et de la noblesse de votre démarche.

Et, tout en parlant, la vicomtesse pressait la main de la Jimenez dans la sienne. Pendant ce temps, la gé-

nérale s'était laissée glisser de son siége aux genoux
de la douce créature et lui baisant les doigts :

— Ah! madame, balbutia-t-elle au milieu de ses
larmes, que vous êtes grande et bonne, et comme ma
place est bien là, à vos pieds...

— Que faites-vous? dit Alice éperdue, relevez-vous,
je vous en prie!...

— Non, non, implora la générale; laissez-moi à
cette place, celle du repentir et du pardon... Vous ne
saurez jamais le bien que vous me faites. . . . .

. . . .

Quelques jours après cette scène, des affiches pla-
cardées sur les murs de Paris, des annonces multipliées dans les journaux annonçaient la vente *pour
cause de départ* du riche mobilier, des tableaux et des
objets d'art garnissant l'hôtel de la générale X..., rue
Lord-Byron. Les reporters se taillaient de la copie à
l'envi avec la description de cet hôtel, de ses festons
et de ses astragales, et les équipages les plus aristocratiques se pressaient devant sa grille. Mille bruits couraient dans Paris sur la cause de cette vente subite,
attirant encore l'émulation des visiteurs et faisant trot-
ter les imaginations. Comme de juste, son véritable
motif restait inconnu. Seuls, Alice et peut-être Dussac,
auraient pu le révéler.

On sait l'émoi que suscite toujours à Paris une vente
de ce genre. Les mondaines pour de vrai, même les
plus haut placées, sont toujours avides de connaître
par quel moyen les irrégulières leur arrachent leurs
maris, leurs frères, leurs fils et profitent avec empressement de l'occasion pour aller inspecter l'antre de

ces jolis monstres qui leur font si grand peur. Elles tâtent les tentures, discutent la valeur des objets d'art, lorgnent toutes ces richesses qui devaient être leur seul apanage et qu'elles se sont laissé ravir. C'est une sorte d'inventaire qu'elles font de leur bien passé à l'ennemi.

La vente de la générale Jimenez ne faillit pas à cette règle et fut un véritable événement parisien. Des Réaux lui consacra une chronique et Mᵐᵉ de Mirville acquit à un prix fou le hamac aux fils de mille couleurs suspendu dans un des coins de la serre de la Mexicaine.

— Mais enfin, disait Breton à Esther Debray, pendant que les enchères se succédaient, sait-on ce qu'elle est devenue?...

— Est-ce qu'on sait jamais quelque chose avec ces sauvagesses, répondit la Debray? Un beau matin elle a disparu sans crier gare, après avoir vendu tout en bloc à Ducornet qui revend aujourd'hui, — une belle spéculation par parenthèse! — elle sera retournée dans ses *pampas*.

— Moi, je crois à un désespoir d'amour, fit la baronne de Livadia.

— L'histoire du petit serpent, insinua Brévannes.

— Peut-être, reprit Esther.

— Et Dussac? dit Des Réaux, il doit être au courant, lui?

— Dussac est muet, répondit Esther, comme il convient à un grand inquisiteur du saint-office de la Banque. Et puis il était en froid depuis quelque temps avec la générale.

— Drôle de femme, tout de même! conclut Breton.

— Certes, riposta Brévannes. Fréneuse lui a fait la cour pendant trois mois, et quelle cour! il ne parlait ni plus ni moins que d'épouser; jugez, s'il avait la tête perdue!... Quand elle a estimé sa cervelle suffisamment déménagée: « Si nous essayions un garni, lui a-t-elle dit, avant de nous mettre dans nos meubles? » et il a été fait comme elle avait proposé. Ce n'est pas Ghislain qui s'en plaint aujourd'hui.

— Vous verrez qu'elle nous reviendra quelque soir archiduchesse ou dompteuse du cirque : ces vies-là ne connaissent que les extrêmes.

Ils ignoraient que la Jimenez en quittant Paris, en laissant là tout d'un coup hôtel et relations, avait simplement réalisé un programme dont elle avait fait part à Alice dans l'entrevue esquissée plus haut :

— « Je suis écœurée de Paris, avait-elle dit à la vicomtesse, de ses dessous et de ses petites infamies à l'ombre. J'aime mieux les grands crimes au grand jour de mon pays. Je ne me sens pas encore assez pourrie pour la civilisation à outrance de l'Europe. Il y a trop de boue sous le satin de Paris. Je me suis laissé éclabousser une fois : je vais me sécher au soleil torride de ma patrie... »

Avant de quitter la France, la générale envoya sous enveloppe dix billets de mille francs à Alice avec ces seuls mots : Pour les pauvres de Solesmes. — Une reconnaissance éternelle.

La vicomtesse reconnut à l'écriture — la même que celle du fameux billet qui l'avait si fort bouleversée autrefois à Solesmes — la main d'où provenait cet envoi. Elle ne crut même pas devoir refuser ce don fait d'une façon si délicate et l'employa à la fondation d'un lit dans la crèche qu'elle avait établie à Solesmes en y attachant le nom de *Pepa*.

La générale, comme elle l'avait promis à Dussac, était rachetée. L'influence d'Alice purifiait tout autour d'elle.

ÉPILOGUE

Trente-six heures après avoir reçu le télégramme d'Alice, qui l'avait trouvé à Vienne, le vicomte de Solesmes arrivait à Maisons-Laffitte. Durand était encore, à ce moment, à Paris. Ce fut la vicomtesse, revenue à la campagne quelques instants auparavant, qu'il rencontra la première. Elle était alors dans le jardin, occupée à faire jouer ses enfants. Entendant sonner à la grille, elle se dirigea de ce côté et se trouva face à face avec son mari.

L'entrevue fut touchante, empreinte de l'émotion la plus douce et la plus noble; l'échange exquis de deux âmes à l'unisson du vrai et du bien.

— Me pardonneras-tu, disait Alice, les peines et les revers que j'apporte à ta vie?

— Pauvre ange ! répondait Roger en la serrant con-

tre son cœur, ces épreuves grandiraient encore mon
affection si elle pouvait s'étendre davantage.

— Mais ne regretteras-tu jamais cette fortune que
je te prends pour la donner aux miens?

— En t'accordant à moi ils m'ont doté d'un bien tel,
que, tout ce que je possède passé en leurs mains, je
resterais encore leur débiteur.

C'est dans ces épanchements délicieux, dans cet assaut d'affectueuses délicatesses que se passa le premier entretien de Roger et d'Alice. Au détour d'une
allée ils trouvèrent Mᵐᵉ Durand qui, apprenant par
un jardinier l'arrivée du vicomte, s'empressait de venir
à sa rencontre, suivie de ses petits-enfants. Roger embrassa filialement la pauvre femme rayonnante de
bonheur et d'espérance.

— On ne se quittera plus, n'est-ce pas, maintenant,
disait-elle, en pressant avec effusion la main de Roger : d'abord s'il fallait que je ne voie plus mes chers
babies tous les jours, ajouta-t-elle, en couvrant d'un regard qui était tout un poëme de tendresse maternelle,
Henri et Marie-Thérèse, je crois que j'en mourrais!...

— Non, chère mère, nous ne nous quitterons plus,
répondit Roger en lui rendant son étreinte, soyez
tranquille!... Il n'y aura désormais qu'un seul foyer
pour tous!...

— A la bonne heure ! je ne souhaitais rien d'autre
en ce monde! Et Durand. continuait-elle, comme il va
être content de votre retour. Il n'osait pas vous rappeler à lui, mais quelle envie au fond du cœur il en
avait!... Si vous saviez comme il me parlait souvent
de vous, comme votre place vide à sa table lui pesait

à l'âme!... Allez, vous pouvez nous aimer un peu, car on vous aime bien ici!... Vous le trouverez d'ailleurs bien changé, — à son avantage. Plus de politique! Il a abandonné cette maudite Chambre qui lui tournait la tête, il s'est remis tout entier aux affaires, et le voilà redevenu comme autrefois. Vous ferez bon ménage, je vous le promets!...

Cependant Mme Durand avait laissé Roger, qui n'avait pas même pris le temps de changer de costume, en arrivant à Paris, avant de se rendre à Maisons-Laffitte, seul avec Alice. La vicomtesse le mit alors au courant de ce qui s'était passé pour Durand, des épreuves traversées, des négociations entamées avec les créanciers, en un mot l'initia complètement aux différentes phases de l'existence menée par elle et les siens depuis quelques jours.

Elle fit ce récit simplement, comme elle faisait toutes choses, s'effaçant le plus qu'elle pouvait elle-même pour mettre en relief les souffrances de son père, son courage, son abnégation : elle exalta le dévouement d'Hubert, de Gaudinard, de Peloux, la générosité de Fréneuse, n'oubliant personne, si ce n'est elle. Elle plaida avec ce tact exquis qui vient du cœur les circonstances atténuantes en faveur de Durand. Elle le montra la proie d'entraînements irrésistibles, la victime d'événements qui tenaient de la fatalité. Elle l'avoua vaincu, mais de telle sorte que la défaite le grandissait peut-être plus encore que la victoire.

Roger l'écoutait ému, attendri, partageant tour à tour toutes les impressions que traduisait sa douce parole. Quand elle eut fini :

II   18

— Viens que je t'embrasse, s'écria-t-il en l'attirant
contre lui dans un élan chaleureux, tu es une vraie
Solesmes, et je suis glorieux de toi !...

Malgré ses efforts à se rejeter dans l'ombre, Roger
avait senti le rôle sublime joué par sa femme au milieu de toutes ces épreuves, et il en était saisi d'admiration et d'orgueil.

Au récit d'Alice manquait pourtant un incident, celui qui concernait Bernard. Elle avait bien conté sa visite au financier mais sans y insister, et se contentant
d'en indiquer le résultat favorable seulement au point
de vue de Durand. Cependant ce restant de mystère
lui pesait à l'esprit, et profitant des bonnes dispositions où elle voyait son mari, elle résolut de s'en affranchir. Sans rien révéler des causes qui avaient pu
amener le repentir du financier, — c'était désormais
un secret d'honneur entre elle et Bernard, — elle lui
raconta la façon si ingénieuse dont le financier avait
abandonné sa créance sur Durand. A cet aveu, Roger
eut d'abord un froncement de sourcil qui, tout léger
qu'il fût, n'échappa point à Alice, mais son visage se
rassérénant presque aussitôt :

— Bah ! s'écria-t-il, le procédé est plein de délicatesse et on ne peut vraiment pas en vouloir à quelqu'un d'un tel acte de générosité ! Bernard nous a des
obligations, — ce chemin de fer dont je lui ai facilité
l'exécution lui vaut plus de deux millions, — il aura
voulu s'acquitter sans froisser ton père. Remettre purement et simplement sa créance à M. Durand eût pu
lui paraître une aumône. On devient facilement sus-
ceptible quand on est malheureux. Il a pris un détour

charmant en sa noblesse. Tu as bien fait d'accepter ;
à ta place j'aurais fait de même. J'irai le remercier
avec Henri.

Deux millions ! murmurait pendant ce temps Alice,
respirant plus à l'aise, comme si un poids lui eût été
enlevé de la poitrine.

Cependant Durand était rentré à son tour à Maisons-Laffitte. Roger l'aborda avec un tel élan de cœur,
une telle sincérité d'affection, que le pauvre homme
n'y résista pas. Le serrant étroitement dans ses bras,
il se mit à fondre en larmes, et ses pleurs en dirent
plus long à Roger que toutes les phrases qu'il aurait
pu faire.

— Et Hubert? interrogea le vicomte, quand l'émotion du premier moment eut été un peu apaisée.

— Il est resté à Paris, répondit Durand, pour attendre des nouvelles du marquis de Fréneuse, qui a dû
se battre aujourd'hui en duel...

— Le marquis se bat en duel? interrompit Alice
tout émue.

— Oui, fit tristement Durand, avec le fils d'Outrequin, et pour nous, ajouta-t-il en serrant la main de
sa fille.

Et il se mit à conter à Alice et à Roger les motifs
de la rencontre de Fréneuse avec Outrequin, qu'il
avait appris seulement deux heures auparavant par
Hubert accouru, tout bouleversé, auprès de lui aux
magasins.

— Brave Ghislain ! fit Roger. Quel cœur loyal et
chevaleresque ! Dieu ne peut manquer d'être avec lui.

— Oh! cela certes, reprit vivement Alice et mentalement aussitôt elle adressa une fervente prière au ciel pour le marquis.

Peu d'instants après Hubert faisait irruption dans la maison le visage rayonnant, la joie dans les yeux :

— Bonne nouvelle! bonne nouvelle! s'écria-t-il sans saluer personne. D'Aubiac a envoyé une dépêche au club. Fréneuse est sauf. Outrequin est légèrement touché. Le marquis est déjà en route pour Paris.

— La première personne qu'il y verra demain sera moi, dit Roger.

Et se tournant vers Hubert qui ne l'avait pas aperçu dans le trouble de son entrée :

— Allons, grand fou, est-ce qu'on ne reconnaît plus son beau-frère?

Et il l'étreignit chaleureusement.

— Et les Outrequin, que disent-ils? interrogea Durand une fois rassuré sur le sort de Fréneuse.

— Il paraît d'abord, répondit Hubert, qu'Outrequin père était comme un fou furieux, il allait, venait, criant au guet-apens tendu par le marquis à son fils, invoquant la magistrature et la gendarmerie à son aide, maudissant le duel à grand renfort d'adjectifs et promettant à Fréneuse les châtiments les plus terribles. Dès qu'il a appris l'issue de la rencontre, il s'est calmé tout à coup comme par enchantement. Son fils est passé pour lui à l'état de héros. Il a déclaré qu'il était ravi qu'il eût fait son devoir et se fût conduit en gentilhomme.—Outrequin n'y va pas de main morte dans ses satisfactions personnelles. Bref, le coup d'épée de son fils est « le plus beau jour de sa vie, » et tout gonflé de sa gloire il a pris l'express pour la Belgique afin de rejoindre son héritier.

— Ce qui veut dire, conclut Durand, que, tout crocodile qu'il est, Outrequin adore sa progéniture, et qu'il est à la fois enchanté que son fils se soit tiré de cette affaire à si bon compte, et tout fier qu'il ait croisé l'épée avec un marquis. Oh! ces bourgeois!...

Roger ne put s'empêcher de sourire dans sa moustache de cette dernière exclamation du fabricant.

Au courant, comme sa femme l'avait mis, du moindre détail des affaires de Durand, Roger s'entendit aisément avec son beau-père sur la marche à suivre pour terminer la campagne si bien commencée. Sa présence à Paris simplifiait d'ailleurs bien des choses. La maison Rothschild mit immédiatement à sa disposition tous les fonds dont il pouvait avoir besoin. Les bons comptes font les bons amis. En un tour de main ou si vous voulez de paie, Durand se retrouva le gros fabricant comme devant, entouré, choyé, porté aux nues.

Son navire remis à flots et son pavillon plus au vent que jamais, Durand voulait reprendre la mer.

— Non pas, non pas, lui dit Roger. Plus d'affaires, mon cher beau-père, plus de politique! Je quitte la Chambre qui m'éloigne de mon village sans que j'y puisse rien pour ma patrie; un grain de sable ne peut faire digue contre l'Océan. Vous m'aiderez à planter mes choux à Solesmes : cela ne rapporte pas des millions, mais cela ne donne pas d'émotions. Tu viendras avec nous, Hubert?

— Merci, mon bon Roger, fit celui-ci. Le colonel La Neuville va retrouver ses spahis en Afrique. Je m'engage et je pars avec lui. J'ai aussi à prendre ma revanche, moi!...

Paris, 1873, 1876.

FIN.

Paris. — Imp. Balitout, Questroy et Cⁱᵉ, 7, rue Baillif.

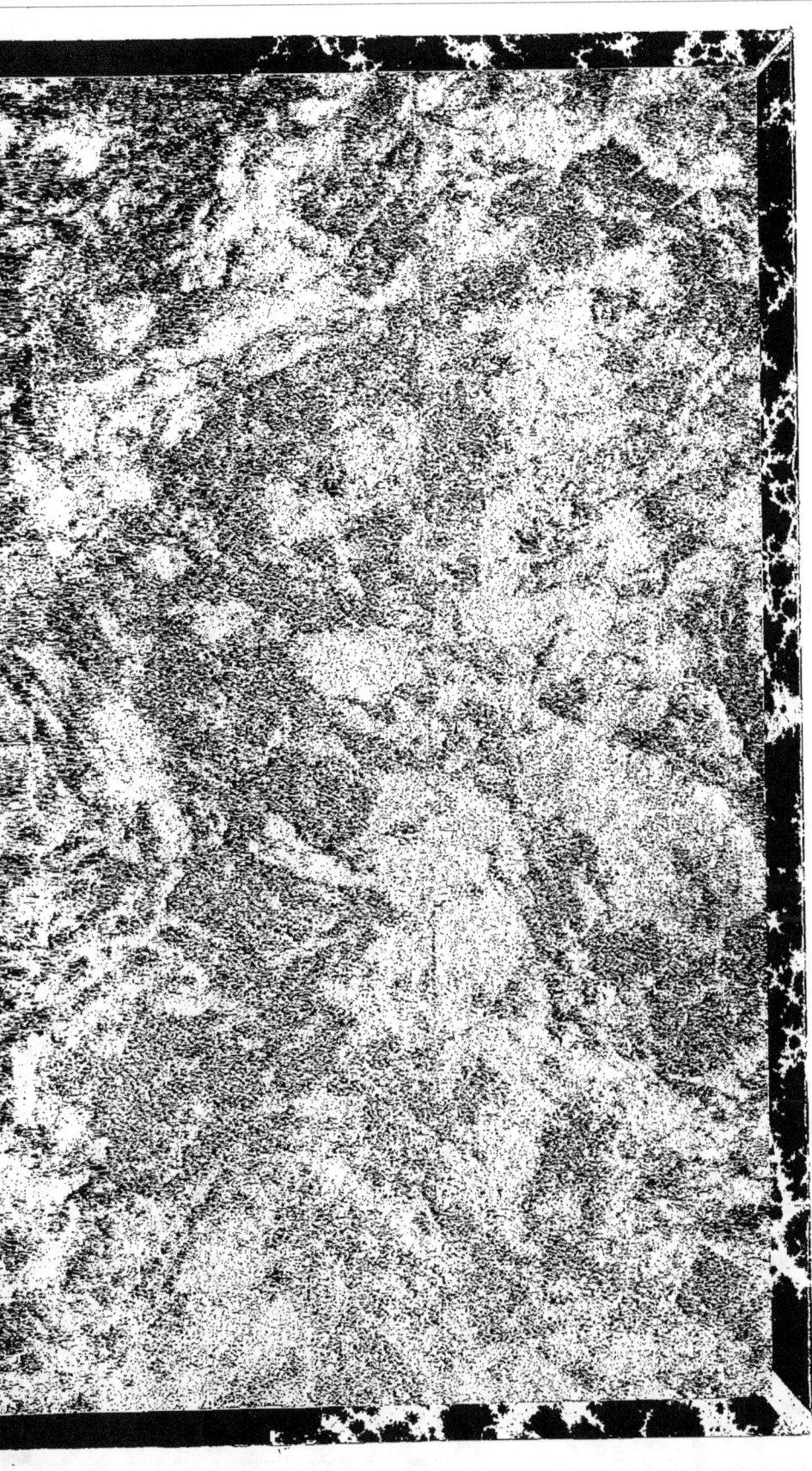

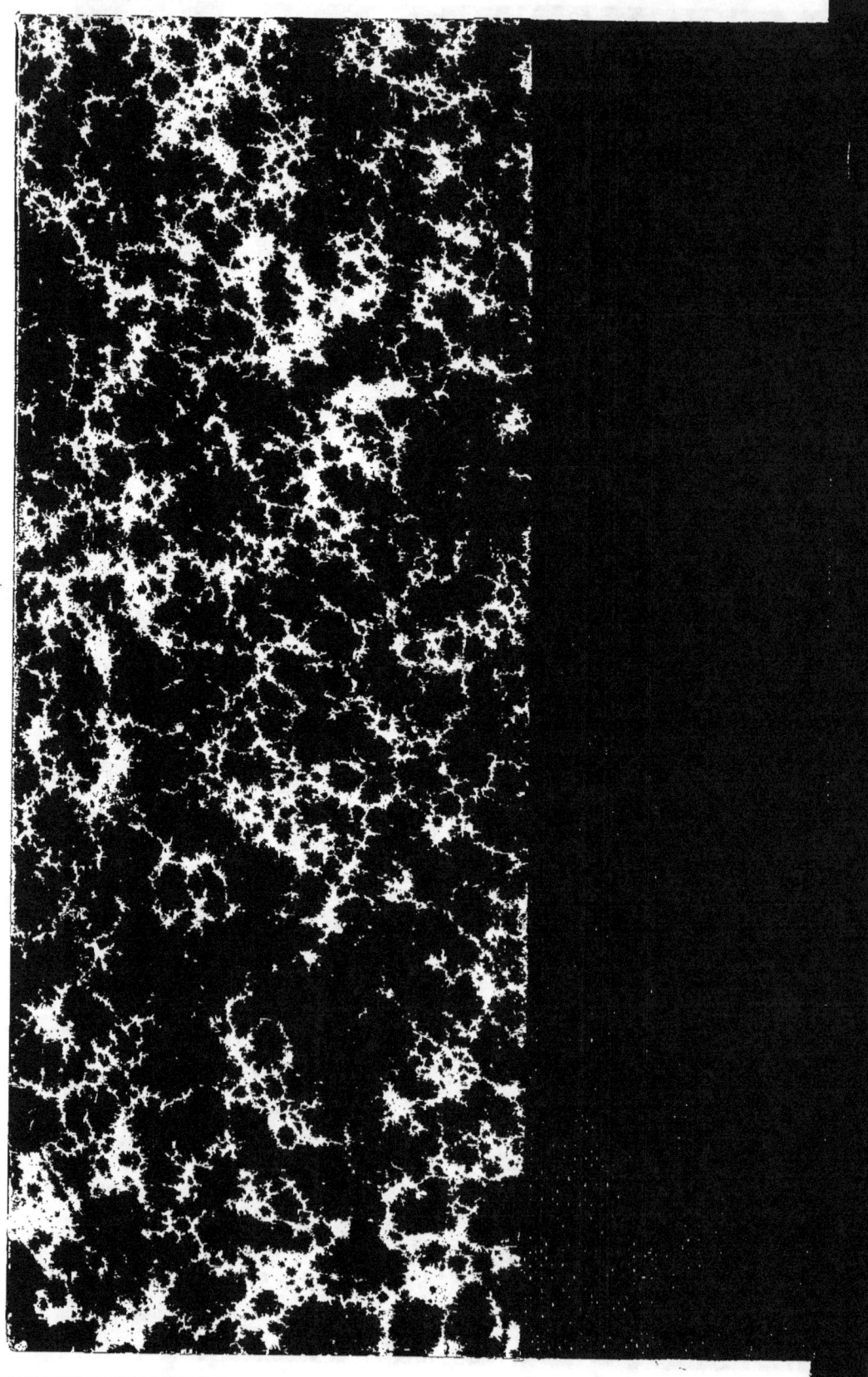

www.ingramcontent.com/pod-product-compliance
Lightning Source LLC
Chambersburg PA
CBHW050144030726
47505CB00005B/1229